De liefdesdeal

MISHA BELL

♠ MOZAIKA PUBLICATIONS ♠

Uitgegeven door Mozaika Publications, onderdeel van Mozaika LLC.
www.mozaikallc.com

Ontwerp cover: Najla Qamber Designs
www.qamberdesignsmedia.com

Vertaling: Missy Veerhuis

ISBN: 978-1-63142-890-6
Print ISBN: 978-1-63142-889-0

Een

"BUNNY, STOP MET JE ZUS TE NEUKEN!"

Ik begeleid mijn woorden met het 'hoepel op'-gebaar dat ik gebruik als ik hem op mijn kussen betrap.

De boosaardige kat erkent mijn aanwezigheid niet eens.

Pearl bekijkt de kattengeliefdes met een grijns die identiek is aan de mijne, tot aan de rimpels om haar groene ogen. "Zijn zus?" zegt ze sceptisch. "In tegenstelling tot ons komen deze twee niet uit hetzelfde nest."

Ik kijk haar boos aan. "Gebruik je logica. Bunny is mijn huisdier en Atonic is de jouwe — dus, broer en zus."

Pearl en ik zijn er twee van de zes identieke zussen, oftewel zesling. Sommigen van ons noemen onszelf een 'nest', hoewel ik de voorkeur geef aan de term 'cluster'.

Ze gnuift. "Zouden onze kinderen dan geen neef en nicht zijn?"

Shit. Ze heeft gelijk, maar wie geeft zulke dingen toe aan de leden van iemands cluster? In plaats daarvan kanaliseer ik Pixie, een ander clustermaatje. "Aangezien jij en ik hetzelfde DNA delen, zouden onze kinderen van verschillende vaders biologische halfbroers en -zussen zijn."

Pixie is geobsedeerd door identieke veelvouden zoals wij en ze heeft onlangs niet zo gek gesuggereerd dat we ons allemaal met een groep identieke zeslingmannen moeten voortplanten, zodat "al onze kinderen wat betreft DNA broers en zussen zouden zijn".

Pearl kijkt me geïrriteerd aan. "Oh, kom op. Hoezeer jullie persoonlijkheden ook op elkaar lijken, je deelt geen DNA met je gestoorde kat."

Zou het helpen als ik Pearl vertelde dat mensen negentig procent van hun DNA met katten delen? Waarschijnlijk niet.

"Hoe zijn onze persoonlijkheden gelijk?" vraag ik in plaats daarvan.

"Je weet best hoe," zegt Pearl. "In ieder geval is dit alles betwistbaar. Katten hebben geen incesttaboe en zullen met alle liefde inteelt produceren als ze de kans krijgen."

Dat laatste stukje verdient geen antwoord, dus ik kijk weer naar mijn tapijt in de huiskamer, waar de actie nog steeds aan de gang is. "Is dat niet schattig... op een verknipte manier?"

Ik geef de schuld aan de ongelooflijke schattigheid van onze katten. Bunny is een Japanse Bobtail, wat betekent dat hij een kleine staart heeft die aan zijn naamgenoot — een konijn — doet denken. Zijn vacht is wit met enkele zwarte vlekken op zijn snoet waardoor hij zowel op een wasbeer, een panda als een bandiet lijkt. Atonic, de kat van mijn zus, is een Himalaya met blauwe ogen en een plat gezicht die een voortdurend slaperige uitdrukking heeft.

Pearls lippen komen omhoog. "Ik wed dat elk harig wezen dat heel onhandig een ander berijdt, schattig zou zijn, of het nu een Ewok, een Wookie of wat voor neef Itt ook is."

Ik bekijk de katten wat beter. Mijn normaal sierlijke kat ziet er echt onhandig uit terwijl hij dit doet. Wacht... "Wat is hij aan het doen?"

Wat hij doet, is in de nek van arme Atonic bijten, realiseer ik me, wat griezelig genoeg bij de grap past dat Bunny een psychopathische moordenaar is. Psychopaten bijten in de nek van vrouwen als ze geslachtsgemeenschap hebben, toch? Of zijn het vampiers?

"Dat is typisch," zegt Pearl. "De kater grijpt de nek van de koningin met zijn tanden vast terwijl hij paart."

Huh. Is er nu iemand aan het spinnen? Ik trek mijn ogen weg van de katten en kijk mijn zus vragend aan. "Hoe weet je zoveel over de voortplanting van katten?"

Ze haalt haar schouders op. "Voordat ik mijn roeping vond, heb ik erover nagedacht om kattenfokker te worden."

"Deze show zou dan heel gewoon voor je zijn geweest." Ik knik naar de katten. "Kaas maken klinkt in vergelijking niet zo grappig."

"Ha ha."

"Sorry," zeg ik. "Was die grap te klef?"

Pearl opent haar mond, ongetwijfeld om een vernietigend antwoord te ontketenen, maar op dat moment gaan de poorten van de hel open. Of zo neem ik aan, omdat het bloedstollende, tenenkrommende gehuil/geschreeuw dat uit haar kat komt, is als alle demonen in de hel die tegelijk gaan schreeuwen. Nee. Maak daar gedaanteverwisselende banshees van die tijdens volle maan in varkens veranderen — die vast komen te zitten in botte messen.

Het is officieel. Na jaren van "mijn kat is een seriemoordenaar"-grappen, is Bunny er tot een uitgegroeid, en nu is hij de arme kat van mijn zus al martelend aan het doden.

Ik spring naar voren om wat dit ook is te stoppen, maar Pearl grijpt mijn elleboog. "Niet doen! Dat is normaal."

Ik verzeker mezelf ervan dat Pearl geen hoorns heeft gekiemd, noch anderszins tekenen vertoont dat ze door een demon uit die geopende poort naar de hel is vervangen. "Hoe kan iets dat zo klinkt normaal zijn?"

"De penis van een kater heeft weerhaken," zegt ze. "Als hij zich terugtrekt, dan doet het de koningin pijn en dan gaat ze gillen."

Oh nee. Ik houd mijn ogen uit de buurt van de vagina van haar kat, voor het geval er bloed is. Bloed en ik zijn geen goede combinatie. Als ik het zie dan val ik flauw, of erger. Maar hé, ik zal ieder geval nooit, onder geen enkele omstandigheid, voor een vampier vallen, hoe sprankelend hij ook is.

Hoe dan ook, het laatste wat ik nodig heb, is dat Pearl mijn reactie opmerkt en het aan de rest van de familie doorvertelt. Het is al erg genoeg dat een van mijn zussen al iets vermoedt. In de loop der jaren heb ik een reputatie opgebouwd als 'de stoere van de zesling', deels om mijn zwakte te verbergen. Kan iemand die bang is voor bloed net zoveel tatoeages of piercings hebben als ik? Het antwoord is duidelijk ja. Het was niet gemakkelijk, en ik ben in de tattooshop een aantal keren flauwgevallen, maar ik gaf de schuld aan uitdroging en een lage bloedsuikerspiegel.

Plotseling springt Bunny weg van Atonic — en net op tijd. Ze is gestopt met gillen en ze probeert hem met haar uitgestoken klauwen in zijn harige gezicht te slaan.

Hij geeft me een ongewoon bange blik, en ik kan het niet helpen om me voor te stellen wat hij zou zeggen als hij het gereedschap had om dat te doen:

Het-dat-mij-voedt moet helpen. Ik heb een slachtoffer te veel gemarteld en gedood en nu word ik met de kattenversie van Dexter geconfronteerd.

Ondertussen rolt Atonic een paar keer op de grond en blaast dan kwaadaardig naar Bunny.

"Misschien moeten we ze uit elkaar halen?" vraagt Pearl.

"Je meent het?" Ik pak Bunny van de vloer. "Het zou

waarschijnlijk een goed idee zijn geweest om ze vanochtend te scheiden, toen jullie twee aankwamen."

Of hier is een idee: ze had haar kat in Los Angeles kunnen achterlaten. Haar excuus om dit niet te doen was vrij magertjes — iets over de vriend van haar beste vriendin die allergisch is voor katten.

Pearl benadert voorzichtig haar eigen kat. "Dat of ze laten helpen, ondanks de propaganda van mama en papa."

Ik krimp ineen. Onze ouders geloven sterk in reproductieve vrijheid voor alle levende wezens, inclusief huisdieren en elk gered dier dat op hun boerderij leeft. Hun propaganda moet diep in me zijn weggezonken, want ik had er niet eens aan gedacht om Bunny te castreren voordat Pearl dit zei.

Ik neem Bunny mee naar mijn slaapkamer en zet hem op mijn kussen — de enige manier waarop hij de vernedering tolereert waaraan ik hem zojuist heb onderworpen. Tenminste, zonder mijn ogen uit te steken.

"Blijf," zeg ik streng tegen hem en ik doe de deur achter me op slot.

Als ik terugkom in de woonkamer, heeft Pearl niet alleen haar kat gevangen, maar is ze er ook in geslaagd haar een beetje te kalmeren.

"Nou," zeg ik, terwijl ik kattenhaar van mijn leren jas veeg. "Dat is gebeurd."

Ze zucht. "We zullen ze ongeveer drie dagen uit elkaar moeten houden, anders zullen ze meer van dat doen."

"Meer?" Ik staar naar haar kat. "Heb ik niet net de woorden 'penis' en 'weerhaakjes' in dezelfde zin gehoord?"

Pearl haalt haar schouders op. "Het maakt niet uit. Door die pijn is haar ovulatiecyclus begonnen."

Ik huiver. "Ik had nooit gedacht dat ik dit zou zeggen, maar ik ben blij dat ik geen kat ben."

Net op het moment dat Pearl begint te antwoorden, schrik ik van een krachtig geklop op mijn voordeur.

Raar. Ik verwacht geen leveringen of bezoekers.

Ik haast me erheen. "Wie is het?"

"De politie," zegt een norse stem. "Doe open."

T꙳ee

DE POLITIE? WAT VOOR DE DUIVEL?

Met een bonzend hart kijk ik door het kijkgaatje.

Yep. Ze zijn gekleed als agenten.

Heeft een buurman ze gebeld vanwege het gegil van de kat? Het klonk alsof er een moord werd gepleegd. Maar hoe zijn ze hier zo snel gekomen? Tenzij…

Fuck. Het kan niet weer over de kortingsbonnen gaan, toch?

"Open de deur, of we zijn gedwongen om hem open te maken," zegt een agent met een hard gezicht.

Shit, zeg. Ik kan het me niet veroorloven om deze deur te laten repareren.

Er is geen keus.

Ik doe de deur open.

De agent kijkt van mij naar Pearl. "Honey Hyman?"

"Dat ben ik." En ja, ik weet dat mijn naam als een maagdelijk membraan klinkt dat mensen met diabetes zouden moeten vermijden.

"Je staat onder arrest," vertelt hij me. "Voor fraude."

De moed zakt me in de schoenen. Ik wend me tot Pearl, die zo bleek is als een geest. Mijn stem is gespannen als ik zeg, "Laat het Blue weten, oké?"

Blue is ons clustermaatje die voor de overheid heeft gewerkt, dus als iemand hiermee kan helpen, dan zou zij het zijn.

De rest is als een nachtmerrie. Ik word het gebouw uit geleid, in een politiewagen gezet, zonder pardon het politiebureau binnengebracht en een kamer binnengeleid — terwijl ik ondertussen een golf van adrenaline opwek die zo hoog is dat ik er nauwelijks iets van registreer.

Heeft iemand me mijn rechten voorgelezen? Zo nee, krijg ik dan mijn geld terug?

Ze hebben mijn vlindermes niet gepakt, wat raar is omdat ik altijd dacht dat naar de gevangenis gaan net zoiets was al vliegen met een vliegtuig — wapens zijn niet toegestaan.

Misschien ga ik niet naar de gevangenis? Durf ik hoop te hebben?

Ik denk terug aan de laatste twee keer dat ik in de problemen zat. Beide keren waren eigenlijk onderling verbonden situaties.

Ten eerste was er Tiffany, een cheerleader die me had gepest omdat ik naar haar superhete vriend Gunther had gekeken — iets *waar ik schuldig aan was*. Uiteindelijk kwam ik voor mezelf tegen haar op met een mes — alleen als een bedreiging, want het laatste wat ik wilde was bloed vergieten. Helaas had de domoor het mes niet opgemerkt en kwam ze toch op me af en toen sneed ik per ongeluk haar arm open. Tot op de dag van vandaag weet ik niet hoe erg de snee was, omdat ik vanwege het bloed niet naar de wond kon kijken. Omdat Tiffany niet met een litteken is geëindigd, stel ik me voor dat de snee niet zo diep was — niet dat het me hielp om aan de resulterende schorsing te ontkomen en dat ik een aantekening in mijn rapporten had gekregen. Aan de andere kant is dat incident het begin van mijn reputatie van "rotzooi niet met mij", wat ik helemaal niet erg vind, omdat het de andere Tiffany's van de wereld bij me uit de buurt heeft gehouden.

Het tweede incident vond een jaar later plaats, nog steeds op de middelbare school. Het betrof weer Gunther — die op dat moment niet meer met Tiffany samen was. Niet dat ik het bijhield. Niet heel erg. Die keer werd ik niet alleen geschorst en had ik mijn status *echt* definitief bezoedeld, maar was ik ook op het nippertje aan de jeugdrechter ontsnapt.

Het begon allemaal toen ik klein was. Om welke reden dan ook was ik geobsedeerd geraakt door alle dingen die met geld besparen te maken hadden, inclusief deals en kortingsbonnen. Nadat ik tijdens mijn eerste jaar een kunstles had gevolgd, realiseerde ik me dat het aanpassen van percentages op kortingsbonnen met een witte pen net zo winstgevend was als het vervalsen van geld — dus deed ik het, eerst voor mezelf en vervolgens voor de andere kinderen op mijn school. Het bleek dat een van de winkels die door mijn creatieve initiatief geld verloor eigendom was van Gunthers familie, dus toen Gunther mijn activiteiten had ontdekt, had hij het tegen de directeur gezegd. Toen was er stront aan de knikker en ik betaal er tot op de dag van vandaag voor.

Mijn telefoon gaat.

Huh. Nog iets wat ze niet hebben afgepakt.

Ik check hem.

Het is Blue. Mooi. Pearl moet haar hebben gezegd om contact met me op te nemen.

"Hoi," zeg ik, terwijl ik overschakel naar een vorm van geheimtaal die Blue had ontwikkeld toen we kinderen waren. "Laten we snel praten. Ze komen misschien terug en dan pakken ze mijn telefoon misschien af."

"De snelle versie is, wat ze ook tegen je hebben, is fysiek, niet digitaal, dus ik kan hier niet veel doen," zegt Blue.

Blue heeft geen problemen gehad met de wet, maar ze lijkt niet veel respect te hebben voor bepaalde wettigheid na voor — zoals zij het noemt — "Agentschap onbekend" te hebben gewerkt. Voorbeeld: ze heeft net toegegeven dat ze net zo nonchalant de computers van de politie heeft gehackt als dat ik zou toegeven om kattenvideo's op TikTok te hebben bekeken.

"Kunnen je oud-collega's helpen?" vraag ik.

"Sorry, nee," zegt ze. "Ik ken een aantal FBI-agenten,

maar dat helpt je zaak niet. Als je wilt, kan ik je de naam van een uitstekende advocaat appen."

"Natuurlijk." Maar ik heb geen idee hoe ik die advocaat zou moeten betalen. Dankzij mijn misstappen op de middelbare school wilde geen enkele universiteit me hebben, en ik heb nooit mijn droom bereikt om een rijke bedrijfseigenaar te worden. Momenteel werk ik parttime om de vloer in een tattooshop te vegen en knip ik haar bij een kapperszaak.

"Ik kan je wat geld lenen," zegt Blue, terwijl ze duidelijk mijn gedachten leest.

"Nee." Ik haat liefdadigheid. "Ik ga wel voor de gratis advocaat."

"Het gaat weer om die kortingsbonnen, nietwaar?" fluistert ze.

"Ik weet niet zeker of ik erover moet praten," fluister ik terug. "Zelfs in code."

Ik hoor haar een paar toetsaanslagen typen. Dan fluistert ze, "Je hoeft niets te zeggen. Ik heb het net gecontroleerd en het antwoord is ja."

Fuck. Ik kan mezelf wel slaan. Na jaren op het rechte pad te zijn geweest, was ik in de verleiding gekomen om Robin Hood te spelen, en dit is het resultaat. Mijn buurtsupermarkt is onlangs vervangen door de uber-dure Munch & Crunch-supermarkt, en mijn oudere buren vertelde me dat ze moeite hebben om eten te kunnen kopen. Dus heb ik een paar kortingsbonnen voor ze vervalst. Waarom is dat überhaupt een misdaad?

"Iemand komt jouw kant op," zegt Blue, terwijl ze

me uit mijn overpeinzing laat schrikken. "Ik spreek je later."

Voordat ik me kan afvragen hoe ze dat weet, hangt ze op en gaat de deur open.

Ik kijk naar de man die binnenkomt. Hij is de belichaming van lang, donker en knap, met netjes geknipt, glad achterover gekamd bruin haar dat me aan directiekamers en dwangneuroses doet denken. Zijn sterke kin en gespierde kaak zijn gladgeschoren tot het punt dat het glanst, en zijn ogen, een levendig smaragdgroen twee tinten lichter dan de mijne, zijn samengeknepen van afkeuring, zijn volle lippen tot een dunne lijn getrokken.

Wie is hij en waarom komt hij me zo bekend voor?

In dat perfect op maat gemaakte pak is het onwaarschijnlijk dat hij een agent is. Misschien een advocaat die ik me niet kan veroorloven? Het is mogelijk, maar er is iets irritant eerlijk en nobel in zijn gelaatstrekken die ik meer associeer met padvinders dan met ambulancejagers.

"Honey Hyman," zegt hij met afkeer — en de schok rolt door me heen terwijl ik zijn heerlijk diepe bariton herken, een bariton die hij sinds zijn tienerjaren heeft gehad.

"Gunther Ferguson?" flap ik er vol ongeloof uit.

Is het mogelijk dat ik hem heb opgeroepen door op weg hierheen aan hem te denken, een beetje zoals het aanroepen van een demon? Of misschien ben ik in de politieauto in slaap gevallen en droom ik?

Zo niet, dan is deze man wat er met de jongen is

gebeurd die ik haat, degene die me op de middelbare school in de problemen had gebracht, en daarmee bewijst dat karma een verdomde mythe is. Als er enige gerechtigheid in de wereld was, dan zou hij met de tijd vervormd en misvormd zijn geraakt, zoals een slechte Lord of the Sith, maar het tegenovergestelde is gebeurd.

Als een vampier van Anne Rice heeft de boze transformatie hem nog heter gemaakt.

"Is dom spelen je nieuwste spel?" Gunther haalt een stapel kortingsbonnen tevoorschijn en gooit ze op tafel. "Ga je doen alsof je niet wist dat het mijn winkel is waar je van hebt gestolen?"

Verbaasd kijk ik omlaag.

Yep. Die vakkundig vervalste kortingsbonnen zijn voor die kleine bedrijven verpletterende Munch & Crunch. En inderdaad, ze zijn van mijn hand, maar die winkel maakt deel uit van een multinationale keten van supermarkten, dus hoe kan hij van hem zijn? Tenzij...

"Je bent eigenaar van die Munch & Crunch, zoals een franchise?" vraag ik dom.

Hij gnuift. "Ik ben de eigenaar van het hele bedrijf. Alsof je dat niet wist."

Ik knipper met mijn ogen. "Hoe zou ik dat moeten weten?"

Hij gebaart naar de kortingsbonnen. "Op dezelfde manier als dat je weet hoe je die niet van het echte ding kunt onderscheiden."

Wacht eens even. Is hij gewoon een slimme agent? "Ik ben niet van plan om mezelf te beschuldigen. Ervan uitgaande dat die überhaupt nep zijn, weet ik zeker dat degene die ze heeft gemaakt het heeft gedaan om hun bejaarde buren te helpen die vroeger op de plek winkelden die jouw Munch & Crunch meedogenloos uit het bedrijfsleven heeft geforceerd. Die mensen kunnen zich je normale prijzen niet veroorloven. En dan nog, hoe kon die mysterieuze persoon weten dat jij iets met de winkel te maken had? Ik weet dat mensen zoals jij denken dat je het centrum van het universum bent, maar dat is gewoon niet waar."

Hij zucht. "Ten eerste heb je hetzelfde met mijn vader gedaan. Nu met mij. Als dit niet het doel is, dan moet ik aannemen dat je zoveel frauduleuze kortingsbonnen maakt dat dit onverbiddelijk weer is gebeurd."

Ik duw de kortingsbonnen weg. "Ik geef niet toe — maar hoe zit het met pech?"

Zijn volle lippen vormen een grijns. "Ik geloof niet in geluk."

"Oh, geluk bestaat." Pech is het enige dat kan verklaren hoe verleidelijk zijn mond eruitziet — ondanks wat hij zegt.

"Je kunt zoveel rond de pot draaien als je wilt, maar de zaak tegen je is waterdicht. Sterker nog, ik heb zelfs gehoord dat je deze keer de gevangenis in gaat. Tenzij..."

Wacht. Is dit chantage? "Tenzij wat?"

Een dozijn ondeugende scenario's van wat hij van me zou kunnen eisen gaan door mijn hoofd — een aantal met handboeien (vanwege het politiebureau), anderen met kaarsvet (geen idee waarom) en nog veel meer met een bed bedekt met twee-voor-één-kortingsbonnen.

Zijn groene ogen stralen triomfantelijk. "Tenzij je voor mij gaat werken. Dan laat ik de aanklacht vallen."

Drie

"Pardon?" Zei hij *voor* of *onder* hem werken?

Hij haalt een papier tevoorschijn en slaat het op het bureau voor me. "Dat is je contract. Er staat dat je mijn kortingsbonnen Honey bestendig zult maken, zowel digitaal als fysiek."

Ik pak het document zonder ernaar te kijken. "Waarom?"

Hij trekt een donkere wenkbrauw op. "Het is net als bij die film *Catch Me if You Can*. Wie kan dit beter doen dan de oplichterskoningin zelf?"

De negatieve connotatie van 'oplichter' terzijde, wil ik ook geen koningin worden genoemd — niet na de manier waarop Pearl dat woord in de context van de voortplanting van katten had gebuikt.

Ik trek mijn ogen weg van de vervelende symmetrische kenmerken van mijn aartsvijand en scan het document. Het juridisch jargon lijkt iets in de trant te zeggen van wat hij net had gezegd.

Mijn telefoon tingelt.

Het is een berichtje van Blue.

Neem de deal aan.

Hoe weet ze...? Laat maar zitten. Blue's bijnaam zou Big Brother moeten zijn — of de even grote zus — omdat ze altijd meekijkt.

"Ga je nu echt op je telefoon zitten?" Gunthers stem heeft een duidelijk randje.

Ik kijk naar hem op. "Hoelang duurt deze regeling?" vraag ik, de vraag negerend.

Hij zit in de stoel tegenover de mijne. "Totdat het werk gedaan is."

"Wat is mijn tarief?" vraag ik.

Hij noemt een bedrag.

Ik val bijna van mijn stoel.

"Het is niet onderhandelbaar," zegt hij, terwijl hij mijn uitdrukking verkeerd interpreteert.

Verdorie. Gezien hoe blut ik ben, had hij me niet hoeven te chanteren. Hij had me dit geld gewoon kunnen aanbieden.

Nou, misschien niet. Het is niet helemaal "werk voor iemand die je haat" soort geld — maar het komt erbij in de buurt.

Mijn telefoon gaat weer.

Wetende dat het hem kwaad zal maken, kijk ik nadrukkelijk naar het scherm.

Als je iets wilt om mee te onderhandelen, vertel hem dan dat je weet dat hij je op social media heeft gestalkt. Jarenlang.

Mij gestalkt? Jarenlang? Waarom?

Dan weet ik het. Hij heeft wraak zitten te beramen voor het feit dat ik zijn vriendin had gestoken en voor de valse kortingsbonnen in de winkel van zijn vader. Als het waar is, en ik uit wraak voor hem moet werken, dan zal hij ervoor zorgen dat ik het net zo haat als ik hem haat — dus, heel veel.

Als ik zijn blik weer zie, zit hij flink te fronsen. "Dus?" gromt hij. "Heb je een beslissing genomen?"

"Ja. Nee."

Zijn gebeeldhouwde kaak trilt. "Wat is het?"

"*Ja*, ik heb besloten, en *nee* is mijn antwoord," zeg ik. "Ik heb mijn hele leven volgens een beleid geleefd dat als compensatie niet onderhandelbaar is, ik weiger om het te overwegen."

Dit is net als voor de juiste prijzen in fysieke winkels onderhandelen — iets waar ik voor leef.

"Prima." Hij staat op — en de moed zakt me in de schoenen als ik me de onuitsprekelijke daden voorstel die ik in de gevangenis zou kunnen worden gedwongen uit te voeren als iemands teef... en dat allemaal vanwege mijn dealverslaving.

Ik sta op het punt om hem te vertellen dat ik het heb heroverwogen als hij zegt, "Ik geef je één kans om een tegenbod te doen."

Geschokt noem ik een bedrag dat die van hem met tien procent overtreft, want als dit een echte onderhandeling voor een baan was, dan zou ik voor twintig zijn gegaan.

Blue appt me meteen, en deze keer zorg ik ervoor dat hij me niet ziet gluren.

Moedig. Ik weet niet zeker of ik trots op je ben of me zorgen maak over je geestelijke gezondheid.

Gunther pakt een mooi uitziende pen en schuift hem mijn kant op. "Het is een deal als je in de komende twee minuten tekent."

Ik scan het contract opnieuw en zorg ervoor dat ik hem mijn eerstgeborene of mijn ziel niet geef. Het ziet er legitiem uit. Met een terughoudende zucht teken ik het verdomde ding.

Hij pakt het op en slaat een visitekaartje op de tafel voor me. "Morgen ben je er voor je eerste dag." Hij draait zich om om te vertrekken en voegt er dan over zijn schouder aan toe, "Ik zal ze laten weten dat ik de aanklacht laat vallen."

Ik knik, maar hij is al weg.

Ik zit daar, verbijsterd. Voordat ik volledig kan verwerken wat er net is gebeurd, word ik vrijgelaten en in een politieauto naar huis gebracht.

Vier

"VERTEL ME ALLES," EIST PEARL ALS IK MIJN appartement binnenstap.

Ik had de ondervraging verwacht. Pearl is de grootste roddeltante in onze roddelfamilie.

We zitten op de bank in de woonkamer, Pearl met haar kat op schoot en ik heb een fles frisdrank die ik voor tien cent heb gekocht — dankzij legitieme kortingsbonnen. Terwijl ik haar vertel wat er is gebeurd, worden haar ogen zo groot dat ze me aan een anime-personage doet denken.

"Waarom denk je dat hij je de baan heeft aangeboden?" vraagt ze als ik klaar ben.

Ik haal mijn schouders op. "Waarschijnlijk vanwege wat hij zei. Hij moet zijn kortingsbonnen veiligstellen."

Mijn zus houdt haar hoofd schuin. "Weet je zeker dat het niet is omdat hij je leuk vindt?"

Me leuk vindt? "Ben je niet goed bij je hoofd?"

Ze aait bedachtzaam haar slapende kat. "Er moeten andere kortingsbonexperts in de wereld zijn."

Ik nip van mijn frisdrank. "Hij wil waarschijnlijk twee vliegen in één klap slaan — mij kwellen *en* zijn kortingsbonnen veiligstellen."

"Misschien. Maar als het is omdat hij je wil, wat ga je dan doen?"

Ik gnuif. "Dat wil hij niet."

Ze geeft me een griezelige blik die me aan die van onze moeder doet denken. "Je bent te lang vrijgezel geweest."

"Alsof jij veel hebt gedatet."

"Ik heb geen hete man van de middelbare school beschikbaar," zegt ze. "Een man die in het cafetaria zeker altijd naar je staarde."

Mijn hart slaat een slag over. "Is dat zo?"

Ze knikt.

"Echt niet. Hoe zou hij überhaupt weten wie ik was? Ik zat met vijf identieke mensen." Als het om de tatoeages en piercings gaat die me momenteel onderscheiden, dan had ik er toen maar een paar, en op verborgen plaatsen — dus *dat* zou Gunther in het geheel niet hebben geholpen.

Pearl grinnikt. "Zeg je niet altijd dat je de meest aantrekkelijke van ons zes bent?"

"Omdat ik dat ben," zeg ik vol vertrouwen — en ik wou dat ik het kon geloven. Zulke uitspraken zijn wat ik begon te zeggen nadat ik *The Secret* had gelezen. Ik dacht dat als de wet van aantrekkingskracht echt is, ik misschien uitstekende looks voor mezelf zou kunnen manifesteren — wat een geweldige deal zou zijn, zoals die keer dat ik voor pap een gratis set banden had geregeld, en toen na de korting driehonderd dollar voor mezelf had gekregen. Ik schud de herinnering van me af en ga verder. "Ik betwijfel of hij kon vertellen wie van ons op afstand het aantrekkelijkst was."

Pearl rolt met haar ogen. "Ben je je fase van groen haar al vergeten? Of hoe jong je was toen je leer begon te dragen?"

Shit. Ze heeft gelijk. Nu ik erover nadenk, de laatste keer dat ik de traumatische ervaring had dat ik voor een van mijn zussen werd aangezien, was op de middelbare school.

"Het maakt toch allemaal niet uit," zeg ik vastberaden. "Zelfs als ik zou willen daten — wat ik niet wil — dan zou Gunther de laatste man zijn die ik zou overwegen. Ik haat hem omdat hij mijn leven heeft verpest. En hij haat mij omdat ik Tiffany heb gestoken en voor die onzin met de kortingsbonnen. En trouwens, we zijn gewoon te verschillend. Hij is gelikt en ik ben allesbehalve dat. Hij is rijk, ik ben arm. Hij is een —"

"De dame protesteert te veel," zegt Pearl samenzweerderig tegen haar kat. "Denk ik."

"Hou je kop."

"Nou..." Ze grijnst ondeugend. "Je moet toegeven dat je heel veel hebt nagedacht over het idee van daten met Gunther."

"Heb ik niet."

"Heb je wel."

"Nietes!"

"Uh-huh."

We gaan zo een tijdje door totdat ze capituleert door te zeggen, "Ik geloof dat ik mijn punt heb gemaakt."

Ik kijk naar haar kat. "Denk je dat Atonic zwanger is?"

Pearl haalt haar schouders op. "Dat is niet zeker, maar als we hier bij jou blijven, dan zal ze dat zeker zijn, en met een groot nest."

"Zelfs als ik Bunny bij haar uit de buurt hou?"

"Het leven zal een manier vinden," zegt Pearl in haar beste imitatie van Jeff Goldblum. "Net als bij jou en Gunther."

Omdat ik ons verfijnde debat van een minuut geleden niet opnieuw wil beginnen, zeg ik, "Dus waar ga je heen, als je niet bij mij blijft?"

"Naar Pixie," zegt ze.

"Waarom?"

Ze kijkt naar haar kat. "Blue heeft ook een kat, Lemon heeft een zeer eetbaar knaagdier, Olive is nu in Florida, Gia —"

"Hoe zit het met Pixie's gigantische schildpad?"

Ze zucht. "Dit is nog steeds het beste van alle mogelijke scenario's. Ik betwijfel of ik een hotel kan vinden dat huisdieren toestaat."

"Oké," zeg ik. "Als je klaar bent, dan help ik je met inpakken."

Nadat Pearl weg is, laat ik Bunny de slaapkamer uit.

Hij kijkt verontwaardigd, loopt naar de keuken en begint boos de brokjes te eten die ik met een twee-voor-één-deal voor hem heb gekocht.

"Sorry," zeg ik tegen hem. "Ik moest wachten tot Atonic weg was."

Hij kijkt me met zijn gebruikelijke moorddadige uitdrukking aan:

Dus ik mag geen lid van mijn eigen soort martelen en vermoorden? Wat teleurstellend. Het-wat-me-voedt kan maar beter licht slapen, want het kan wakker worden met een klauw — of een hoektand — die haar oog eruit haalt.

Wanneer Bunny zijn interesse in mij verliest (een milliseconde later), vertel ik hem dat ik van hem hou en begin ik me op de komende werkdag voor te bereiden — een taak die bestaat uit een vraag die ik nooit had gedacht dat ik mezelf zou stellen omdat het tegen mijn aard ingaat.

Hoe kan iemand een valse kortingsbon verhinderen?

Vijf

HET HOOFDKANTOOR VAN MUNCH & CRUNCH BEVINDT zich in Midtown, dus ik moet onder de vernedering lijden van het woon-werkverkeer in NYC. Het is niet verrassend dat mijn bestemming een wolkenkrabber blijkt te zijn. Volgens de plaquettes bezet Munch & Crunch niet het hele gebouw, maar slechts een deel ervan.

Een knapperig stuk?

"Honey?" vraagt de beveiligingsdame met een grijns. "Mensen zullen je vast de hele tijd *honnepon* noemen."

"Niet als ze niet in hun milt willen worden gestoken," antwoord ik, terwijl ik mijn toon joviaal houd, maar mijn ogen bloedserieus.

Ik kan net zo goed op mijn nieuwe werkplek mijn gebruikelijke reputatie verspreiden.

Haar grijns wordt door een professionelere

uitdrukking vervangen en ze vertelt me dat ik naar de executive suites op de bovenste verdieping moet gaan.

Dat is vreemd. Ik vraag me af waarom Gunther me daar wil hebben?

Als ik op mijn verdieping aankom, word ik door een zwaarlijvige man begroet. Zijn pak ziet er wijd uit, zijn haar is bijna niet bestaand, en zijn ronde gezicht doet me aan een cherubijn denken.

"Mevrouw Hyman?" vraagt hij op een verrassend warme toon.

"Alsjeblieft, noem me Honey," zeg ik. "En noem me nooit, nooit, nooit honnepon."

Een glimlach laat zijn mollige wangen omhoogkomen. "Noem me in dat geval Ashildr, en nooit, nooit As."

Ik schud zijn hand. "Waar moet ik zitten?"

Hij bloost. "Daar wordt nog aan gewerkt. Wil je in de tussentijd een rondleiding?"

"Als ik al op ingeklokt ben, zeker."

Hij grijnst. "Zullen we bij de bijkeuken beginnen?"

Ik laat hem me door de gang leiden. We passeren een stijlvol geklede dame. Als ze buiten gehoorsafstand is, fluistert Ashildr, "Dat is Linda. Meneer Ferguson heeft haar als gunst voor een zakenpartner ingehuurd. Ze is vriendelijk, maar ze zal achter je rug over je praten."

Ik trek een wenkbrauw op. "Achter je rug praten?"

Was Ashildrs gevoel voor ironie chirurgisch verwijderd? Voor je het weet, zal hij de volgende die we tegenkomen de roddeltante van het kantoor noemen.

"Daar," zegt hij en we stappen in een kamer die zo groot is als mijn woonkamer.

"Noem je dit een bijkeuken?" Ik zie een strak, industrieel koffiezetapparaat, een koelkast in restaurantstijl, een gigantische kom met verschillende soorten fruit en over elk oppervlak is een obsceen assortiment snacks verspreid. "Het lijkt meer op een keuken. In een horecagelegenheid."

Hij pakt een kopje en drukt op een knop op het koffiezetapparaat. "Meneer Ferguson houdt niet van de term 'kantine'. Hij denkt dat dat te veel onnodige pauzes aanmoedigt." Hij wijst naar het bord boven de magnetron. "Over meneer Ferguson gesproken, deze kennisgeving is van hem, waardoor het *de wet* is."

Geen vis. Geen popcorn. Geen curry.

"Huh," zeg ik. "Is Gunther gevoelig voor geuren?"

Mijn clustermaatje Lemon heeft hier een extreme versie van, tot het punt waarop ik twee dagen lang ongeparfumeerde producten moet gebruiken voordat ik haar zie, of anders naar haar eindeloze klachten moet luisteren.

"Noem hem alsjeblieft meneer Ferguson," zegt Ashildr nadrukkelijk. "En hij is niet gevoelig, hij houdt alleen rekening met ieders geestelijke gezondheid."

We zullen zien. Ik ontwikkel plotseling een verlangen naar een viscurry met karamelpopcorn als dessert.

Ashildr spreidt zijn armen alsof hij om een ovatie vraagt. "Wil je nog wat eten of drinken voordat we verder gaan met de tour?"

Ik voel een vertrouwde deal-gerelateerde dopamine rush. "Het is allemaal gratis, toch?"

"Natuurlijk."

Ik pak een handvol frambozen. "Zijn ze gewassen?"

Hij knikt, dus stop ik de bessen in mijn mond. Terwijl ik kauw, pak ik drie snoeprepen en steek ze in de zakken van mijn leren jas. Dan pak ik een muffin en twee nectarines.

Ashildr kijkt me met een verwarde uitdrukking aan. "Als je honger hebt, dan kan ik je naar de cafetaria brengen."

Ik slik alles in mijn mond door. "Is de cafetaria gratis?"

"Nee, maar hij wordt zwaar gesubsidieerd."

"Nee, bedankt." Ik kijk naar een tweede muffin. "Voor mij hoeft het niet."

"Zal ik je de sportschool laten zien?" vraagt hij, terwijl hij mijn blik volgt.

Ik vernauw mijn ogen tot spleetjes. "Wat wil je daarmee zeggen?"

Ashildr verbleekt. "Ik dacht gewoon dat, aangezien je geïnteresseerd bent in de gratis voordelen, je misschien —"

"Ik was gewoon met je aan het fucken," zeg ik met een grijns.

"Gebruik alsjeblieft geen f-woord," zegt hij ineenkrimpend. "Vooral niet in de buurt van meneer Ferguson."

"Begrepen," zeg ik, tegen de drang vechtend om

kwaadaardig te grijnzen. "Ga je gang, neem me mee naar de sportschool."

"Natuurlijk." Ashildr bekijkt afkeurend mijn handen.

Ik zucht en leg met tegenzin een van de nectarines terug. "Laten we gaan."

Net als hij zich omdraait, stapt er een vrouw de kamer binnen — een koel mooi blondje dat me vaag bekend voor komt. Ze negeert Ashildr en bekijkt me van top tot teen, als een stuk in een museum.

"Kennen we elkaar?" vraagt ze, terwijl ze haar perfecte neus optrekt.

"Dit is mevrouw Hyman," zegt Ashildr en hij wendt zich tot mij. "Dit is mevrouw Ichor."

Ik knipper met mijn ogen. Ik kende iemand op de middelbare school met precies die achternaam. Haar naam was Tiffany — dezelfde Tiffany met wie Gunther vroeger datete.

Als in, de pestkop die zichzelf aan mijn mes had gesneden.

Er is al een vonk van herkenning in haar ogen te zien, wat natuurlijk gevolgd wordt door haat.

"Wat doe jij hier?" sist ze naar me.

"Ze is nieuw," legt Ashildr uit, nogal verbaasd over haar toon. "Volgens mij werken jullie samen."

"Is dat zo?" roepen Tiffany en ik in koor.

Hij verbleekt. "Meneer Ferguson zal jullie er later vandaag vast alles over vertellen."

Dus dit is Gunthers kwaadaardige plan — om mij

met de slechtste persoon ter wereld te laten samenwerken? Naast hem, dat wel.

Met een gnuif begint Tiffany koffie voor zichzelf te zetten en Ashildr haast zich uit de bijkeuken. Ik volg hem in een waas. Pas als we in de lift stappen, komt Ashildr met zijn hoofd naar me toe en zegt met een zachte stem, "Die is niet erg competent."

"Wie, mevrouw Ichor?"

Hij knikt. "Het gerucht gaat dat meneer Ferguson zich rot voelde dat hij haar had gedumpt toen ze jong waren, dus heeft hij haar uit medelijden ingehuurd."

Of hij heeft haar ingehuurd om met mij te kloten. Waarom klinkt dat veel plausibeler?

"Wat *is* haar taak?" vraag ik.

"Ze is een van de coördinatoren van de kortingsprijzen," zegt hij. "Ze behandelt het CLIFF-initiatief."

Mijn wenkbrauw stelt de voor de hand liggende vraag.

"CLIFF staat voor Customer Loyalty Integration For Future," zegt Ashildr. "De man waar Tiffany voor in de plaats is gekomen, heette Cliff, dus hij had die projectnaam bedacht en het was een beetje blijven hangen. Het idee is dat meneer Ferguson bereid is om lagere marges te gebruiken bij het openen van onze winkels in opkomende buurten, in de hoop dat we vroegtijdig merkloyaliteit zullen vestigen, en dan, naarmate de financiële omstandigheden in de buurten verbeteren, de marges ook omhoog kunnen."

Hoe machiavellistisch van Gunther. Behalve, als mijn buurt iets is om op af te gaan, dan heeft hij de verkeerde persoon de leiding over dit specifieke project gegeven. De prijzen bij onze Munch & Crunch zijn voor iedereen hoog, niet alleen voor de mensen met een vast inkomen in mijn gebouw met huurwoningen.

De lift stopt en we stappen uit in een sportschool, een die voor elke andere sportschool is wat een vijfsterrenhotel voor een hostel is... van het type waarin je wordt vermoord.

Naast fitnessapparatuur hebben ze een hottub, een stoombad, een Finse droge sauna, een zwembad, yogalessen en massages op afspraak. Ashildr zegt het niet, maar ik wed dat de voorzieningen ook privésessies bevatten met een harem van mannelijke gigolo's, een kinderboerderij met lama's en een extraatje waarbij je elk van de personal trainers één keer per maand in de edele delen mag schoppen.

"Is dit gesubsidieerd, zoals de cafetaria?" vraag ik als we naar de lift gaan.

"Nee," zegt Ashildr. "Het is gratis."

Mijn mond hangt open. "Helemaal gratis?" Mezelf in al die luxe voorstellen klinkt te mooi om waar te zijn — het is niet anders dan al de gratis peperkoek die de heks Hans en Grietje aanbood.

"Meneer Ferguson investeert in de gezondheid van zijn werknemers," zegt Ashildr trots.

Ja, natuurlijk. Het is eerder dat hij een kosten-batenanalyse had gemaakt en tot de conclusie was gekomen dat de toegang tot de sportschool op ziektedagen zal bezuinigen en de productiviteit zal verhogen.

"Hoelang is de lunchpauze?" vraag ik.

Ashildr drukt op een liftknop met de letter C erop, die voor cafetaria moet staan. "Meneer Ferguson gelooft in flexibele werktijden. Je kunt een uur voor de lunch en een uur voor de sportschool nemen als je wilt, zolang je niet anderszins betrokken bent bij iets tijdgevoeligs, zoals een vergadering. Zorg er alleen voor dat je langer blijft om de extra uren te compenseren."

Ik wed dat er hier ook een meedogenloze kosten-batenanalyse in het spel is. Iets in de trant van "flexibele uren verbeteren de loyaliteit en het moreel van werknemers, en dat verhoogt de productiviteit." Het kan zelfs een CLIFF-achtig acroniem hebben. Misschien KLIT?

Voordat Ashildr me meer over de wonderen van Munch & Crunch kan vertellen, gaat de lift open en komen we in de cafetaria — wat een verkeerde benaming is. Wat dit eigenlijk moet worden genoemd is een chic restaurant.

Hmm. De prijzen zijn vrij goed, vooral voor kreeft en kaviaar. Toch moet ik realistisch zijn. Zolang er gratis eten in de bijkeuken is, zal ik me daaraan houden.

"Zakenlunches en diners vinden daar plaats," legt Ashildr uit, terwijl hij naar een aparte kamer aan de zijkant van de cafetaria gebaart, waar ik een stel serieus uitziende mensen in pakken zie zitten. "En in dat geval wordt het natuurlijk door het bedrijf betaald."

"Begrepen," zeg ik. "Zullen we gaan zitten en vandaag wat zaken bespreken?"

Hij grijnst. "Ik denk dat meneer Ferguson je tijd zal monopoliseren."

En zo ineens ben ik mijn eetlust kwijt.

Ashildrs telefoon tingelt.

"Ah," zegt hij nadat hij het bericht heeft gelezen. "Je bureau is klaar."

We keren terug naar de verdieping van de executives. Het is niet verrassend dat het erg chique is, met kantoor na kantoor, waaronder de mooiste langs de muur met een adembenemend uitzicht op de stad.

In het grootste kantoor zit Gunther. Zijn houding is perfect en zijn ogen kijken naar zijn computerscherm.

"En die is van jou," zegt Ashildr, naar het kantoor naast dat van Gunther gebarend.

Ik trek mijn blik weg van mijn aartsvijand en bekijk de ruimte. Verdorie. Als ik erin geïnteresseerd zou zijn om de bedrijfsladder te beklimmen, dan zou ik een kantoorgasme hebben. Het uitzicht vanuit mijn kantoor is niet van deze wereld en er is genoeg ruimte om te dansen.

Maar er is een probleem. Dankzij al het glas en de manier waarop mijn scherm staat, zal Gunther in staat zijn om te zien waar ik naar kijk.

Ach ja. Als ik hem was, zou ik er ook niet op vertrouwen dat ik niet de hele dag op TikTok zit.

"Vind je het wat?" vraagt Ashildr.

Ik knik, sprakeloos. Hoe belangrijk is mijn nieuwe rol?

"Je inlogwachtwoord is ingesteld op je initialen en de laatste vier cijfers van je telefoonnummer. Een aantal van de werkinstructies zitten in je inbox." Hij gebaart naar een kantoor in de buurt. "Mocht je vragen hebben, ik zit daar."

"Bedankt." Ik ga mijn kantoor binnen, loop naar mijn monitor en raak mijn toetsenbord aan.

Er gebeurt niets.

Ik beweeg de muis.

Niets.

Ik zoek een computer om aan te zetten, maar zonder enig succes.

Hmm. Ik zet de monitor aan en uit.

Zelfs dat helpt niet.

Ik denk dat ik al een vraag heb — en misschien een domme.

Ik verlaat mijn kantoor en stap in die van Ashildr — en botst bijna tegen een apparaat met water.

"Sorry," zegt Ashildr. "Dat is mijn luchtbevochtiger."

Voelt zijn kantoor daarom een beetje als een sauna aan?

"Ik heb het nodig," legt Ashildr uit. "Anders krijg ik neusbloedingen."

Ik stop waar ik sta en probeer de plotselinge uitbarsting van afschuw te bedwingen.

Ashildr fronst. "Gaat het?"

Hoe kan ik het uitleggen als ik zelf niet eens zeker weet waarom dit me zo stoort? Ik weet alleen dat mijn bloedaversie de laatste jaren erger is geworden, en ik heb net ontdekt dat hij op elk moment tijdens onze kennismaking uit zijn gezicht had kunnen bloeden. Ik huiver. Dat komt zo dicht bij mijn ergste nachtmerrie als het maar kan. Het enige dat enger is, is een bezoek aan een van die laboratoria waar ze bloed afnemen.

Ik heb geen idee wat mijn cholesterol is, en ik zal er waarschijnlijk nooit achter komen.

"Prima," slaag ik er op de een of andere manier in om te zeggen, hoewel niet erg overtuigend. "Wat ik wilde vragen... Hoe zet ik mijn computer aan?" En waar staat hij?

Hij slaat zichzelf theatraal op het voorhoofd. "Onze computers zijn in de monitor ingebouwd." Hij wijst naar een klein gaatje in de buurt van de camera van zijn monitor. "Dat is een microfoon. Om het systeem aan te zetten, gebruik je een spraakopdracht." Hij beweegt zijn gezicht dichter bij de microfoon en zegt: "Octothorpe, ik ben klaar met knabbelen."

"Afsluiten," zegt een chipmunk-achtige stem vanuit de luidsprekers van de monitor. De computer wordt uitgeschakeld en de monitor wordt zwart.

Ik grijns. "Octothorpe?" Het klinkt als een weerwolf met acht hoofden en het zou een geweldig veiligheidswoord zijn voor een BDSM-koppel dat erg van Scrabble houdt.

Ashildr gaat weer met zijn gezicht naar de microfoon. "Octothorpe, laten we gaan knabbelen."

"Opstarten," zegt de chipmunk.

De monitor gaat weer aan en er verschijnt een inlogscherm.

"Ik wed dat je kunt zien dat het woord is ontworpen om de aandacht van onze AI-assistent te trekken," zegt hij. "Het is eigenlijk een andere term voor het hashtag-symbool. Meneer Fonzov — de maker van dit product — denkt dat een synoniem voor een hashtag een beter commandowoord is dan zoiets als Siri of Alexa."

"En dit commando zal alles wat je je computer vertelt laten klinken als een stel hashtags op social media."

"Je hebt gelijk," zegt Ashildr terwijl ik begin te vertrekken. "Nu, hashtag werkwerkwerk."

Glimlachend haast ik me naar mijn kantoor.

Eenmaal daar zeg ik voorzichtig, "Octothorpe."

Ik sta op het punt om door te gaan, maar ik moet te traag zijn, want de chipmunk-stem klinkt. "Ik wacht op uw bevel."

Mijn bevel? Ik wist wel dat BDSM op komst was.

"Laten we knabbelen," zeg ik in mijn beste imitatie van een meesteres, ook al voel ik me behoorlijk maf.

"Opstarten," zegt de chipmunk gehoorzaam en mijn machine licht op.

Ik gebruik de verstrekte informatie om in te loggen en wijzig het wachtwoord wanneer daarnaar wordt gevraagd naar "GuntherI$EenEikel01e."

Eerst controleer ik de introductie-e-mail en begin ik met de inwerkactiviteiten, zoals geadviseerd. Het is allemaal zo saai dat ik het gevoel heb dat ik Gunther om meer geld had moeten vragen — of gevangenisstraf had moeten accepteren.

Hopelijk is dit een eenmalig iets.

Vastbesloten om dingen op te vrolijken, pak ik mijn telefoon, vervloek mezelf omdat ik mijn koptelefoon ben vergeten en zet *Spiderman* van the Ramones aan om zo hard te spelen als de kleine telefoonluidsprekers het toestaan.

Zo. Beter. Ik hervat de vervelende activiteit.

Als ik bij het stuk over het HR-beleid kom, valt er iets op:

"Als je met een collega begint te daten, vul dan HR-formulier 66669 in."

Hmm. Dus… met iemand daten met wie je werkt, is hier toegestaan? Wat als een van hen de eigenaar van het bedrijf is? Dat is zeker een dubieuze machtsdynamiek. Niet dat ik het risico loop om in zo'n situatie terecht te komen. Daar haat ik Gunther te veel voor, en hij haat mij. Ik maak me meer zorgen om Tiffany, voor het geval hij haar uit amoureuze intentie in plaats van medelijden heeft ingehuurd.

Ja. Dat is het. Ik maak me alleen zorgen om Tiffany.

En wat betreft formulier 66669? Dat combineert het nummer van het beest *en* een seksuele positie — niet precies iets waardoor je dat formulier wilt vertrouwen.

Ach ja. Ik vind PowerPoint op mijn bureaublad en doe mijn best om me op het onvermijdelijke gesprek met Gunther voor te bereiden. Ik moet mezelf in die taak verliezen omdat ik schrik als er iemand op mijn deur klopt.

Ik draai me om in mijn stoel.

Het is Gunther, en hij ziet er helaas flitsend uit.

"Kom binnen," zeg ik, en aangezien ik onzeker ben over het protocol, sta ik op.

Zodra hij binnen is, krimpt hij ineen. "Wat is dat vreselijke geluid?"

Ik kijk hem boos aan. "Bedoel je het beste liedje aller tijden?"

"Zet het uit voordat mijn oren gaan bloeden."

Het afschuwelijke beeld geeft me kippenvel, maar ik doe mijn best om in het bijzijn van mijn tegenstander geen zwakte te tonen en zet gewoon de muziek uit.

Gunther bekijkt me van top tot teen. "Denk je dat dit een geschikte outfit is voor vandaag?"

Ik kijk naar beneden. Ik draag mijn gebruikelijke leren jas, een Sex Pistols T-shirt, bondage-broek, en platform leren laarzen — een outfit die niet erg verschilt van wat ik aan had toen hij me voor het laatst zag en me chanteerde om deze baan te nemen. "Wat is er mis met mijn kleren?"

Als een zucht schouders kon hebben, dan zou degene die aan zijn mond ontsnapt het gewicht van de wereld dragen. "Munch & Crunch is geen motorbende."

Er ontsnapt een grinnik aan mijn lippen.

Hij kijkt me boos aan.

"Munch & Crunch klinkt als de saaiste naam voor

een motorbende die maar mogelijk is," zeg ik. "Tenzij het kannibalen zijn."

Hij voegt samengeknepen ogen bij zijn frons. "We hebben een zakelijk casual dresscode in dit gebouw. Ik verwacht dat je die opvolgt."

Ik gnuif. "Ik heb geen geld voor nieuwe outfits. Als je je zorgen maakt over die shit, dan koop jij het maar."

"Taalgebruik," gromt hij.

"Fucking pardon?"

"Ik verwacht dat je je in mijn gebouw van het gebruik van obsceniteiten onthoudt."

"Moet ik een exorcisme uitvoeren?" vraag ik.

Huh. Ik heb eindelijk die zelfverzekerde blik van zijn zelfvoldane gezicht geveegd.

"Waar heb je het over?" vraagt hij eisend.

"Je klinkt bezeten — door de geest van een gouvernante met een bezem in haar kont."

Zijn enige antwoord is iets onbegrijpelijks dat hij binnensmonds zegt.

"Taalgebruik," berisp ik hem, terwijl ik mijn best doe om als hem te klinken.

Zijn neusvleugels trillen. "Ik zei geen... laat maar. Kunnen we eindelijk over de kortingsbonnen praten?"

"Het woord 'eindelijk' impliceert dat *ik* degene ben die onze tijd verspilt aan te oordelen over wat goed is voor een dame om te dragen en te zeggen."

"Juist, een dame." Hij draait zijn rug naar me toe. "Ik zie je in vergaderruimte A."

Daarmee loopt hij weg — en omdat hij niet naar zijn kantoor gaat, neem ik aan dat het naar de vergaderruimte in kwestie is. Ik volg, maar zijn benen zijn langer, dus ik heb moeite om hem bij te houden. Op een gegeven moment, als hij de hoek omgaat, verlies ik hem uit het oog.

Geweldig. Waar de fuck is die vergaderruimte?

Als ik een toilet zie, dan gebruik ik deze, ga dan terug naar waar ik vandaan kwam en vraag Ashildr waar ik heen moet.

Als ik op mijn bestemming kom, zitten Gunther, Tiffany en een paar mensen die ik nog niet heb ontmoet daar ongeduldig te wachten.

"Mevrouw Hyman," zegt Gunther koel. "Bedankt dat je tijd hebt vrijgemaakt." Vervolgens stelt hij iedereen in de kamer voor, inclusief 'mevrouw Ichor'— alsof hij niet weet dat ik haar ken, net zo intiem als alleen een steker haar slachtoffer kan kennen.

Ik vecht tegen een zeldzaam gevoel van verlegenheid terwijl alle ogen op mij gericht blijven. "Hoe krijg ik iets op het tv-scherm?" vraag ik, terwijl ik voorbij het ongemakkelijke gevoel duw. "Ik heb een kleine presentatie voorbereid."

Gunther ziet er verbijsterd uit, alsof ik hem net heb verteld dat ik zelf een ballistische raket heb gebouwd. Niettemin pakt hij de laptop naast hem, doet iets zodat zijn scherm op de tv verschijnt, logt dan uit en gebaart dat ik op mijn account moet inloggen. Wanneer ik dat doe, staat mijn presentatie op het bureaublad — wat aangeeft dat het bestand ergens in de bedrijfscloud van Munch & Crunch opgeslagen wordt.

"Bedankt." Ik haal mijn eerste dia tevoorschijn. "Om

te beginnen dacht ik dat ik de kenmerken van kortingsbonnen moest bespreken waar iemand die graag misbruik van ze maakt dol op is — dus iemand die gewoon van kortingsbonnen houdt of iemand die snode plannen heeft." Ik ga verder met het uitleggen van alle kenmerken, terwijl ik me als een verrader voel.

Iedereen behalve Tiffany lijkt onder de indruk te zijn, en een paar mensen maken zelfs aantekeningen.

Ik ga naar mijn volgende dia. "Nu op naar de meer duistere zaken." Ik vertel ze over enkele technieken die een hypothetisch kwaadaardig genie zou kunnen gebruiken om een frauduleuze kortingsbon te maken, zoals het veranderen van het percentage op een echte kortingsbon — zeg, van tien naar zeventig procent. Ik bespreek dan de meer snode scenario's, zoals het compleet zelf vervaardigen van een kortingsbon met behulp van een speciale printer en speciaal papier.

En weer geeft iedereen me zijn aandacht, zelfs Tiffany.

Ik voel een boost van vertrouwen en wissel van dia. "Voordat ik het over mogelijke tegenmaatregelen ga hebben, heb ik een vraag. Heeft Munch & Crunch controle over kortingsbonnen die in tijdschriften, kranten en kortingsbonboeken terechtkomen?"

Een strenge vrouw wiens achternaam ik al vergeten ben, schudt haar hoofd. "Niet als het om het papier en de inkt gaat. We geven ze alleen de digitale creativiteit."

"Klinkt logisch," zeg ik en verwissel de dia's. "In dat geval zijn hier enkele oplossingen." Ik vertel ze een paar ideeën die ik heb bedacht, zoals ervoor zorgen dat er altijd een streepjescode aanwezig is om de kortingsbon te scannen, zelfs als hun winkel niet van plan is om ze te scannen. "Er zijn ballen voor nodig om een kortingsbon te maken met een scanbare code," zeg ik. "En nog grotere om de winkel binnen te walsen en hem te gebruiken."

Gunthers uitdrukking is moeilijk te lezen. Hij staat of te popelen om me te berispen omdat ik 'ballen' heb gezegd of hij staat op het punt om voor mijn genialiteit te applaudisseren.

Ik deel mijn andere ideeën, waaronder wat ik als een ouderwetse kortingsbon-junky niet leuk vind — digitale kortingsbonnen.

"Nog vragen?" zeg ik als ik aan het einde van mijn PowerPoint ben.

"Wat is het budget hiervoor?" vraagt de strenge vrouw… streng.

Het bedrag dat Gunther noemt, schokt me, maar de rest ziet er nonchalant uit.

"Heb je besloten wie deze onderneming zal leiden?" vraagt Tiffany, en het is duidelijk dat ze zich wanhopig graag voor dit project wil aanmelden, evenals voor Gunthers bed.

"Ik dacht dat dat wel duidelijk was," zegt Gunther. "Zij."

Iedereen kijkt naar waar zijn vinger heen wijst.

Mijn hart slaat een slag over en ik voel me plotseling omringd door de bovengenoemde kannibalistische motorrijders.

Gunther wijst naar mij.

Zes

"Maar ze is nieuw," zegt de strenge vrouw.

Tiffany knikt goedkeurend naar haar. "Ze is ook nauwelijks —"

"Zijn mijn beslissingen ooit onderwerp van discussie?" onderbreekt Gunther haar met samengeknepen ogen.

"Nee, meneer," mompelt iedereen.

Hij staat op. "In dat geval is deze vergadering verdaagd."

Iedereen gaat weg, maar ik zit daar, nog steeds verbijsterd.

"Hoe moet ik in vredesnaam een project leiden?" vraag ik aan niemand in het bijzonder.

"Met mijn hulp natuurlijk," zegt Gunther, terwijl hij me laat schrikken. Ik had niet eens gemerkt dat hij was gebleven.

"Oh?"

"Zal ik je een spoedcursus geven?" zegt hij.

"Heb ik een keuze?"

"Nee," zegt hij en doet dan precies zoals hij had voorgesteld — hij geeft me een cursus die zo saai is dat mijn hersenen onderweg een paar keer crashen. Ik leer dingen als wat een levenscyclus van projectmanagement is en hoe het er bij Munch & Crunch aan toe gaat. Tussen de regels door ontdek ik ook hoeveel Gunther van zijn acroniemen en zakelijk jargon houdt. Mijn favoriet van vandaag is waarschijnlijk de SoW, wat voor Statement of Work staat, hoewel het mij aan Petunia het varken doet denken, een zeug – of 'sow' - op de boerderij van mijn ouders. Mam vertelt graag het verhaal dat ze de zeug als onderdeel van kunstmatige inseminatie een orgasme had gegeven.

Ja. Ik heb een theorie dat het hebben van zoveel dochters misschien iets in mams hoofd heeft veroorzaakt waardoor ze doorsloeg (dat geldt waarschijnlijk ook voor pap). Er zijn er in totaal acht van ons — voor mijn cluster hadden ze een tweeling. Niet dat dergelijke excuses Petunia een beter gevoel gaven over de schending van haar persoon.

"Dus," zegt Gunther, die me uit varkensgerelateerde gedachten haalt. "Wat dacht je ervan om aan de SoW te werken?"

"Heb ik een keuze?" vraag ik opnieuw. Want ik herhaal liever mijn moeders dubieuze prestatie met Petunia.

Hij schudt zijn hoofd. "Dit is de enige manier om uit een puinhoop te komen die je zelf hebt gecreëerd."

"Ik denk dat ik aan het verdomde varken ga werken... Ik bedoel de SoW."

Zijn donkere wenkbrauwen trekken zich gevaarlijk samen. "Heb ik net mijn tijd verspild?"

"Ben je het nooit zat om meneer de dictator te zijn? Ik zei dat ik aan dat stomme ding zou werken, en dat zal ik doen."

Hij gebaart naar de laptop. "Je kunt die meenemen voor het geval je op afstand of tijdens je woon-werkverkeer moet werken. Als je hulp nodig hebt, praat dan met Ashildr. Hij is de uitvoerend assistent."

Het deal-liefhebbende deel van mij is onredelijk enthousiast over een gratis laptop — zelfs als het rationele deel van mij weet dat dit hetzelfde soort 'gratis' is als in de spreekwoordelijke gratis lunch. Als ik bijvoorbeeld besluit om te spijbelen door te doen alsof ik ziek ben, dan zal deze laptop een belemmering zijn.

"Kan Ashildr een chip voor in mijn hersenen regelen om ervoor te zorgen dat ik kan werken als ik onder de douche sta?" vraag ik.

Gunther staat op. "Als je de laptop niet wilt, dan hoef je hem niet mee te nemen."

Daarmee vertrekt hij.

Ik bekijk de strakke gizmo. De laatste keer dat ik er zo een in de uitverkoop zag, was hij duizend dollar, en ik kon hem me niet veroorloven. Met andere woorden, natuurlijk neem ik hem mee. In feite is het volgende dat ik doe, het kantoor van Ashildr bezoeken om erachter te komen waar ik een draagtas voor de laptop kan krijgen — omdat ik mijn glanzende nieuwe speeltje anders niet tegen krassen kan beschermen.

"Ik zal je de voorraadkamer laten zien," zegt Ashildr en hij leidt me naar wat het beloofde land blijkt te zijn.

Nietjes, post-it-blokjes, notitieboekjes, kalenders, bureau-organisatoren, en allemaal heerlijk gratis!

"Voordat je het vraagt, als je iets mee naar huis moet nemen, dan kun je dat doen," zegt Ashildr.

"Is er een winkelwagentje dat ik kan lenen?" fluister ik vol ontzag.

Hij grinnikt nerveus. "Nee. Alleen wat je kunt dragen."

Helemaal goed. Met Ashildrs hulp breng ik genoeg spullen naar mijn kantoor om voor een week een kantoordepot te runnen, en misschien een Staples.

"Ik zal je je laten installeren," zegt Ashildr en ontsnapt voordat ik hem weer als mijn pakezel kan gebruiken.

Ik richt mijn kantoor in met alle freebies en start dan de stomme SoW.

Als ik honger heb, ga ik naar de bijkeuken om de snacks te bekijken. Wauw. Iemand heeft nog meer eten gebracht. Voor de verandering duik ik er niet meteen in, omdat er iets vreemds mijn oog trekt.

Een grote pot met een dikke geelachtige vloeistof en een briefje:

Honing — voor ieders plezier.

Tandenknarsend vecht ik tegen de drang om de pot tegen de muur te gooien. Ik ken dat handschrift. Ik heb het op alle documenten zien staan die ik onlangs heb ondertekend. Gunther heeft dat geschreven — en hij heeft de honing achtergelaten, als onderdeel van een of andere domme grap.

Is dit een soort ontgroening? Maar de woordkeuze... "Plezier?" "Iedereen?" Zegt hij dat ik de kantoorslet ben? De honingpotgrap is ook zo ongelooflijk onorigineel. Als ik een kwartje had voor elke keer dat iemand mijn naam op de een of andere manier aan de lichaamsvloeistoffen van de bijen koppelde, dan zou ik nu in staat zijn om in geld te zwemmen, zoals Dagobert Duck.

Ik loop Gunthers kantoor binnen om hem precies te vertellen wat ik denk, maar kan hem niet vinden.

Hmm. Misschien is dit een kans.

Ik sprint naar de voorraadkamer en pak alle roze post-its die ik kan dragen en ga dan terug naar Gunthers kantoor. Met een kwaadaardige grijns begin ik de briefjes in het patroon te plakken dat ik in gedachten heb — inclusief op de ramen, op de monitor, op het toetsenbord, op de vloer en op zijn stoel.

Als ik klaar ben, kijk ik ernaar en lach.

Het kantoor was eerder koud en modern, maar met al dat roze ziet het eruit als Barbie's droomhuis.

Grijnzend keer ik terug naar mijn kantoor en plaats een achteruitkijkspiegel op mijn monitor, zodat ik Gunthers reactie kan zien wanneer hij terugkomt om mijn handwerk te zien.

Na een paar minuten wachten realiseer ik me dat ik vergeten ben te eten, dus ga ik dat regelen.

Gunther is nog steeds niet terug.

Ach ja. Voorlopig kan ik aan de SoW werken om de tijd te doden.

"Octothorpe, laten we gaan knabbelen," zeg ik vrolijk.

"Opstarten," zegt de chipmunk-stem, die vrolijker klinkt dan eerder — obsceen zelfs. Misschien imiteert de computer mijn emoties?

Ik ga aan het werk, maar eigenlijk ben ik aan het wachten.

En wachten.

En ik wacht nog wat meer. Gunther is na een uur nog niet terug. Of na twee uur. Of na drie uur.

Zelfs nadat ik het document af heb, is hij nog steeds niet komen opdagen.

Klootzak. Hij verdient een soort onderscheiding omdat hij erin slaagt me te irriteren door *niet* in de buurt te zijn.

Mijn maag rommelt, dus ik bezoek de luxe bijkeuken nog een keer.

De pot met honing is er, en een deel van de inhoud ontbreekt.

Oh nee. Gebruiken mensen echt de honing? Fuck dat. Ik pak een paar eiwitrepen en wat fruit in de ene hand, en de beledigende pot in de andere.

"Dit ding gaat met me mee naar huis," zeg ik, voor het geval ik door een bewakingscamera wordt opgenomen. "Ik zal geen seconde langer vernederd worden."

Ik stamp terug naar mijn kantoor, eet aan mijn bureau en staar naar de klok.

Ver na vijf uur.

Hij komt waarschijnlijk niet terug.

Goed dan.

Ik pak de pot van mijn bureau en ga naar huis.

Er staan voor de deur pakjes op me te wachten.

Vreemd. Ik heb niets besteld.

Ik neem ze mee naar binnen en maak ze één voor één open.

Wat de fuck? Het zijn kleren en schoenen.

Dat kan niet... ofwel?

Yep. Er zit een briefje van Gunther bij:

Geschikte kantoorkleding. Ik verwacht dat je na je eerste salaris zelf meer koopt.

Huh. Er zijn hier zeven outfits. Waarom zou ik ooit geld aan meer verspillen?

Dodelijk zachte voetstappen trekken mijn aandacht. Ik draai me om en zie Bunny's boosaardige ogen glanzen van nieuwsgierigheid.

Het-dat-me-voedt zal me met die dozen laten spelen — of het zal gevild in een doos eindigen... en in de grond.

"Helemaal van jou," zeg ik tegen hem, terwijl ik alle spullen eruit haal.

Bunny klauwt naar de schoenendoos, alsof het iets kleins, harig en schattig is.

Ik laat de honingpot in de keuken staan en begin alles uit te proberen.

Ik zie eruit als een verdomde bibliothecaresse, maar het past allemaal, zelfs de schoenen.

Heeft een van mijn zussen Gunther hiermee geholpen? Voor vandaag was een van hen shit voor me te laten passen de enige manier om niet zelf te gaan winkelen.

Ik zucht.

Ik geloof dat ik me morgen maar beter netjes kan kleden.

Zeven

TOT MIJN GROTE TELEURSTELLING ZIJN DE POST-ITS
allemaal verdwenen als ik de volgende ochtend langs
Gunthers kantoor loop.

Nee, niet verdwenen.

Gunther heeft een groot stel van hen vast terwijl hij
me op weg naar mijn kantoor onderschept. "Is dit wat
je gisteren hebt gedaan in plaats van aan de SoW te
werken?"

"Goedemorgen, *Gunther*." De dag dat ik hem
meneer Ferguson noem is de dag dat ik mijn milt moet
laten onderzoeken. "Wat leuk om je te zien. Hoe gaat
het ermee?"

"Ik had het moeten weten," gromt hij. "Je zei dat je
—"

"Kop dicht," snauw ik. "Ik heb de verdomde SoW
afgemaakt. Wil je het zien?"

Hij ziet er geschrokken uit — hoewel ik niet zeker

weet of het door mijn gevloek komt of het feit dat ik een dag eerlijk heb gewerkt.

"Kom mee." Ik leid hem naar mijn bureau, laat Octothorpe mijn werkstation openen en toon op het scherm de vruchten van mijn werk — en dat allemaal zonder te gaan zitten.

"Goed gedaan," zegt hij nadat hij het heeft bekeken en hij klinkt irritant verrast.

Ik voel een domme, onwelkome uitbarsting van trots. Ik doe mijn best om het te onderdrukken. "Volgende keer eerst de feiten. Tot nu toe heb ik alles gedaan wat je hebt gevraagd. Ik heb zelfs deze afschuwelijke outfit aangetrokken."

Hij bekijkt me van top tot teen, zijn smaragdgroene ogen glinsteren van iets — waarschijnlijk woede.

"Denk je dat je er professioneel uitziet?" vraagt hij uiteindelijk vol ongeloof.

Ik kijk naar beneden. "Ik heb een blouse en een rok aan."

Hij wijst naar mijn rechteronderarm. "Is dat een tatoeage van Sneeuwwitje met een jachtgeweer, met een Guy Fawkes-masker?"

"Dit is niet de jaren vijftig," zeg ik met een oogrol. "Het zijn tegenwoordig niet alleen criminelen die tatoeages nemen."

Hij wijst naar mijn linker onderarm. "Is dat een demon die een mimespeler van achteren neemt?"

Ik haal mijn schouders op. "Je hebt me kleren gestuurd, ik heb ze aangetrokken."

Hij geeft me een harde blik. "Verwacht nog een partij kleding — deze keer met lange mouwen."

"Prima. Wat jij wil." Ik gebaar naar de deur. "Moet je niet ergens zijn?"

Zijn ogen vernauwen zich verder. "Ik moet je vertellen waar je nu aan moet werken." Hij knikt naar mijn stoel. "Ga zitten."

Ik plof in mijn stoel — en krijg bijna een hartaanval.

Eerst klinkt het alsof er een dozijn katten seks in mijn oren hebben, maar dan realiseer ik me wat het echt is.

Een megafoon.

Als ik op adem kom, kijk ik of mijn theorie juist is.

Yep.

Iemand heeft een megafoon onder mijn stoel geplakt.

Gebaseerd op de vingers in Gunthers oren en de zelfvoldane uitdrukking op zijn gezicht, hoef ik niet te raden wie de schuldige is.

"Ik heb een jongere broer," zegt Gunther grijnzend. "Als het gaat om grappen, dan gaat het je hoofd te boven."

Ik gnuif. "Ben je vergeten dat ik zeven zussen heb? Je kent Gia toch?"

Hij ziet er minder zelfverzekerd uit, en met een goede reden. Mijn oudere zus, Gia, is een goochelaar geworden — als in een professionele bedriegster. Toen ze jong was, was haar sadistische creativiteit als het om grappen ging het spul van legendes.

Zichzelf weer snel in de hand hebbend, gebaart hij

onbeschaamd naar het scherm. "Laten we het over de drie P's van projectplanning hebben," zegt hij en hij gaat een tijdje verder met praten en vertelt me dingen die zo saai zijn dat geen sterfelijke oren eraan zouden moeten worden onderworpen. Uiteindelijk geeft hij me een taak die daarmee te maken heeft en vertrekt.

Ik maak de megafoon los van onder mijn stoel en plan mijn volgende aanval voordat ik aan mijn opdracht begin.

Om half tien verlaat Gunther zijn bureau.

Dit is mijn kans. Ik pak een stukje plakband en sprint naar zijn kantoor. Ik draai zijn muis om, plak de lasersensor vast en ren terug.

Tegen de tijd dat ik in mijn stoel zit, zie ik hem terugkomen.

Hij pakt de muis.

Wiebelt ermee.

Zijn gezicht ziet er geïrriteerd uit.

Hij wiebelt er weer mee.

Ik bescheur mezelf.

Hij rommelt nog een minuut met het ding en draait hem dan om.

Zodra hij het plakband ziet, geeft hij een doodsblik naar mijn kantoor. Ik wacht tot hij naar me toe komt en tegen me gaat schreeuwen, maar dat doet hij niet. Hij trekt gewoon het plakband eraf en gaat aan de slag met wat het ook is dat CEO's doen.

En hij ziet er sexy uit terwijl hij het doet, de klootzak.

Ugh. Nou, ik had hem tenminste goed te pakken.

De komende twee uur wordt mijn productiviteit door vrolijkheid gestimuleerd. Pas als ik honger heb, realiseer ik me dat mijn kantoor verlaten me voor vergelding openstelt.

Ach ja.

Ik ga naar de bijkeuken en pak wat snacks. Bij de cappuccinomachine zie ik een nieuw bord: *nu spraakgestuurd*.

Huh. Ik pak een kopje en zet hem onder de dispenser. "Octothorpe. Zet koffie."

Er gebeurt niets.

"Octothorpe. Cappuccinotijd."

Nada.

Na poging nummer zes hoor ik een gnuif.

Het is Gunther, die met een vrolijke grijns op zijn gezicht tegen de deurpost leunt. "Ik kan niet geloven dat je daar in bent getrapt."

Zonder het te willen, ga ik naar hem toe, niet zeker of het plan is om die grijns van zijn gezicht te slaan of te likken.

"Je zult er spijt van krijgen dat je deze vete bent begonnen," zeg ik als ik zo ver in zijn persoonlijke ruimte ben gekomen dat ik hem kan ruiken — iets verleidelijk mannelijks met tinten van brandende kaarsen, wat me aan een romantisch gedecoreerde slaapkamer doet denken.

Zijn grijns is weg — punt voor mij. "Die *ik* ben begonnen?"

Als een mot die zich aangetrokken voelt tot de vlam van een kaars, ga ik dichter naar hem toe. Ik heb om de een of andere reden moeite met denken, maar ik slaag er nog steeds in om te zeggen, "Jij bent degene die die pot achterliet met een suggestie om me voor plezier te gebruiken."

Zijn gelaatstrekken worden donkerder. "Ik zet hier wekelijks honing neer."

Mijn mond voelt plotseling droog aan, dus ik bevochtig mijn lippen. "Waarom?"

Hij ziet er hongerig uit — waarschijnlijk moet hij lunchen. "In mijn vrije tijd ben ik een imker."

Ik kijk hem met knipperende ogen aan. "Bijen? Waar heb je bijen gevonden?" Ik heb me altijd voorgesteld dat hij in een penthouse in Manhattan woonde, maar niet met een bijenkorf erin of op het dak.

"Mijn bijen wonen naast mijn huis," zegt hij. "In New Jersey."

Oh. Hij woont in Jersey. Dat wist ik niet. Er is daar veel meer ruimte — te veel zelfs.

"Meen je dat nou?" vraag ik.

Het zou die subtiele geur verklaren die mijn neus aangenaam kietelt. Het zijn geen kaarsen. Het is bijenwas en rook.

Hij leunt naar voren zodat onze ogen op gelijke hoogte zijn. "Hoezeer je ook het gevoel hebt dat de wereld om jou heen draait, dat is niet het geval."

Fuck. Als ik hem wilde kussen, hoefden mijn lippen maar een paar miezerige centimeters over te steken. "Hoe moest ik weten dat je een imker bent?"

Hij gaat rechtop staan en wuift mijn vraag weg.

"Het enige dat je zou moeten weten, is dat ik nooit zoiets verachtelijks zou schrijven."

Deze keer weet ik niet waarom ik mijn lippen bevochtig. "Over mij in het bijzonder of over je werknemers in het algemeen?"

Zijn ogen schieten even vuur. "Als je projecten gaat managen, dan moet je je mensenkennis verbeteren."

Een zwerm bijen wordt dol in mijn buik — zonder twijfel eisen ze dat Gunther zijn specifieke vaardigheden gebruikt om ze te temmen. "Ik heb heel veel mensenkennis."

Gunther laat zijn hoofd weer naar me toe zakken. "Het bewijs zegt het tegendeel."

Waar kan ik daarop antwoorden? Ik kan niet beweren dat mijn gezond verstand me door *hem* in de steek heeft gelaten. Of dat het me nu in de steek laat. Hoe verklaar ik anders dat ik dichter bij hem ga staan, alsof ik door bijen met onzichtbare snaren naar hem toe wordt getrokken? Mijn hartslag versnelt, mijn ademhaling wordt oppervlakkig als een ongemakkelijke warmte zich diep in me verzamelt, waardoor ik me zeer bewust word van mijn lichaam en de onbekende kleding die het beperkt — en de manier waarop zijn zacht ogende lippen zich scheiden terwijl hij met dagend begrip naar me kijkt. De manier waarop zijn ogen een helderdere smaragdgroen worden terwijl hij zijn hoofd naar me toe buigt en —

Iemand schraapt ongemakkelijk zijn keel.

Ik ruk me weg van Gunther.

Ashildr — de keelschraper — ziet eruit alsof hij overal behalve hier wil zijn, inclusief in een bijenkorf.

"Dus... bijenhouder," zeg ik buiten adem tegen Gunther. "Waarom niet? Het is een goede deal. De bijen krijgen de kans om je te steken en jij krijgt er gratis honing voor terug."

Als ik de kans had om hem te bijten, dan zou ik ook wat van mijn lichaamsvloeistoffen opgeven, dat weet ik zeker.

Gunthers uitdrukking is moeilijk uit te vogelen als hij een stap achteruit doet en ook zijn keel schraapt. "Ja, het is ontspannend om bij hen te zijn." Hij past zijn stropdas aan en kijkt me aan. "En hoe zit het met jou? Heb je hobby's?"

Ashildr is niet zo goed in te doen alsof dit gesprek normaal is, en hij loopt naar het koffiezetapparaat en begint iets te brouwen. Tot mijn ergernis trapt hij niet in het stukje 'stem geactiveerd'.

Ik richt mijn aandacht weer op Gunther en doe mijn best om de pretentie voort te zetten. "Je weet dat ik van verkopen en deals hou."

"Dat is geen hobby," antwoordt Gunther, de smaak te pakken krijgend.

Ik gnuif. "Dat is het wel. Hoe verschilt het verzamelen van kortingsbonnen van het verzamelen van postzegels? Daarnaast heb ik ook een metaaldetector en gebruik deze op het strand. Dat is zeker een hobby."

Hij haalt zijn schouders op. "Goed dan. Die kwalificeert zich, misschien."

Ik fleur op. "Ik pluk ook paddenstoelen. Dat is niet zo heel anders dan bijen houden, maar wel veel veiliger."

Gunther gnuift. "Paddenstoelen kunnen giftig zijn."

"Niet als je je vriendin die een mycoloog is, meeneemt als je ze gaat plukken."

Ashildr haast zich als een muis die door Bunny wordt achtervolgd de bijkeuken uit.

Et valt een ongemakkelijke stilte tussen ons. Het is duidelijk dat het gesprek over hobby's zijn beloop heeft gehad. Dus, wat nu? Stel je voor wat er eerder gebeurde — of bijna gebeurde? Een deel van me wil weer bij hem in de buurt komen, maar een veel verstandiger deel vertelt dat andere deel om een verdomde clue te snappen.

"Ik kan maar beter gaan," zegt Gunther, terwijl hij koud water op al mijn delen gooit. "Ik heb een afspraak."

"Natuurlijk," zeg ik twijfelend.

Hij fronst. "Dat is echt zo. Mijn ijzergehalte is hoog, dus aan het begin van elke maand doneer ik bloed."

Waarom zou hij van alle dingen *dat* zeggen? Mijn huid wordt meteen klam en ik voel me zwak.

Van alle menselijke activiteiten beangstigt niets me meer dan een bloedafname. Ik ben banger voor die medische ingreep dan mijn zus Blue is voor hondsdolle vogels. Ik weet niet waarom dit zo is, maar alleen al de gedachte eraan kan me in een misselijkmakende spiraal brengen. Hetzelfde geldt voor het zien van een bloedzuiger. Of een overvoedde mug.

"Gaat het?" vraagt Gunther, zijn stem klinkt vreemd ver weg, alsof ik hem door een tunnel hoor. "Het spijt me als je dacht dat ik eerder iets ongepasts ging doen. Dat zou ik nooit doen."

Wacht, wat? Ik geef hem weer mijn volle aandacht. Dus ik had me de bijna zoen niet ingebeeld? Ik vergeet alles over de procedure die niet zal worden genoemd en staar met open mond naar Gunther.

Hij staart me aan en kijkt bezorgd. Wat hij ook zou moeten zijn. Ik bedoel, waarom je er sterk aan houden om niet te kussen? Charles Dickens zei het al, "Zeg nooit nooit."

"Dat is het niet," slaag ik erin om eruit te persen. "Ik denk dat mijn suiker laag is."

"Oh." Hij doet zijn kenmerkende samengeknepen ogen. "In dat geval moet je iets eten. Dat is een bevel."

Ik gnuif. "We zijn niet in het leger. Je kunt me niet rond commanderen."

"Je staat op mijn loonlijst. Als ik je vraag om tijdens je werktijd te eten, dan zul je eten." Hij klinkt als een drilsergeant.

Wacht, waarom denk ik aan drillen? Specifiek, hard drillen? Ik knipper en probeer mijn afgedwaalde gedachten weer op een rijtje te krijgen. "Oké, ik zal eten. Ga je ding doen." En herhaal alsjeblieft niet wat het is.

Hij knikt keizerlijk. "Goed. Ik wil je ergens in zien bijten. Nu."

Slik. Waarom ga ik daardoor aan... in dingen bijten denken? Ongepaste dingen. Zoals sappige lippen en —

"Oké," zeg ik moeizaam en pak het eerste dat ik op de toonbank zie — een notenreep.

Onder zijn vastberaden blik scheur ik de wikkel open en bijt. Hard.

"Brave meid," mompelt hij, met halfgesloten ogen. Dan, zich blijkbaar realiserend hoe dat eruit kwam, schraapt hij zijn keel en zegt, "Dat is goed gedaan."

Hij draait zich om en vertrekt zo snel dat ik het niet kan helpen dat ik denk dat hij ontsnapt.

Ik staar hem na en kauw gedachteloos. Ik kan niet geloven wat er net is gebeurd. Of bijna gebeurd? Ik weet het niet zeker. Ik kan ook niet geloven dat hij niet degene was die onze grapjesoorlog is begonnen. Toch heeft hij me goed gepakt en ligt de bal nu in mijn kamp. Ik weiger om hem het laatste woord te geven. Mijn reputatie als persoon met zeven zussen staat op het spel.

Dus, nadat ik ben hersteld van wat er al dan niet is gebeurd, verzamel ik mijn snacks, laat ze op mijn bureau vallen en ga naar Gunthers kantoor, waar ik zijn Bluetooth-toetsenbord voor het mijne ruil.

Grijnzend van verwachting schakel ik over naar het werken op mijn laptop en wacht tot hij terugkomt.

———

"Heb je meer gegeten?" Hoor ik Gunther uit het niets vragen.

Ik slik mijn hart terug in mijn borst en draai mijn

stoel om om hem onder ogen te zien — alle meer dan één meter tachtig van hem. "Je liet me schrikken."

Waarom heb ik hem niet mijn kantoor in zien komen? Ik moet te druk zijn geweest met het werk, hoe saai het ook mag zijn.

"Sorry," zegt hij, en hij klinkt helemaal niet verontschuldigend. "Beantwoord nu de vraag."

Ik rol met mijn ogen. "Ja, mam. Mijn buik zit vol. Ga nu maar." Ik maak een wegwezen-gebaar. "Laat me werken."

Hij sluit de deur van het kantoor en ik kijk naar hem in de achteruitkijkspiegel die ik heb geïnstalleerd.

Terwijl hij aan zijn bureau zit, googel ik de tekst van *Gangnam Style*.

Als ik zie dat Gunther begint te typen, copy-paste ik de teksten en geniet van de verwarde uitdrukking op zijn gezicht als hij de K-pop-zinnen van leest die in een of andere belangrijke e-mail verschijnen die hij aan het opstellen was. Tenzij hij Koreaans spreekt, zijn de enige woorden in dat nummer "Eh, sexy lady" en "style."

Vervelend snel springt Gunther overeind, pakt het toetsenbord, stormt mijn kantoor binnen en verwisselt zonder een woord te zeggen de toetsenborden.

Is hij een erge slechte verliezer?

Ach ja.

Ik ga verder met mijn werk. Alles gaat een tijdje goed, maar dan gaat mijn telefoon — een vaste lijn waarvan ik niet wist dat ik die had.

Ik neem behoedzaam op.

"Hallo," zegt de stem van een oudere dame.

"Hoi," zeg ik. "Waarmee kan ik u helpen?"

"Ashildr, ben jij dat, lieverd?" vraagt de dame. "Je moet harder praten. Mijn gehoorapparaat is kapot."

"U spreekt niet met Ashildr," zeg ik luider. "Wie is dit? Ik kan hem vertellen dat u heeft gebeld."

"Ben je verkouden?" vraagt ze.

"Nee," roep ik. "Ik ben Ashildr niet."

"Hoe noemde je me?"

"Ik noemde u niets. Ik zei alleen dat ik niet —"

In de verte hoor ik gelach, dus ik kijk te laat in de spiegel.

Fuck.

Gunther houdt zijn telefoon vast en kijkt me recht aan. "Ik heb toch gezegd dat ik een jongere broer heb." De zin die uit mijn telefoon komt, begint als de oude dame te klinken, maar verandert halverwege in Gunthers stem.

Van frustratie grommend sla ik de telefoon neer — een pleziertje dat niet mogelijk is met smartphones.

Gedurende de komende paar uur, neem ik niet de moeite voor grappen. Ik heb het gevoel dat ik verlies, dus ik moet hem goed te pakken krijgen. En als bonus weerhoudt het denken aan grappen me ervan om aan andere dingen te denken. Zoals wat Gunther toegaf. En wat ik weiger toe te geven.

Rond vier uur 's middags klopt de strenge dame die ik gisteren heb ontmoet op mijn kantoordeur.

"Kom binnen," zeg ik met tegenzin.

Wat wil ze?

Ze loopt met een onleesbare uitdrukking naar binnen. "Ik ben mevrouw Severina," zegt ze. "We hebben elkaar ontmoet op de startbijeenkomst voor het verbeteren van de kortingsbonnen."

"Natuurlijk," zeg ik. "Fijn om je weer te zien." Ik wil vragen wat de fuck ze hier doet, maar ik ben bang dat zij me nog meer zal berispen voor mijn taalgebruik dan Gunther.

"Meneer Ferguson heeft me gevraagd om je door ons huidige proces voor het maken van kortingsbonnen te leiden," zegt ze. "Als dit geen goed moment is..."

"Nee." Ik sluit het dossier af waar ik toch al bijna klaar mee was. "Ik ben nieuwsgierig naar het proces."

Ze kijkt afkeurend om zich heen. "Waarom heb je geen stoel voor gasten?"

Ze moet van elk feest het middelpunt zijn. "Ik zal er een voor je halen."

Ik ga naar een nabijgelegen leeg kantoor en pak de minst comfortabele stoel die ik daar zie. Ik rol hem naar mijn kantoor en gebaar dat ze moet gaan zitten.

"Mag ik de besturing doen?" vraagt ze.

Ik loop weg van mijn toetsenbord. "Mi casa es su casa."

Ze neemt het over en ze laat me de kneepjes van het vak zien — en ze verslaat Gunther op alle mogelijke manieren als het om het saai maken van het onderwerp gaat.

Toch is er een licht aan het einde van deze tunnel. Er begint zich een idee voor een epische grap in mijn gedachten te vormen, een die zo sluw is dat mijn zus Gia trots zou zijn.

Rond vijf uur pauzeert mevrouw Severina de les. "Als je een van die negen-tot-vijf-mensen bent, dan kunnen we morgen doorgaan." Ze laat van negen tot vijf werken erger klinken dan marteling, kannibalisme en een prijsverhoging bij elkaar.

"Ik vind het prima om door te gaan," zeg ik. Gezien de flexibele uren hier, kan ik altijd een langere lunch nemen of morgen naar de sportschool gaan om te compenseren.

Goedkeurend knikkend blijft Severina door zeuren en ik luister, terwijl ik de hele tijd een geeuw onderdruk. Terwijl de klok tikt, kan ik niet anders dan opmerken dat Gunther nog steeds in zijn kantoor is.

"Wanneer gaat hij weg?" vraag ik aan Severina als ze vraagt of ik nog vragen heb.

Voor het eerst laat haar strenge uitdrukking een barst zien. "Meneer Ferguson is altijd de laatste die vertrekt."

"Oh? Arme jongen. We houden hem weg van zijn bijen."

Ze lacht er bijna om. "We verkopen zijn honing in een aantal van onze winkels," fluistert ze trots. "Het merk is Buzz Beerin."

Ik grijns. "Klinkt dat niet meer als een naam voor een biertje?"

Haar strenge uitdrukking is terug. "Het is een hele slimme naam voor honing. Buzz is het geluid dat de bijen maken, en dan is er Buzz Aldrin, een beroemde astronaut die —"

"Oh, ik snap het." De beste grappen zijn altijd degene die je tot vervelens aan toe moet uitleggen.

Dan weet ik het. Buzz Beerin kan deel uitmaken van mijn idee voor een grap. Daar is het perfect voor.

Ik ga ervoor. "Is er ooit een uitverkoop geweest op Buzz Beerin?" vraag ik, terwijl ik mijn best doe om nonchalant te klinken.

Ze schudt haar hoofd. "Nog niet."

Ben er bijna. "Het zou leuk zijn om een aantal kortingsbonnen te maken, om het systeem echt te begrijpen," zeg ik. "Buzz Beerin klinkt als een goed product om op te oefenen."

Haar ogen glanzen. "Misschien voor een van onze digitale kortingen."

Bingo! "Ja. Natuurlijk. Als je denkt dat dat het beste is."

Haar dunne vingers vliegen opgewonden over het toetsenbord en al snel is er een kortingsbon voor Buzz Beerin — tien procent korting op de vraagprijs, om precies te zijn.

"Zo stel je de promotiedatum in." Ze beweegt met de muiscursor over het pictogram aan de rechterkant. "Ik ga het op een paar weken van vandaag zetten. Dat zou het merchandisingteam en alle anderen genoeg tijd moeten geven."

"Geweldig." Ik wrijf in mijn ogen. "Als je het niet erg vindt, zou ik nu graag naar huis gaan. Ik ben uitgehongerd en moe."

"Ik was toch bijna klaar," zegt ze en klikt op de e-mailknop op het formulier voor ons. "Ik zal je e-mail noteren, zodat je op de hoogte wordt gesteld wanneer dit live gaat." Ze klikt vervolgens op de knop 'Opslaan' — die zich direct naast 'ongedaan maken' bevindt.

"Heel erg bedankt," zeg ik nadrukkelijk.

Ze staat met tegenzin op. "Laat het me weten als je nog vragen hebt."

"Zal ik doen."

Ik wacht tot ze weggaat, en dan kijk ik in mijn achteruitkijkspiegel om er zeker van te zijn dat Gunther niet stiekem achter me is komen staan om over mijn schouder te kijken.

Nee. Ik ben veilig.

Ik voel me extreem ondeugend en verander de tien procent in honderd tien — wat betekent dat een klant eigenlijk zou worden betaald als ze als onderdeel van deze promo Buzz Beerin kopen.

Als ik de cursor naar voren breng om op 'Opslaan' te klikken, aarzel ik.

Gezien het feit dat Gunther me hierheen had gehaald om zijn kortingsbonnen Honey-proof te maken, zou hij dan denken dat deze grap de grens overschrijdt? Of erger nog, zou hij het niet als een grap zien, maar denken dat ik weer bezig ben om mijn standaard capriolen uit te halen?

Shit. Ik haat het als ik ineens een geweten krijg. Ik klik op 'ongedaan maken' en sluit het bestand voordat ik weer in de verleiding kom. Ik zal een andere grap moeten verzinnen — iets dat niet met kortingsbonnen te maken heeft.

Verrassend trots op mijn terughoudendheid sta ik op om te vertrekken.

Gunther blijft waar hij is.

Ik steek mijn hoofd in zijn kantoor. "Fijne avond."

"Tot morgen," zegt hij, terwijl zijn ogen op het scherm gericht blijven. "Vergeet niet te eten."

Acht

NA HET ETEN, HANDEL IK ZOALS ME WAS BEVOLEN DE
pakketten af die ik bij thuiskomst had gevonden.

Zoals ik al had vermoed, is het kleding — de
geschikte lange mouwen-editie.

Bunny kijkt me sceptisch aan als ik een outfit
uitprobeer.

*De overlevingskansen van het-dat-me-voedt zijn net
naar beneden gegaan. Het lijkt nu te veel op andere leden
van haar nest — en het zou moeten weten hoe vurig ik
ernaar verlang om catnip-speelgoed van hun huid te maken.*

De volgende ochtend is Gunther niet op zijn kantoor,
dus ga ik naar binnen en zet mijn volgende grap op,
met rubberen banden en plakband om een
luchtverfrisser zo op te zetten dat hij constant spuit.

Als hij begint te sissen, ren ik weg.

Verdorie.

In de tijd dat het me kost om te ontsnappen, is de geur al zo sterk dat mijn geurgevoelige zus Lemon waarschijnlijk ter plekke zou sterven. Ik kan me niet voorstellen hoe erg het zal zijn als de spuitbus leeg is.

Misschien heb ik het overdreven?

Het is nu te laat.

Als ik op kantoor kom, frons ik.

De lucht van Gunthers kantoor sijpelt de mijne binnen.

Verdorie. Het ruikt hier naar een opgeblazen parfumfabriek. Hoe erg is het in het epicentrum? Whatever. De uitdrukking op Gunthers gezicht zal deze overlast de moeite waard maken.

Hopelijk.

Ik zit achter mijn bureau en knipper naar mijn scherm.

"Je hebt een virus," staat er op het scherm.

Hoe? Dit is een bedrijfscomputer. Moet het geen antivirusprogramma hebben of zo? Ik zou de IT-afdeling moeten bellen... het is alleen dat het telefoonnummer in Outlook opgeslagen is, als in de computer waar ik toegang toe wil.

Het goede nieuws is dat ik mijn laptop bij me heb, dus ik log daar in en zoek het nummer op dat ik nodig heb — dat is wanneer ik Gunther zijn kantoor in zie lopen.

IT kan wachten.

Ik kijk naar zijn uitdrukking.

Fucker. Gunther doet alsof er niets aan de hand is, loopt naar zijn raam en doet hem open.

Gaan deze dingen echt open?

Ik sprint naar de mijne.

Nee. Geen teken van een klink of zo. En dat is logisch. Ramen en de bedrijfswereld gaan niet samen. Na het horen van een lezing over projectmanagement zouden te veel mensen aan de verleiding toegeven om te springen.

Iemand klopt op de deur van mijn kantoor.

Het is Gunther.

"Kom binnen," zeg ik met tegenzin.

Hij loopt naar binnen en trekt theatraal zijn neus op. "Ik weet dat HR dat niet expliciet heeft gezegd, maar te veel parfum wordt afgekeurd."

"Waarom heb ik geen raam dat open kan?" eis ik.

Hij haalt zijn schouders op. "Risico?"

"Maar het jouwe gaat wel open."

Zijn volle lippen vormen weer die vervelende grijns. "Er zitten voordelen aan om de leiding te hebben."

Ik zet een stap naar hem toe. "Over gisteren..."

Hij fronst. "Ik weet niet zeker waar je het over hebt."

Ik zucht. "Wat er in de bijkeuken is gebeurd..." De bijna kus waar ik dromen van boven de achttien over heb gehad.

Hij veinst een blik van verwarring. "Je bedoelt mijn geweldige koffiemachinegrap? Of de discussie over hobby's?"

Dus zo wil hij het spelen — doen alsof er niets gebeurd is? Het is waarschijnlijk het beste, maar het maakt me om de een of andere reden kwaad.

"Bijen houden is een baan, geen hobby," zeg ik chagrijnig. "En die grap was maar zo-zo. De mijne zou veel beter zijn als je geen raam had."

Hij grijnst duivels. "Dus... je denkt nog steeds dat zeven zussen een jongere broer verslaan?" Voordat ik kan antwoorden, loopt hij naar mijn scherm en verwijdert tot mijn schrik een gelamineerd papier dat het bedekte.

Een papier met 'Je hebt een virus' erop gedrukt.

Verdorie. Dat is bijna een grap op Gia-niveau. Niet dat ik hem dat ooit zou vertellen. "Ik zeg nog steeds dat zeven zussen zullen triomferen. Als het niet anders kan, dan zou ik er vijf langs kunnen laten komen en je laten denken dat je me overal ziet."

Hij kijkt naar mijn outfit met lange mouwen. "Het zou bijna kunnen werken." Hij scant mijn gezicht. "Dat wil zeggen, ervan uitgaande dat ze allemaal bereid zouden zijn om hun neuzen en wenkbrauwen te piercen."

"Vergeet de tongen niet," zeg ik en steek de mijne uit om de stud te laten zien die ik erin heb zitten.

Is dat afschuw of iets anders in zijn blik? Het is te snel weg, vervangen door een theatrale oogrol. "Zouden je zussen ook hun tong naar me uitsteken, zoals vijfjarigen?"

Ik haat hem meer als hij goede punten maakt. Het is maar goed dat ik mijn andere piercings niet heb gecatalogiseerd die hij niet kan zien — zoals in mijn tepels, mijn navel en mijn meest privégebied, die ik Pot heb genoemd.

"Dus," zegt hij, terwijl zijn toon in een flits serieus wordt. "Zullen we het in mijn kantoor, waar de lucht frisser is, over je volgende taak hebben?"

———

De volgende dag sluip ik het kantoor van Gunther binnen en vervang de foto's van zijn familie door die van Ted Bundy, John Wayne Gacy en Ronald McDonald.

Zijn vergelding is snel en duivels. Als ik in een lekker uitziende karamelappel hap die ik in de bijkeuken vind, blijkt het een ui te zijn. Blijkbaar had Gunther de 'traktatie' gemaakt en had hij de rest van de mensen gewaarschuwd om ervan af te blijven.

Ik raadpleeg Gia voor de zet van de volgende dag en Gunther vindt een realistisch ogende groep griezelige kruipers in zijn bureaulade.

De volgende dag is mijn kantoor tot de nok gevuld met ballonnen. Ik maak mezelf bijna doof door ze te laten knallen en spreek dan op een hoge toon van al het helium dat ik uiteindelijk inadem.

We nemen elkaar de rest van de week over en weer in de maling. Op maandag, wanneer Gunther me betrapt op het planten van een glitterbom, zegt hij streng, "Dit moet stoppen."

Ik kijk hem onschuldig aan. "Wat?"

"Mijn productiviteit is gedaald," zegt hij. "Die van jou ook, denk ik."

Ik ga rechtop staan. "Ik heb al mijn werk gedaan. Op tijd." Aan de andere kant zou ik waarschijnlijk extra werk kunnen doen als ik niet zoveel tijd verspilde met het bedenken van grappen. Of beter nog, ik zou vroeg weggaan.

Hij zucht. "Goed dan. We stoppen voor *mijn* bestwil."

Ik grijns diabolisch. "Als in, geef je het op?"

"Is dat wat ervoor nodig is?"

"Het zou een begin zijn. Ik zou ook wel een andere bron van vermaak kunnen gebruiken."

Zijn wenkbrauwen trekken zich samen. "Je bent hier om te werken."

Ik doe alsof ik op het punt sta om mijn glitterbom te laten vallen. "Als je het zo wilt spelen, dan weet ik niet zeker of —"

"Hoe zit het met de kortingsbonnen?" vraagt hij met een geërgerde stem.

Ik knipper met mijn wimpers naar hem. "Welke kortingsbonnen?"

"Voordat we je inhuurden, hadden we een heleboel kortingsbonnen van concurrenten voor onderzoek opgeslagen. Zou het vermakelijk voor je zijn om ze te bekijken?"

Zou een beer toegang willen tot de vruchten van Gunthers bijenarbeid? "Ja, alsjeblieft," roep ik uit, alleen om te beseffen dat ik erin ben getrapt.

Kortingsbonnen zijn tenslotte werkgerelateerd, en de glans in zijn ogen laat zien dat hij dat weet.

"Geweldig." Hij gebaart naar de deur van zijn kantoor. "Ik zal ervoor zorgen dat je die tour tegen het einde van de dag krijgt."

"Afgesproken." Ik draai me om en stop dan. "Oh, en ik accepteer je nederlaag."

———

Iemand klopt na de lunch op de deur van mijn kantoor. Ik draai me om en zie Tiffany, die eruitziet alsof ze wat citroenen met stront heeft ingeslikt.

"Meneer Ferguson heeft me gevraagd om je een rondleiding te geven door de opslagplaats voor kortingsbonnen," zegt ze nadat ik haar met tegenzin naar binnen wuif. "Komt het nu uit?"

Heeft hij *haar* gevraagd om iets met *mij* te doen? Is de oorlog van de grappen weer aan de gang, of is dit meer sinister? Ik had het vermoeden dat hij me hierheen had gehaald als wraak voor mijn zonden uit het verleden, en als Tiffany deel zou uitmaken van de wraak, dan zou dat poëtische gerechtigheid zijn.

"Het komt nu uit." Ik zou een prijs moeten winnen voor hoe hartelijk ik mijn toon houd. "Leid de weg."

Met een krengerige gnuif, leidt Tiffany me naar de lift en we maken een stille rit naar de kelder. De lucht tussen ons knettert de hele tijd van de attitude.

"Deze kant op," zegt ze en ze leidt me door een gang.

Hmm. Een plek zonder getuigen. Gaat ze mijn lever opeten?

Misschien. Voor nu wijst ze naar de kaartlezer naast een gewoon uitziende deur. "Probeer het. Je moet toegang hebben."

Ik ga er met mijn kaart langs en het slot klikt open. Ze houdt de deur voor me open terwijl ik naar binnen ga.

Heilige Black Friday! Het is alsof ik op mijn thuisplaneet ben aangekomen.

Er is hier een miljoen dollar aan kortingsbonnen — en dat is een conservatieve schatting.

Tiffany moet mijn uitdrukking lezen. "Voordat je besluit om iets mee naar huis te nemen, moet je weten dat ze volledig zijn gecatalogiseerd."

"Noem je me een dief?" De drang om mijn mes te pakken is sterk, maar ik vecht ertegen, aangezien dit een werkplek is en zo. Om nog maar te zwijgen van het feit dat deze idioot zichzelf weer kan steken, en haar bloed het laatste is wat ik wil zien.

"Als de schoen past." Ze laat haar blik naar mijn werkgeschikte hakken gaan. "In tegenstelling tot die."

Ik zet een stap naar haar toe. "Wat zei je?"

Ze trekt zich terug. "Je bent geen Munch & Crunch-materiaal, en dat weet je."

Ik houd mijn hoofd schuin. "En *jij* wel?"

"Hij heeft je uit medelijden ingehuurd," zegt ze. "Uiteraard."

Ik zwaai met mijn hand als een winnaar van een schoonheidswedstrijd. "Ik ga je vanaf nu Pot noemen.

Je kunt mij Ketel noemen." Pot is momenteel de bijnaam van mijn vagina, maar ze kunnen hem delen.

Tiffany draait zich om. "Vind zelf de weg maar terug."

Terwijl ze weg stampt, roep ik, "Bedoel je door een gang lopen?"

Geen antwoord.

Goed dan. Whatever. Hopelijk zal ze, de volgende keer dat Gunther haar vraagt om iets te doen waar ik bij betrokken ben, weigeren.

———

Zonder grappen zijn de komende weken eentonig, en het enige positieve dat ik over mijn werk kan zeggen, is dat ik er goed in blijk te zijn, en niet alleen in de kortingsbon-gerelateerde delen.

Wat jammer is, is dat Gunther puur professioneel blijft: hij praat alleen maar over werk en niets anders. Het is onnodig te zeggen dat hij blijft doen alsof het ding in de bijkeuken nooit is gebeurd. Naarmate de tijd verstrijkt, begin ik me af te vragen of ik het me had ingebeeld... en zo ja, of dat eigenlijk het beste is. Ik moet niet vergeten dat ik hem haat... toch?

Moe van al het werk, besluit ik om in het weekend iets leuks te doen, dus als het zaterdag is, bel ik mijn vriendin Peach en vertel haar dat we paddenstoelen moeten gaan zoeken als ik mijn gezonde verstand wil behouden.

"Er is een bos in Connecticut," antwoordt ze vrolijk. "Ik ben al maanden van plan om het te verkennen."

"Perfect." Ik zoek mijn wandelschoenen. "Het is een date."

———

Terwijl ik me klaarmaak voor het uitje met Peach, krijg ik een telefoontje van Pearl.

"Het is officieel," zegt mijn clustermaatje vrolijk. "Atonic is zwanger."

Geweldig. Ik word oma *en* oudtante tegelijk.

Zijn timing is onberispelijk: Bunny wrijft langs mijn been.

Het-dat-me-voedt moet voorzichtig zijn bij het hanteren van die kittens. Ze erven misschien wel de hunkering van hun vader... naar smakelijke oogbollen.

"Wauw," zeg ik in de telefoon. "Kan ik iets doen om te helpen?"

"Zoals wat?" vraagt Pearl.

"Alimentatie betalen in Fancy Feast?"

"Ik wil wel wat kortingsbonnen voor kattenvoer als je ze hebt."

Huh. Dat is gemakkelijk. Ik heb er een ton van in mijn collectie. "Anders nog iets?"

"Misschien kun je helpen om goede huizen voor de kleintjes te vinden?"

"Natuurlijk. Ik ga vandaag naar mijn vriendin Peach en ik zal vragen of ze er eentje wil."

"De mycoloog?"

"Yep."

"Heeft ze niet al een huisdier?"

Ik gnuif. "Ik denk niet dat paddenstoelen tellen."

"Planten kunnen huisdieren zijn. Mijn vriendin in L.A. beschouwt haar cactus als een huisdier."

Ik kan het niet helpen, maar ik channel Peach als ik op professorale toon zeg, "Paddenstoelen maken geen deel uit van het plantenrijk. Het zijn schimmels."

"Aardappelportabella," zegt Pearl. "Laat het me weten als ze er een wil."

"Zal ik doen. Anders nog iets?"

"Ja," zegt ze. "Vertel me over je hete baas."

Natuurlijk. Pearl is de verpersoonlijking van roddels. Het is een wonder dat ze er zo lang over heeft gedaan om tot deze vraag te komen.

Ik vertel haar dat er niet veel te vertellen is, maar dan vertel ik haar wel over de streken die Gunther en ik bij elkaar hebben uitgehaald.

"Wanneer een jongen aan je haar trekt of een grap uithaalt, dan vindt hij je leuk," zegt Pearl scherp.

"Alleen als de jongen vijf is. Geloof me, Gunther haat me."

Ze gnuift. "Je zal met hem naar bed gaan, ik weet het gewoon. Als ik het mis heb, dan zal ik je een jaar lang gratis kaas geven."

"Afgesproken. Oh, en dit is officieel de meest smakeloze weddenschap die we ooit hebben gemaakt."

"Nee," zegt Peach als ik een kilometer in onze wandeling het onderwerp van kittens ter sprake breng. "Er zal geen duivelsgebroed mijn huis in komen."

Oeps. Iets wat ik tegen Pearl vergat te zeggen is dat Peach Bunny niet zo leuk vindt. Ze heeft me ooit een plantenbak met paddenstoelen gegeven, en Bunny krabde ze voor de lol aan flarden.

"Laat het me weten als je van gedachten verandert," zeg ik en ik kijk om me heen.

Dit bos in Connecticut was een geweldig idee. Niets ontlast de spanning van een zakelijke baan in de betonnen jungle als een onderdompeling in de natuur.

Ik zie een stukje oranje op de grond links van me. Als ik vooroverbuig, blijken het paddenstoelen te zijn — zoals ik al dacht.

Ik pak er een op en snuf eraan. Vaag abrikoosachtig.

Ik laat mijn vangst aan Peach zien. "Cantharel, toch?"

Ze knikt goedkeurend. "Heerlijk. Pak ze allemaal."

Ik doe dat, en we blijven zoeken.

"Zijn die giftig?" vraag ik Peach als ik kleine roodbruine paddenstoelen met groene vlekken zie.

Peach kijkt naar mijn vondst en fluit. "Dat zijn *Psilocybe caerulipes.*"

Ik staar haar met een geërgerde uitdrukking aan. "Denk je dat dat mijn vraag beantwoordt?"

Ze plukt de paddenstoelen en drukt er in eentje met haar vinger. Hij kleurt blauw. "Ze staan ook bekend als de blauwvoet."

Ik rol met mijn ogen. "Enig verband met kleine

Blauwbaard, de beroemde paddenstoel die al zijn vrouwen vermoordde?"

Wacht, waarom geef ik haar dit idee? Als schimmels konden trouwen, dan zou ze er sneller met een vandoor gaan dan dat je 'champignon' kunt zeggen.

Peach plukt meer van de schimmels in kwestie en begint ze te wassen. "Heb je ooit van paddo's gehoord?"

Oh, wauw. Eetbare paddenstoelen vinden is al geweldig, maar om gratis drugs te vinden, dat is een heel ander niveau.

Ik onderzoek de paddenstoelen waarderend. "Hoeveel zijn ze waard op de zwarte markt?"

Ze haalt haar schouders op. "Paddo's zijn tien dollar per gram of zo. Maar voordat je ideeën krijgt — ze zijn zeer illegaal."

"Tuurlijk, maar —"

Ik maak mijn zin niet af omdat Peach een beetje van de blauwvoet in haar mond steekt.

"Wat doe je?" eis ik geschokt.

"Wil je high worden?" Ze geeft wat aan mij.

Ik kijk naar het aanbod. "Wil je in het bos trippen?"

Ze haalt haar schouders op. "Waarom niet? Waarom zouden deze kleine jongens anders een stof produceren die zich aan receptoren in onze hersenen bindt? Ze *willen* dat we de grootsheid van het bos ervaren zoals zij dat doen."

Ik doe een stap achteruit. "Hoe zit het met het hele illegale deel?"

"Je kunt alleen in de problemen komen als je

betrapt wordt bij de verkoop ervan of als je ze in je bezit hebt."

Ik accepteer haar aanbod behoedzaam. "Is het ook niet illegaal om ze te gebruiken?"

"Hoe zou je gepakt moeten worden? Veelvoorkomende drugstests zoeken niet naar deze drug, en zelfs als ze dat wel deden, dan metaboliseert je lichaam de leuke ingrediënten binnen vierentwintig uur. De enige manier om het naderhand te kunnen vaststellen is om een gespecialiseerde test op je haar te doen, en zelfs dat zal alleen binnen negentig dagen te zien zijn. In ieder geval wordt die test zelden gebruikt omdat hij duur en onbetrouwbaar is."

Ik grijns ondanks mezelf. Als het iets met schimmels te maken heeft, dan is Peach als een wandelende Wikipedia. Als blijkt dat de remedie voor kanker afkomstig is van een paddenstoel, dan zal Peach zeker degene zijn die het zal ontdekken.

"Dit is je enige kans," zegt ze. "Als we ze meenemen, dan lopen we het risico in de problemen te komen."

"Gemeen," mompel ik. "Je weet dat ik een TA niet kan weerstaan."

Ze houdt haar hoofd schuin. "Een TA?"

"Tijdelijk aanbod," zeg ik en ik stop een stukje paddenstoel in mijn mond.

Terwijl ik kauw, frons ik. De paddenstoel smaakt naar meel. Raar.

Slikkend kijk ik om me heen. "Ik voel me niet anders."

"Het kan een half uurtje duren," zegt ze. "Laten we in de tussentijd verder zoeken."

Terwijl we de paddenstoeljacht hervatten, gaat het gesprek naar mijn nieuwe baan en vertel ik haar wat er met mij en Gunther is gebeurd, evenals Pearls gedachten over de kwestie.

"Ik moet het met Pearl eens zijn," zegt Peach als ik klaar ben. "Het is slechts een kwestie van tijd voordat jullie twee aan de gang gaan."

Grr. Natuurlijk zou ze de kant van Pearl kiezen. Ze delen de band van mensen wiens namen met het woord 'pea' beginnen — daar bovenop ruilen ze kaas voor champignons en vice versa.

Whatever. Een eik trekt mijn aandacht. Als ik ernaar kijk, zie ik een vreemde gloed — een soort glinstering, met mooie kleuren, allemaal heel aangenaam om naar te kijken.

"Is de shiitake eindelijk binnengekomen?" hoor ik Peach in de verte vragen.

De eik kijkt haar afkeurend aan.

"Ik weet het," zeg ik tegen de eik. "Het is onbeleefd om een gesprek te onderbreken."

Peach grijnst. "Je gesprek onderbreken... met een boom?"

"Ik ben Groot," zegt de eik streng.

Hmm. Dat klinkt als een inbreuk op het auteursrecht. Ik draai me weg van de eik en zie een blauwe gaai.

"Hé, vogeltje," zeg ik. "Ik ben blij dat je geen spotgaai bent."

"Yo," antwoordt de vogel. "Hoe gaat het?"

Ik grinnik. "Weet je, ik heb een zus die Blue heet. Ironisch genoeg zou ze doodsbang voor je zijn."

De vogel springt rond. "Kijkt ze?"

Hmm. Ze bekijkt meestal alles via camera's, maar dit is een bos. Alleen de geesten houden ons nu in de gaten. Ik voel me op de een of andere manier met hen verbonden. Verbonden met elk wezen, elke wortel en tak.

Over verbondenheid gesproken, ik ben dit uitje niet alleen gaan doen.

Waar is Pruim? Of was het Abrikoos?

Ik draai me om en zie dat — hoe ze ook heet — een kleine kikker in haar handen houdt.

Natuurlijk. Dat is logisch.

Ze geeft hem een kus.

Ik houd mijn adem in en verwacht ten volle dat het schepsel in een prins verandert, of misschien The Artist eerder bekend als Prince.

Maar helaas. Het kikkertje schittert met felle kleuren, maar blijft een amfibie.

Hé, ik kan het Nectarine niet kwalijk nemen. Met haar gebrek aan een liefdesleven, was het de moeite waard om te proberen.

Ach ja. Ik blijf met mijn nieuwe verhoogde zintuigen het mythische bos verkennen.

"Proef je suikerspin in de lucht?" vraagt mijn reismaatje.

Ik snuf met mijn mond. "Nee. Alles smaakt voor mij naar even getallen. Specifiek, zoals tweeënveertig."

Ze fluit. "Dat *is* een smakelijk klinkend getal."

Ik knik en begin dan een praatje met een dennenboom — over het leven, het universum en alles.

"Dat was diep," zegt de stekelige boom of de wazige vrucht. "Je zou hiervan iets op moeten schrijven."

Goed idee. Ik pak mijn telefoon en snak naar adem. Hij heeft een sterke aura, zoals die van alle levende wezens. Het nadeel van de aura is dat de notitie-app moeilijk te vinden is, dus ik besluit dat ik gewoon een voicemail achterlaat met al mijn geniale ideeën.

Yep. Velen zijn gerelateerd aan kortingsbonnen, dus het zou een schande zijn om ze te missen.

Plotseling zit ik in een weide met de telefoon in mijn hand.

Hoelang heb ik die ideeën zitten dicteren?

Geen idee.

Ik hang op en vind mijn vriendin wiens naam eindelijk bij me terugkeert... ervan uitgaande dat het echt Peach is, natuurlijk.

"Ben jij Peach?" vraag ik plechtig.

Ze stopt met te kauwen op een cantharel paddenstoel (of zat ze ertegen te praten?). "Zijn we niet allemaal Peach?"

Zijn we dat? Echt niet. Ik ben iets zoets, maar geen perzik.

Melasse, misschien? Ahornsuikerstroop?

Er komt een bij voorbij en even ervaar ik de wereld als het kleine schepsel — de ultraviolette kleuren van de bloemen, het gevoel van bewegende lucht op mijn voelsprieten, het gevoel van nectar-regurgitatie.

Wacht eens even.

Dat is mijn naam.

Honey.

Oef.

Tevreden lig ik op mijn rug en bekijk de grenzeloze hemel — dat is wanneer mijn magische reis serieus begint.

―――――

"Het wordt donker," zegt Peach een onbekende tijd later.

"Shit. Juist." Ik kijk om me heen en voel me een stuk normaler, maar nog steeds niet honderd procent. "Hoe zijn we hier gekomen?"

Ze haalt haar schouders op. "Laten we eens kijken of we een weg terug kunnen vinden."

Dat doet ze, dankzij al die foerageerervaring.

Tijdens de rit naar huis zijn we ingetogen en die nacht is mijn slaap diep en rustgevend. Tegen zondagochtend voel ik me weer helemaal mezelf — en dat is wanneer ik Peach bel.

"Was je net zo high als ik?" vraag ik nadat we ongemakkelijke hallo's hebben uitgewisseld.

"Vreemd genoeg, ja," zegt ze.

"Vreemd genoeg?"

"De paddenstoelensoorten die we hebben genomen, worden als mild beschouwd", zegt ze. "Het lijkt erop dat we een overpresteerder hebben opgegeten."

"Wauw. Ik huiver als ik bedenk wat een sterke paddenstoel met me zou doen."

"Ja. Daarom vroeg ik me af... Heb jij de paddenstoelen die we tijdens ons uitje hebben verzameld?"

Ik kijk om me heen.

Nee.

Het enige wat ik zie, is mijn ontevreden uitziende kat.

Het-dat-me-voedt moet haar zielige excuus voor een bestaan rechtvaardigen en, nou ja, me echt VOEDEN. Laat me niet mijn kilo aan menselijk vlees opeisen.

Ik kijk in de koelkast. Geen paddenstoelen. Ik pak een blikje kattenvoer en zet het op de manier neer die Bunny prettig vindt — op het aanrecht.

Het-dat-me-voedt mag die oogleden nog één dag houden.

"Ik zie niks," rapporteer ik aan Peach.

"Ik heb hier ook niks," zegt ze. "De *moraal* hier is: doe niet aan drugs."

Ja. Het verliezen van gratis paddenstoelen is de enige reden om geen drugs te gebruiken. Dingen als met bomen praten en kikkers kussen tellen niet mee.

"Geniet van de rest van je zondag," zegt ze. "Tenzij je vandaag nog een keer met me op paddenstoelen me wilt gaan jagen?"

"Dat kan niet," zeg ik. "Ik moet mijn werkkleding naar de stomerij brengen."

———

Ik ben maandag nauwelijks aan mijn werk begonnen wanneer Gunther mijn kantoor binnenkomt met een onleesbare uitdrukking op zijn geschoren gezicht, hoewel zijn groene ogen onheilspellend gloeien.

"Ik had de indruk dat de grappen voorbij waren," zegt hij, terwijl hij de gebruikelijke ochtendgroet weglaat.

"Nou, ja," zeg ik. "En als dit jouw manier is om er een te beginnen, dan is het een domme."

Hij zwaait met zijn telefoon voor mijn gezicht. "Wil je dit uitleggen?"

"Is het een smartphone?"

Hij gnuift en drukt op een icoon op zijn scherm.

Zodra ik mijn stem uit de luidspreker hoor, realiseer ik me dat ik in de problemen zit.

"De geweldige ideeën van Honey Hyman over de blauwvoet," zegt mijn stem vrolijk.

Dat zou al erg genoeg zijn, maar mijn stem gaat door.

"Idee één: Timber — een dating-app voor bomen."

Negen

SHIT. IK HEB HET ECHT VERKLOOT.

"Ik kan het uitleggen," flap ik eruit.

Zijn expressieve wenkbrauwen komen omhoog. "Je gebruik van verdovende middelen uitleggen? Ik wil het graag horen."

Verdomme. Ik wilde zeggen dat de blauwvoet een merk wodka is, en dat ik gewoon dronken was.

Ik haal diep adem om kalm te worden. "Ben ik ontslagen?"

En als dat zo is, betekent dat dan gevangenisstraf? Waarom ben ik bijna net zo bezorgd over het feit dat ik Gunther dan niet meer zie als over de gevangenis?

Hij haalt zijn schouders op. "Dat heb ik nog niet besloten."

"In mijn verdediging, ik heb het in het weekend gegeten," mompel ik. "Ik was niet high onder werktijd."

Hij gnuift. "Is *dat* het beste excuus dat je kunt bedenken?"

"Nou, kijk," zeg ik, terwijl ik geïrriteerd begin te raken — mijn standaard gemoedstoestand als het om Gunther gaat. "Het is niet zo dat ik regelmatig drugs gebruik. Mijn vriendin en ik waren gewoon op zoek naar paddenstoelen en vonden toevallig de blauwvoetpaddenstoel — dus we hadden er wat van gegeten."

Hij rolt met zijn ogen — en hij moet de enige mens in het bestaan zijn die dat er sexy uit laat zien. "Ja, dat is *heel* logisch. Wat als het een giftige paddenstoel was?"

"Mijn vriendin is een expert op dit gebied. Ik heb in haar aanwezigheid veel meer kans om een giftige turducken te eten."

Hij lijkt niet overtuigd te zijn. "Laten we zeggen dat je een koffer met cocaïne zou vinden in plaats van paddo's — zou je dat ook gebruiken?"

Ik haal mijn schouders op. "Waarschijnlijk niet. Ik heb genoeg films zoals *True Romance* gezien om te weten dat koffers zoals die meestal iets met gangsters te maken hebben."

"Oh? Is dat de enige reden?"

Grr. Het is moeilijk om te argumenteren wanneer je tegenstander gelijk heeft — en net zo afleidend heet is als deze.

Ik zucht luid. "Oké, *mam*. Drugs zijn slecht. Mag ik nu weer aan het werk?"

Hij houdt zijn hoofd schuin, er vormt zich een grijns om zijn volle lippen. "Weet je zeker dat je niet een aantal van je geniale ideeën wilt horen?"

Voordat ik kan weigeren, tikt hij nog een keer op

het scherm en zowaar is mijn ietwat onduidelijke spraak terug, met de volgende parel:

"Idee nummer zevenentwintig is voor een andere Munch & Crunch-kortingsbon. Gratis een zoete kus van Gunther Ferguson als je een pot van zijn eigen honing koopt. Idee nummer achtentwintig — maak een gipsvorm van Gunthers lippen, maak dan lippenstift in die vorm... en verkoop dat met een twee-voor-één-kortingsbon. Idee nummer negenentwintig — vergeet de lippenstift. Maak een handdoekenhanger op basis van een afgietsel van zijn —"

Hij tikt opnieuw op het scherm. "Je snapt het idee."

Ik voel mijn wangen de kleur van een stopbord worden. "Ik herinner me vaag dat ik kortingsbongerelateerde ideeën bedacht," zeg ik met een verstikte stem. "Ik zat in ieder geval met mijn hoofd bij het werk."

Zijn grijns wordt extra boosaardig. "Als je werk aan je hoofd had, waarom waren er dan zoveel van je ideeën om mij te misbruiken?" Met schijn ernst, voegt hij eraan toe, "Gewoon voor de duidelijkheid, ik zou graag de toegang tot een van mijn lichaamsdelen uit het kortingsbonnensysteem van het bedrijf willen houden, en Buzz Beerin ook."

Zou ik me beter voelen als ik door de vloer zou zakken — misschien helemaal naar de lobby?

Met een grinnik loopt Gunther mijn kantoor uit, waardoor ik me afvraag hoe ik dit ooit zal overleven.

En dan pingt mijn telefoon.

Het is een berichtje van Gunther.

Wat dacht je van nog een idee uit je lijstje?

Voordat ik kan antwoorden met, "Nee, bedankt," stuurt hij er een:

Roep een nationale paddenstoelendag uit — die als Halloween zou zijn, maar iedereen zou zich dan als schimmels kleden.

Is dat echt mijn idee? Dat klinkt als iets wat Peach zou verzinnen.

Schiet me nu maar neer.

———

Zoals gewoonlijk, wanneer Gunther ergens heen gaat — in dit geval vermoedelijk om te lunchen — ben ik geneigd om een grap in zijn kantoor op te zetten.

Ik houd mezelf tegen, hoe moeilijk het ook is.

Shit. Ik heb een uitlaatklep nodig voor deze opgekropte seksuele energie.

Dat is wanneer het bij me binnenkomt. Ik heb toegang tot die luxe en *gratis* sportschool, en ik heb hem nog nooit gebruikt.

Nou, geen beter moment dan nu.

Ik pak een snack in de bijkeuken en neem de lift naar beneden.

De sportschool is net zo chique als mijn eerste indruk ervan, tot het punt waarop ze me van gratis trainingskleding en schoenen voorzien — allemaal nieuw, evenals een gratis kluisje om alles op te bergen.

Ik moet ondertussen aan het kwijlen zijn.

Zodra ik ben omgekleed in de prijzige

merkleggings en sportbeha en de sportschool betreedt, tolt mijn hoofd van de vele opties die ik tot mijn beschikking heb. Om mijn gezond verstand te behouden, besluit ik een beetje van alles te proberen, te beginnen met wat vrije gewichten omdat ik heb gelezen dat ze erg goed zijn voor de botdichtheid.

Ik loop naar een drukbank en kijk om me heen, op zoek naar een professionele trainer.

Er is niemand in de buurt, wat misschien het beste is. Ik wil weten of dit mijn borsten zal verstevigen.

Ik kan het maar beter proberen en zien.

Hmm. Wat is een redelijk gewicht om te bankdrukken voor iemand van mijn maat?

Een nietige kerel die zwakker lijkt dan ik, tilt een halter op met een gewicht van vijftien kilo aan elke kant, dus ik denk dat ik zonder problemen vijf zou moeten kunnen doen.

Ik pak die van vijf en ga liggen.

Daar gaan we.

Ik til de halter op.

Hij is zwaarder dan ik had verwacht.

Ik laat hem langzaam zakken en duw dan omhoog.

Huh. Dit is veel zwaarder dan ik had verwacht, maar het voelt goed om mijn borstspieren te laten werken. Ik wist niet eens dat ik ze had.

Voor de zekerheid doe ik nog maar één herhaling. Dit is tenslotte mijn eerste keer.

Ik laat de stang naar mijn borst zakken.

Dan begin ik hem omhoog te duwen... maar het ding geeft geen krimp.

Shit.

Ik span me aan — maar mijn enige prestatie is dat ik de stang van mijn borst rol en op mijn hals leg.

Uh oh. Mijn ademhaling was al moeizaam. Nu is hij volledig afgesneden.

Ik begin te kronkelen en probeer zelfs te schreeuwen — er komt alleen niets uit.

Fuck.

Is dit echt hoe ik ga sterven? Ze zullen me zo'n Darwin Award geven, zoals dat naakte stel dat in 2007 dood door een taxichauffeur was gevonden. Het bleek dat ze besloten hadden om seks te hebben op het dak van een hoogbouw en naar beneden waren gevallen, waardoor ze zichzelf uit de genenpool hadden gehaald terwijl ze bezig waren om zich voort te planten.

Plotseling grijpen sterke handen de stang vast en tillen hem van me af.

Terwijl ik de lucht in adem, ruikt het mannelijk, met hints van bijenwas en rook.

Knipperend neem ik mijn held in me op — in zijn in tanktop geklede, verrukkelijke spieren — glinsterend van het zweet.

Het is natuurlijk Gunther.

Hij was niet gaan lunchen, maar gaan trainen.

Serieus. Schiet me nu maar neer.

Tien

Hij kijkt me chagrijnig aan, zijn gezicht staat duister.

"Wat bezielde je?" Hij legt de halter op de houder.

"Ik wilde aan mijn borstspieren werken," mompel ik terwijl ik rechtop ga zitten. Mijn geest is verward door een gebrek aan zuurstof en de naar Gunther geurende lucht die het heeft vervangen.

Hij gaat op één knie naast de bank zitten en onderzoekt met boos samengeknepen ogen mijn hals.

Ja! Ik heb altijd al doktertje met hem willen spelen.

"Je zult een blauwe plek krijgen," kondigt hij aan.

Ik krimp ineen en wrijf over mijn keel. "Ik had niet verwacht dat dit zou gebeuren."

"Ik hoop het verdomme niet," moppert hij en fronst dan. "Weet je zeker dat je niet nog steeds high bent?"

Ik schud mijn hoofd en realiseer me iets. "Je hebt zojuist je eigen regel over scheldwoorden overtreden!"

Hij negeert mijn beschuldiging. "Zweer het," beveelt hij.

Ik leg mijn hand op mijn borst. "Als ik high ben, dan mag ik nooit meer gratis verzending krijgen, of een korting van tien procent."

Zijn uitdrukking wordt iets zachter. "Vanaf nu ga je met mij trainen."

Met hem trainen? En hem regelmatig in die outfit zien?

Misschien ben ik nog steeds high? Kunnen hallucinogenen iemand meenemen op een sexy trip?

"Ik meen het," zegt hij, terwijl hij mijn verwarde uitdrukking duidelijk verkeerd begrijpt. "Je hebt het voorrecht verloren om de sportschool in je eentje te gebruiken."

Zijn woorden maken me woedend. "Het was maar vijf kilo."

"Oh, echt? Die halterstang weegt al twintig kilo en je had aan elke kant gewichten van vijf kilo gehangen. Volgens mijn berekeningen is dat dertig kilo."

"Oké, dat *is* een beetje zwaar," zeg ik schaapachtig. "Ik ben er ooit ook niet in geslaagd om een bizonkalfje van vijfentwintig kilo op te tillen."

Er verschijnen rimpels op zijn voorhoofd. "Waar heb je een bizonkalfje gevonden?"

Ik wrijf weer over mijn keel en realiseer me dat het een stuk beter gaat. "Mijn ouders hebben een boerderij. Buffalo Wing is uit een zwangere bizon geboren die ze hadden gered."

Hij kijkt me met een duidelijke fascinatie aan. "Was

het leuk? Op een boerderij opgroeien, bedoel ik. Niet het optillen van vee."

Ik gnuif. "Het was alsof ik in een dierentuin opgroeide — en dat is alleen maar dankzij mijn zeven zussen."

Zijn lippen vormen eindelijk een glimlachje. "Ik had een kat en een jongere broer, en zelfs *dat* voelde soms als een dierentuin."

Ik ga rechter zitten. "Hou je van katten?"

Hij zucht. "Ik heb het te druk gehad om er een te nemen nadat ik op mezelf ben gaan wonen, maar het staat op mijn to-do-lijst."

"Leuk," zeg ik en ik verzet me ertegen om de vraag te stellen of dit betekent dat hij bereid zou zijn om een adoptievader te worden voor mijn moorddadige maniak. Dat wil zeggen, als er een Apocalyps komt, en hij en ik trouwen om onze soort te redden.

Hij kijkt weer naar mijn hals en fronst. "Voel je je beter?"

"Het gaat prima," zeg ik, en het is bijna waar.

"Ga je dan omkleden en dan zal ik met je meelopen naar je kantoor." De zin is meer een bevel dan een voorstel.

Ik kijk naar de apparatuur om ons heen en pruil teleurgesteld. "Mag ik helemaal niet trainen? Dat was mijn eerste oefening."

"Ik maak een deal met je," zegt hij. "Als je je morgen goed voelt, dan zal ik je laten zien hoe je op de juiste manier moet bankdrukken."

Wauw.

Zijn belofte is het enige waar ik aan kan denken terwijl ik me omkleed, en als hij me terug naar onze werkplek leidt.

Het is ook het enige waar ik aan denk als ik de dag afsluit en naar huis ga.

Zelfs in mijn dromen is er een zweterige oefening waarbij Gunther betrokken is — maar die de spieren van mijn bekkenbodem traint.

———

Omdat ik de volgende dag in orde ben, ben ik weer terug in de sportschool, en zit naast de kwaadaardige bank op Gunther te wachten.

Hmm. Waarom gaat mijn hart zo voorbarig tekeer? Denk hij dat ik al wat cardio heb gedaan?

Voordat ik erachter kan komen, komt Gunther naar me toe — en hij maakt de situatie nog erger omdat hij dezelfde flatterende outfit draagt als gisteren.

"Wat is dat?" Ik wijs naar de dunne stang die hij vasthoudt — omdat dat beter is dan over zijn lichaamsbouw te kwijlen.

Hij verwisselt de stang die me bijna had gedood en legt uit, "Dit is een halterstang voor vrouwen. Hij is lichter en dunner — hij is gemakkelijker voor je om vast te houden."

"Dat klinkt seksistisch," mompel ik. "Alsof je zegt dat mijn delicate handen iets niet aankunnen dat die van jou wel aankunnen."

Hij zucht. "Zo worden ze genoemd — een olympische halterstang voor mannen of vrouwen."

Ik gnuif. "Iedereen zegt dingen als 'wees een vent' of 'krijg ballen', maar dat maakt zulke dingen niet minder seksistisch."

"Touché. Moeten we het de dunnere versus de dikkere stang noemen? Of misschien lichter versus zwaarder?"

Ik krab aan mijn kin en overdrijf dat ik nadenk. "Ik weet niet zeker wat beter zou zijn voor het overgevoelige ego van de stang van de man. Als we zeggen dat hij een 'zwaardere' stang is, dan kunnen we hem een probleem met zijn lichaamsbeeld geven. En 'dikker' heeft die fallische boventonen die misschien — "

Hij rolt met zijn ogen. "We gaan voor lichter versus zwaarder. Nou dan," voegt hij eraan toe, zijn toon veel meer commanderend. "Ga op de bank liggen."

Ik doe wat me gezegd wordt — en krijg flashbacks naar de droom van gisteravond, waar hij me ook opdroeg om te gaan liggen voordat de dingen zwaar werden.

"Ik ga je spotten," zegt hij.

Ik knipper met mijn ogen naar hem, meer dan een beetje afgeleid door het feit dat zijn kruis nog nooit zo dicht bij mijn gezicht is geweest. En in die sportbroek zit meer dan een hint van een uitstulping. Met moeite trek ik mijn gedachten terug. "Wat bedoel je?"

Hij hurkt zodat zijn handen dicht bij mijn ellebogen zijn. "Als je hem zelf niet kunt optillen, dan zal ik je helpen, zoals dit." Hij geeft mijn ellebogen een vederlichte aanraking.

Heilige Arnold Schwarzeneggers overontwikkelde borstspieren. De zing van zijn aanraking zoomt door mijn lichaam totdat hij zich ergens rond de stud in mijn clitoris vestigt.

Plotseling voel ik me krachtig. Klaar voor alles.

"Ik ga hem nu optillen," zeg ik met een schorre stem.

"Zo mag ik het horen," zegt hij enthousiast. "Word boos op het gewicht."

Ik weet niet zeker of ik er boos op ben, maar ik duw de stang alsof hij mijn weg naar Walmart blokkeert op Black Friday.

Whoesh.

Ik krijg hem omhoog — ik bedoel de stang.

"Eén," zegt Gunther, terwijl hij nog steeds hoge energie uitstraalt. "Maak je bewegingen alleen langzamer. Meer gecontroleerd."

Ik zou naar beneden toch langzaam en beheerst zijn — het laatste wat ik wil is dit ding laten vallen. Als ik het gewicht weer omhoogduw, ga ik ook langzaam en begrijp ik waarom hij voorstelde om het te doen. Op deze manier voel ik echt de spieren die ik zou moeten trainen.

"Twee," zegt hij.

"De lichtere stang is gemakkelijker om mee te werken," geef ik toe.

"Niet praten," zegt hij. "Focus op je ademhaling. Adem uit als je omhooggaat."

Ik houd mijn mond en doe wat hij heeft bevolen — en voel het verschil.

"Vijf, zes, zeven, acht," telt hij, en als ik bij vijftien ben, zegt hij me te stoppen.

"Goed gedaan," zegt hij. "Weet je zeker dat je nog nooit eerder aan bankdrukken hebt gedaan?"

Mijn borst bloost om de een of andere reden — waarschijnlijk van trots.

Gunther kijkt met goedkeuring naar mijn ontblote huid.

Wauw. Ik doe een set bankdrukken, en mijn borsten zijn onweerstaanbaar?

"Je hebt de pomp," zegt hij.

"Wat?" Ik kijk naar mijn voeten voor het geval een van mijn sneakers een stiletto-hak heeft gekiemd of pijpen heeft laten groeien om water te pompen.

"De pomp is hoe we je spieren noemen als ze er na het sporten vol uitzien." Hij zet zijn arm in de klassieke buigpositie en blaast zijn biceps op als een sexy vleesballon.

Ik ben sprakeloos. Illustreert hij zijn woorden met die manoeuvre of probeert hij me te laten ovuleren?

"Ik denk niet dat 'vol' het juiste woord is voor je biceps," zeg ik als ik mezelf vertrouw om te spreken zonder te kwijlen.

Er verschijnt een grijns op zijn lippen. "Aangezien je vandaag van de taalpolitie bent, noem dan eens een beter woord."

"Gezwollen." Heb ik het nog steeds over zijn biceps?

"Goed dan. 'De pomp' is wanneer je spieren

gezwollen lijken. Het gebeurt nadat je je spieren tot het uiterste duwt en er bloed naar dat gebied stroomt. Mensen die sporten vinden het leuk om hun spieren groter te zien lijken, al is het maar tijdelijk."

Uh huh. Mijn geest moet nog steeds rollen in vuil omdat ik aan een ander scenario denk dat de bloedstroom gebruikt om er groter uit te zien — het is ook met het woord 'gezwollen' geassocieerd.

"Je borstspieren zijn zelfs rood van de doorbloeding," vervolgt hij, "wat zeldzaam is." Hij kijkt goedkeurend naar mijn borst. "Ik ben eerlijk gezegd jaloers. Zoals je zult gaan zien, zal mijn borst niet rood worden van de doorbloeding, zelfs niet als ik de pomp krijg."

"Wacht. Ga jij ook bankdrukken?" En kan ik er getuige van zijn zonder mezelf voor zijn voeten te gooien, met mijn poesje eerst?

"Oh, maak je geen zorgen," zegt hij. "Je hoeft me niet te spotten."

"Oh?" Wie gaat *mij* spotten zodat ik mijn slipje niet laat vallen?

"Het gewicht dat ik ga doen is veel te zwaar voor je om bij te helpen," legt hij uit. "En ik ben niet seksistisch. Er zijn hier ook maar weinig mannen die voor me kunnen spotten."

Alsof hij het wil demonstreren, stapelt hij genoeg gewichten op de stang dat als je ze op een gigantische wip zou zetten, ze waarschijnlijk een olifant zouden laten vliegen — en ik heb het niet over Dombo.

"Is dat alles?" vraag ik met een merkbare snauw in mijn stem. Hij is duidelijk aan het pronken.

Hij fronst bij de gewichten. "Je hebt gelijk. Ik heb geen rekening gehouden met het gewicht van de lichtere stang." Hij loopt naar een nabijgelegen rek en pakt twee kleine gewichten van tweeënhalve kilo om aan elke kant van zijn monsterlijkheid toe te voegen.

Ik kijk gefascineerd toe hoe hij gaat liggen, genoeg lucht inademt om een verjaardagsballon op te blazen en de stang in een vloeiende, gestage beweging optilt.

Fuck mij.

De uiteinden van de stang buigen door al die zwaartekracht, maar Gunthers armen laten het hele ding zakken, duwen hem opnieuw omhoog en herhalen dezelfde bovenmenselijke prestatie vijftien keer. Bij de laatste paar herhalingen gromt hij, wat pornografische fantasieën van hem genereert dat hij komt, zichzelf in mij leegt na een ruwe, harde stoot sessie, en —

"Hoe was mijn vorm?" vraagt hij uit het niets.

Shit. Hij staat al op van de bank en kijkt me aan alsof ik gek ben.

En dat ben ik ook. Hoe verklaar ik anders die laatste gedachtegang?

Ik schraap mijn keel. "Je ging behoorlijk soepel op en neer." Ik kijk nadrukkelijk naar zijn borst. "En daar is die pomp."

Zou het heel erg ongepast zijn om slechts één zweetpareltje van zijn borst te likken? Hoe zit het met zijn gezicht?

"Jouw beurt," zegt hij bazig terwijl hij alle gewichten eraf haalt.

Ik ga liggen — en daar is die hartslag-versnellende uitstulping weer. Ik begin er zo mee bekend te raken, dat ik zijn pik net zo goed een naam kan geven.

Misschien meneer Zuig en Lik? Doet denken aan Munch & Crunch, maar zonder kannibalistische ondertoon.

"Je kunt het," zegt Gunther met maniakale energie. "Ga je gang en wordt boos op dat gewicht."

Boos — nee. Geil — zeker.

Ik kanaliseer alles wat ik in me heb en hef de stang op een uitademing op.

"Zie je wel," prijst Gunther. "Geef me er nu nog eens veertien op die manier."

Als hij me boven zo goed kon motiveren, dan zou ik de hardste werker in de geschiedenis van het bedrijfsleven zijn. Ik kom bij de vijftien, en hij hoeft mijn ellebogen alleen maar op de laatste herhaling een beetje te helpen — en dat (of al het bloed dat naar mijn borstspieren stroomt) laat mijn hoofd even duizelen als ik rechtop ga zitten.

Hij kijkt me bezorgd aan. "Gaat het?"

Ik knipper met mijn nu stabiele hoofd.

"Wil je zo nog een set doen? Drie is een mooi getal."

Het lukt me om nog een keer te knikken. "Nu ben jij aan de beurt."

Hij grijnst, voegt nog meer gewichten toe en gaat liggen.

Zijn gezicht is sexy als hij onder al die druk staat,

helemaal mannelijk en ruig, een beetje als een houthakker.

Grr. Om mezelf van onzuivere gedachten af te leiden, boots ik zijn motiverende tellen na — wat gemakkelijk is omdat ik oprecht opgewonden ben door wat hij doet, alleen op de verkeerde manier.

"Veertien… vijftien!" roep ik terwijl er een andere orgastische grom tussen zijn samengeperste lippen vandaan komt. "Goed gedaan."

Oef. Ik ben eigenlijk blij om mijn set te doen. Als ik geluk heb, verbrandt het wat van deze zenuwachtige energie die ik door me heen voel stromen.

Nee. Na nog twee sets is het gevoel van pomp niet exclusief voor mijn borst. Maar zit het ook in mijn vrouwelijke delen.

"Klaar voor de fly?" vraagt hij.

"Klaar voor de wat?" Is dit een Engelse grap met betrekking tot mijn naam, dat wil zeggen als vliegen op honing?

"De Fly is een soort oefening." Hij gebaart naar een machine die in de buurt staat die eruitziet als een martelrek.

Als hij mijn sceptische uitdrukking ziet, gaat hij op de stoel voor het kriskras-apparaat zitten, pakt de handgrepen die eraan vastzitten en trekt totdat zijn handen elkaar voor zijn borst ontmoeten.

Oh hemeltje. Aan het einde van de beweging spannen zijn borstspieren zich hard aan en zien ze er ongelooflijk groot uit… en zeer lik-inspirerend.

Oké. Nu snap ik het. De fly in de naam van deze

oefening is een verwijzing naar de Spaanse vlieg — het vermeende afrodisiacum waar vrouwen heet en opgewonden van worden, zoals ik nu ben.

"Zie je?" zegt hij terwijl hij de volgende herhaling uitvoert. "Deze beweging is als het klapperen van vleugels."

"Natuurlijk. De vleugels van een albatros, geen vlieg."

Hij trekt een wenkbrauw op terwijl zijn handen weer samenkomen. "Ten eerste, ik denk dat er daar ergens een compliment in zat. Ten tweede, wie heeft er iets over *Musca domestica* gezegd?"

Ik rol met mijn ogen. "Musca domestica?"

Hij doet nog een herhaling. "Dat is de wetenschappelijke naam voor de huisvlieg. Omdat je het wezen met het werkwoord hebt verward, dacht ik dat ik wat preciezer voor je moest zijn."

"Niet praten," zeg ik in mijn beste imitatie van zijn stem. "Focus op je ademhaling. Adem uit terwijl je omhoogvliegt."

Hij grijnst. "Dit is niet echt mijn gewicht. Ik liet je gewoon zien wat je moest doen met wat er al op zat." Hij reikt naar voren en verplaatst de kleine pin van de gewichten die aan het martelapparaat zijn bevestigd helemaal naar beneden. "Nu voel ik een uitdaging," schept hij op en doet dan weer dezelfde beweging — nog steeds vrij moeiteloos, met alle gewichten die er zijn en zijn verleidelijke lippen in een stevige lijn geperst.

Zoals eerder, blijf ik afgeleid door voor hem te

tellen. Halverwege zijn set voel ik het haar op de achterkant van mijn nek omhoogkomen, alsof er iemand over mijn graf is gelopen.

Ik draai me om en zie de oorzaak — Tiffany. Ze is op een cross-trainer bezig en geeft me een vuile blik.

Ik doe alsof ik haar niet opmerk en wacht tot Gunther klaar is.

Terwijl ik mijn kont op de martelmachine plof en de handgrepen voor mijn borst duw, fronst Gunther. "Je beheerst het niet." Hij leunt naar voren. "Pak de handgrepen stevig vast." Hij klemt zijn grote handen om de mijne en knijpt zachtjes in mijn vingers — vermoedelijk om te illustreren wat hij bedoelt.

Mijn sterke, oerreactie op die instructie doet me wensen dat ze hier een schone slip voor bij mijn trainingskleding hadden.

"Nu duwen, zo." Hij brengt mijn handen langzaam naar voren.

Ik probeer niet flauw te vallen terwijl de demonstratie doorgaat.

"Aan het einde moet je daar beneden flexen." Hij wijst naar een plek net onder mijn sleutelbeen.

Ik flex waar hij zei dat ik dat moest doen, ook al wil ik echt mijn benen kruisen en wat andere spieren helemaal flexen.

"Goed gedaan," zegt hij en hij begint voor me te tellen — en ik zou kunnen zweren dat ik een fetisj ontwikkel voor getallen tussen de één en de vijftien.

"Ik denk niet dat je nog meer moet doen," zegt Gunther als ik klaar ben met mijn oefening.

Ik frons. "Waarom niet? Denk je dat ik te delicaat ben?" Want ik heb genoeg energie voor het dubbele van het gewichtheffen dat ik heb gedaan... gevolgd door een harde en snelle rit op meneer Lik en Zuig.

"Ik weet zeker dat je het aankunt," zegt hij geruststellend.

Gewichtheffen of de pik? "Oh ja? Waarom stoppen we dan?"

Hij zucht. "Een veelgemaakte fout die beginners maken, is te snel gaan en dan hebben ze de volgende dag veel pijn. Dat ontmoedigt hen om terug te komen."

"Hoeveel pijn zal ik krijgen?" Ik werp een blik op zijn uitstulping.

"Ik heb er een paar gezien die de volgende dag niet meer konden lopen," zegt hij. Als hij mijn ogen groter ziet worden, voegt hij er snel aan toe, "Dat was na de dag van de benen — en dit doet allemaal minder pijn naarmate je meer traint. En stretcht."

Ik bevochtig mijn lippen. "Ik ben bereid om er tijd aan te besteden... en ik ben erg rekbaar."

Zijn smaragdgroene ogen glanzen. "Dat is een geweldige instelling. Zorg ervoor dat je altijd een uur ervoor en erna goed eet."

Ik slik al het overtollige speeksel in. "Honger stillen voor een epische sessie? Hoe praktisch."

Hij veegt een zweetparel van zijn borst. "Zorg er ook voor dat je goed hydrateert."

"Goed idee." Ik heb tenslotte enorme hoeveelheden vocht verloren... op *allerlei* plaatsen.

"Oké," zegt hij. "Wat dacht je van een stoombad om vandaag af te ronden?"

Mijn mond wordt slap als ik ons in het stoombad voorstel, al zijn harde vlees, meer van die zweetparels die het vlees sieren, alle massages die hij zou aanbieden om mijn pijnlijke spieren te kalmeren, alle —

"Tot zo?" Hij kijkt verward — waarschijnlijk vanwege de kwijlende uitdrukking op mijn gezicht.

"Ja. Tot zo!"

Ik haast me als een maniak naar de kleedkamer, waar ik Tiffany tegenkom.

"Ik heb jullie twee wel gezien," zegt ze gemeen tegen me.

"En?"

"En je bent een cliché," zegt ze.

Ik trek een wenkbrauw op.

"Je weet wat ik bedoel." Ze gooit de deur van haar kluisje dicht. "Met de baas naar bed gaan om je carrière vooruit te helpen."

Mijn oogrol is doordrenkt met dezelfde houding die ik had toen we op de middelbare school zaten. "Welke carrière? Ik ben hier voor het project met de kortingsbonnen, en dat is het. Maar ik vind het interessant hoe snel je naar dat zeer specifieke idee bent gegaan."

Ze zuigt lucht in voor een weerwoord, maar ik neem niet de moeite om erop te wachten en ga in plaats daarvan naar mijn kluisje.

Tot mijn opluchting volgt Tiffany me niet.

Ik doe mijn kastje open, kleed me uit, bedek mezelf

met een handdoek en sprint om het stoombad te zoeken.

Wanneer ik hem vind, kan ik mijn teleurstelling helemaal tot aan mijn clitoris voelen.

Gunther zit niet in het stoombad.

Dat kan hij niet zijn, niet zonder grote maatschappelijke taboes te doorbreken. Omdat het stoombad vastzit aan de kleedkamer voor vrouwen, is hij niet gemengd — iets wat ik me zou hebben gerealiseerd als mijn geest niet was bedwelmd van alle losgeslagen hormonen.

Ach ja. Ik maak sowieso gebruik van het stoombad en neem dan eindelijk wat ik op dit moment hard nodig heb — een koude douche.

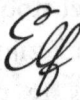

Elf

DE VOLGENDE DAG VIND IK HET MOEILIJK OM ME 's ochtends te concentreren. Mijn borst doet pijn van de training van de vorige dag en mijn privédelen zijn pijnlijk omdat ik mijn vibrator misschien te veel heb gebruikt voor de fantasieën van een veel stoutere versie van die training.

Op de een of andere manier lukt het me om iets gedaan te krijgen, maar net als ik in de focusmodus kom, komt Gunther met zijn hoofd mijn kantoor binnen. "Wil je vandaag schouders met me doen?"

Mijn hart maakt een sprongetje. "Is een moeder overbezorgd over haar welpen?"

Hij grijnst. "Ik vat dat rare antwoord op als een ja."

———

Als het om seksuele frustratie gaat, dan is het naar Gunther kijken die zijn schouders traint erger voor mijn libido dan onze training van gisteren. De volgende dag is nog zwaarder omdat hij zijn benen traint. Maar zelfs dat is niets vergeleken met wanneer we onze rugspieren de dag erna trainen, en de meest frustrerende van alle trainingen moet de dag zijn dat hij zijn grote, sterke, moet-ze-aanraken-armen traint.

En dus gaan we de komende weken overdag samen naar de sportschool en masturbeer ik 's nachts als een malle. De laatste wordt zo gevarieerd dat ik geen ideeën meer heb en uiteindelijk "Aai de Petunia" bezoek — een blog die mijn clustermaatje Lemon heeft.

Het blijkt dat ik een fan ben van een techniek die 'Live Long and Prosper' wordt genoemd. Het is degene waar je vingers in de V-vorm van de Vulcan groet worden gehouden.

Ik zit in mijn kantoor en waaier mezelf koelte toe na mijn laatste training met Gunther wanneer Ashildr binnenkomt met een feestelijke Hallmark-kaart.

"Tiffany is jarig," zegt hij. "Kun je dit voor haar tekenen?"

Geweldig. Tiffany geeft me vuile blikken wanneer onze paden elkaar kruisen, en nu moet ik iets aardigs vinden om tegen haar te zeggen. Misschien moet ik gaan voor: "Ik wens dat je wijzer wordt in je voortschrijdende leeftijd. Je bent op dit moment veel te dom." Of: "Dat er positiviteit in je leven mag komen.

Dat is misschien de enige manier om die vagina zure uitdrukking van je gezicht te vegen."

Vanuit mijn ooghoek zie ik Gunther naar zijn kantoor lopen en dat geeft me een idee. Misschien zou ik iets kunnen zeggen als: "Dat je wensen mogen uitkomen — tenzij ze betrekking hebben op meneer Zuig en Lik, in welk geval ik hoop dat je verschrompelt en sterft."

Nee. Dat kan niet.

Met een zucht schrijf ik "Gefeliciteerd", gevolgd door een krabbel met mijn naam die ze hopelijk niet herkent.

Net als ik Ashildr de stift teruggeef, verschijnt er een druppeltje rode vloeistof op het wit van het papier.

Een druppeltje bloed.

De tijd lijkt te vertragen en ik voel dat mijn zintuigen mijn lichaam verlaten terwijl ik naar de druppel staar die door een andere wordt vergezeld, en dan nog een, die allemaal aan het linkerneusgat van Ashildr ontsnappen.

"Gaat het?" hoor ik Ashildr zeggen, zijn stem komt naar me toe alsof ik op de bodem van een put zit. "Waarom zie je er zo bleek uit?"

Er is wat rumoer. Ik denk dat het mijn kantoordeur is — maar het kan het geluid van mijn bewustzijn zijn dat vlucht.

En zo maar ineens, rollen mijn ogen naar achteren, en val ik flauw.

Twaalf

IK KNIPPER MET MIJN OGEN EN BEVIND ME IN GUNTHERS sterke armen. Hij knielt op de grond, zijn aanraking zorgt overal waar onze lichamen elkaar raken voor opwinding.

Ik sluit mijn ogen weer en vraag me af of ik die droom heb — de droom waarin Gunther me gebruikt om zijn biceps te trainen. Zo ja, waarom ben ik dan niet in de lucht? Heeft hij me neergezet om te rusten? Het enige wat ik weet, is dat naar de sportschool gaan zou verklaren waarom ik me zo licht in het hoofd voel. Ik moet tijdens de laatste set te veel gewicht hebben gebruikt.

"Ze is net bijgekomen," zegt Ashildrs stem van een afstand. "Denk ik."

Oh, fuck. Misschien is dit geen droom.

Het komt allemaal weer terug. Ashildr begon te bloeden en ik viel als een sukkel flauw — en Gunther moet het hebben gezien.

Ik houd mijn ogen nu stevig dicht. Het laatste wat ik wil is Ashildrs bloedneus weer zien en een tweede keer flauwvallen. Alleen al het denken aan de vervloekte situatie maakt me duizelig.

"Kunnen jullie weggaan?" fluister ik. "Ik heb alle zuurstof nodig." Als ik geluk heb, is er nergens bloed in mijn kantoor.

"Laat ons." De indrukwekkende toon waarmee Gunther de twee woorden blaft, zou een militaire commandant trots maken.

"Beterschap," mompelt Ashildr en dan hoor ik hem weggaan.

Ik gluur door mijn wimpers.

Oef. Hij heeft de kaart, zijn neus en alle tekenen van bloed meegenomen. Als ik nu van Gunther af kan komen, dan sterf ik misschien toch niet van vernedering.

"Hoe voel je je?" vraagt Gunther zachtjes.

Nu voel ik me een idioot. De eerste keer dat ik Ashildr over de situatie met zijn droge neus hoorde vertellen, had ik een luchtbevochtiger voor mijn kantoor moeten halen.

"Goed zo." Gunther tilt me als een bruid — of als een paar halters — op van de vloer. "Laten we gaan."

Terwijl hij me begint te dragen, pak ik instinctief zijn schouders vast, realiseer me dan wat ik doe en wiebel in zijn armen, maar zijn greep is als ijzeren boeien.

En nu heb ik een kronkel in mijn hoofd.

"Waar breng je me heen?" eis ik, en ik doe mijn best

om niet te veel van zijn lekkere geur die me omringt in te ademen.

"Het ziekenhuis." Tegen de tijd dat hij dit zegt, zijn we halverwege de liften.

Een ziekenhuis is een plek waar ik misschien meer bloed tegenkom, dus me daarheen brengen zou zijn als proberen alcoholisme met Spirytus Stawski te genezen — een Poolse wodka die voor zesennegentig procent uit alcohol bestaat.

"Zet me neer." Ik wiebel weer zonder succes en duw tegen zijn keiharde schouderspieren.

Ondanks mijn luide eis, heeft elke Munch & Crunch-minion om ons heen zijn neus in zijn scherm begraven, alsof de aanblik van Gunther met een oorlogszuchtige vrouwelijke collega net zo alledaags is als een gevalletje van een maandagochtenddepressie.

"Serieus, het gaat prima met me," grom ik als we bij de lift zijn.

Hij drukt me strakker tegen zijn borst om met zijn elleboog op de liftknop te drukken. "Mensen met wie het prima gaat, vallen niet flauw."

Moet ik hem de waarheid vertellen?

Echt niet. Dat is het laatste wat ik wil. Hij zal me bespotten of medelijden met me hebben, en ik weet niet wat erger zou zijn.

"Mijn suiker moet zijn gedaald," flap ik eruit.

Oeps. Dat was duidelijk het verkeerde excuus. Zijn ogen zijn als een vergrootglas dat op een zonnige dag naar een insect wijst. "Ben je vergeten te eten... alweer?"

Alweer? Oh, natuurlijk. De dag dat ik dacht dat we bijna gekust hadden, had ik hetzelfde excuus gebruikt.

Shit. Na dat incident had hij me een tijdje zitten te irriteren om te eten. Wat erger is, sinds we samen trainen, heeft hij me de les gelezen over een goede calorie-inname na trainingen — en deelt hij vaak zijn eiwitshakes met me.

Tijd om terug te krabbelen. "Het was echt per ongeluk. Ik heb het druk. Als jij — "

"Niet doen," snauwt hij en zet me dan zachtjes neer.

Word ik de eerste persoon ter wereld die ontslagen wordt omdat ze niet eet? Of de eerste werknemer die een pak slaag krijgt naast de lift?

Gunther haalt een eiwitreep uit de binnenzak van zijn pak. "Eet dit."

Ik slik een "eet mij" in, doe wat hij zegt en kreun inwendig bij de intensiteit waarmee hij naar me kijkt — alsof hij niet vertrouwt dat ik slik.

Ik kauw heel duidelijk en slik hardop door. Dan open ik voor de goede orde mijn mond om hem te laten zien dat de hap echt weg is.

Zijn ogen glanzen. "Goed. Nu gaan we naar de cafetaria."

De lift gaat open net als ik "Waarom?" vraag.

Hij duwt me naar binnen. "Omdat een cafetaria een soort ruimte is waar je kunt eten?"

Ik grom. "Octothorpe, schakel vervelende Wikipedia-definities uit."

Tot mijn schrik zegt een kleine luidspreker boven

mijn hoofd met een chipmunk stem, "Alle meldingen zijn al uitgeschakeld in de lift."

"Geweldig," mopper ik. "Het koffiezetapparaat heeft geen AI, maar de lift wel. Ik ben bang om met een wc te praten."

Gunther drukt op de knop van de cafetaria en een kleine glimlach vormt zich om zijn lippen.

Ik zet mijn handen op mijn heupen. "Je hebt mijn vraag nooit beantwoord."

Hij zucht. "Omdat je vergeet te eten, ga ik je begeleiden."

Mijn handen vallen naar mijn zij. "Wat?"

"We gaan samen lunchen. We gaan met het gebruik van echte borden eten. Het is een vreemd concept, ik weet het."

Ik rol met mijn ogen. "En, wat, ga je me met de hand voeren?" Ik ben blij dat ik niet heb gelogen over het vergeten van mijn andere basisfuncties. Hij verlangt duidelijk naar meer dingen waar hij toezicht op kan houden.

Gunthers grijns is ronduit boosaardig. "Met de hand voeren is het laatste redmiddel."

Hmm. Waarom klinkt het idee een beetje heet?

Nee. Hou je hoofd erbij. Dit is niet oké.

Of wel? Ik werd al het eten in de bijkeuken zat, zelfs ondanks dat het gratis is. Nu we het er toch over hebben... "Gaan we het over zaken hebben terwijl we eten?"

"Waarom?" vraagt hij, terwijl hij mijn eerdere toon nabootst.

"Ashildr heeft me verteld dat als het een zakelijke bijeenkomst is, de maaltijden in de cafetaria gratis zijn."

Gunther gnuift. "We *kunnen* over zaken praten, maar dat hoeft niet. Het is hoe dan ook mijn traktatie."

"Oh. Ik denk dat het niet het einde van de wereld zou zijn om kreeft met je te moeten eten... voor deze ene keer."

De lift gaat open en terwijl Gunther naar buiten loopt, zegt hij over zijn schouder, "Niet alleen deze ene keer. Elke dag."

Oh.

Elke dag. Samen.

Ik krijg geen kans om te beslissen hoe ik me over deze ontwikkeling voel, omdat ik me moet haasten om zijn lange stappen bij te houden terwijl hij me naar de gezellige cafetaria leidt, op weg naar de meest exclusieve, afgesloten ruimte waar ze een gastvrouw, obers en gelamineerde menu's hebben in een chique Centeria Script-lettertype.

"Hallo, meneer Ferguson," zegt de gastvrouw, haar stem doorspekt met honing. "Wilt u de vergadertafel of uw persoonlijke tafel?"

"Persoonlijk," zegt hij.

Knikkend neemt ze ons mee naar de leukste tafel in de hoek — een met gebruiksvoorwerpen die eruitzien alsof ze van platina zijn en een uitzicht op Manhattan waar ik even stil van wordt.

Als ik mezelf zover krijg om me ervan los te rukken, kijk ik naar het menu — en mompel ik binnensmonds als ik de waanzinnige prijzen zie.

"Taalgebruik," zegt Gunther berispend, maar zijn toon is minder streng dan normaal.

Ik sla een pagina om. "Ik dacht dat het hier gesubsidieerd was."

Hij haalt zijn schouders op. "Het zelfbedieningsgedeelte is meer gesubsidieerd. Hoe dan ook, gezien het feit dat we een chef-kok hebben gestolen uit een restaurant met een Michelin-ster, zou ik deze prijzen redelijk noemen."

"Als jij het zegt."

Hij leunt samenzweerderig naar voren. "Als het de dealliefhebber in je een beter gevoel geeft, ga ik hier eigenlijk mezelf betalen."

Ah. Natuurlijk. Ik vergeet soms dat hij alles van Munch & Crunch bezit, dus ook dit restaurant.

"In dat geval neem ik de surf en turf," zeg ik, waarbij ik het duurste item op het menu noem. "Ik wil er zeker van zijn dat je winst maakt."

"Wat een geluk," zegt hij en hij zwaait naar de ober.

Waarom is dat een geluk? Voordat ik het kan vragen, komt de ober met een luxe broodmand.

Gunther bestelt de surf en turf voor mij, en een avocado toast en Eggs Benedict voor zichzelf.

Twee maaltijden? Gezien wat ik hem in de sportschool heb zien doen, snap ik dat wel.

"Bestel je altijd off-menu?" vraag ik wanneer de ober vertrekt.

"De toast en eieren staan op het brunchmenu," zegt Gunther. "De chef-kok houdt in ieder geval altijd de ingrediënten klaar, want die combi bestel ik vaak."

Hmm. Dus waarom heb ik geluk dat ik biefstuk en kreeft krijg? "Ben je een vegetariër?"

Hij schudt zijn hoofd. "Ik hou het bij items met een laag ijzergehalte."

Dat is ook zo. Hij had eerder zijn toestand benoemd, maar omdat de context bloed doneren was, heb ik het geblokkeerd omdat ik dat met alles doe wat met mijn fobie te maken heeft.

Shit. Nu mijn hoofd weer die kant op gaat, voel ik me weer duizelig.

"Eet van het brood," beveelt hij. "Je ziet er weer bleek uit."

Met een zucht doe ik wat me gezegd wordt.

Het brood is geweldig, vooral de knapperige korst, dus ik voel me er echt beter door.

"Je hebt nu een nieuwe reeks verantwoordelijkheden in deze baan," zegt Gunther als ik weer terugkijk.

"Oh?"

Hij pakt zelf een rol uit de mand. "Je gaat een foto maken van elk ontbijt en je avondeten en appt het naar me."

Mijn nekharen komen omhoog. Mijn eigen leugens hebben me in deze situatie gebracht. "Wat als ik dat niet doe? Ga je me dan met de hand voeren?"

"Erger. Elke ontbrekende foto kost je één procent van je bonus."

"Krijg ik een bonus?"

"Vanaf nu wel, ja." Als hij de interesse in mijn ogen

ziet, ziet hij er triomfantelijk uit. "Of beter gezegd... misschien."

Goed dan. Ik kan wel wat foto's maken als ik er later voor betaald krijg. Mensen posten dit soort dingen gratis op hun social media.

"Hoe laat wil je ze hebben?"

Zijn mondhoeken trillen. "Hoe laat eet je gewoonlijk?"

Ik vertel het hem en hij knikt goedkeurend. "Je kunt het me meteen daarna appen."

"Natuurlijk. We willen mijn voedingen niet uitstellen."

"Zoiets."

"Prima. Ik zal het proberen."

Hij fronst. "Niet proberen. Doen."

"Oké, Yoda."

"Als je een extra herinnering nodig hebt, dan kan ik je appen. Maar als ik dat doe, dan kan ik net zo goed wat meer van je geweldige paddenstoelideeën met je delen. Zoals deze." Hij haalt zijn telefoon tevoorschijn en drukt op een knop op het scherm.

"Kleur alle verkeersborden paars," zegt mijn stem.

Ik krimp ineen. "Is dit chantage?"

Hij spreidt zijn handen. "Ik heb gezegd dat ik ze alleen naar *jou* zou appen, niet naar een hele groep met mensen."

Yep. Absoluut chantage.

De ober verschijnt met een dienblad.

Ik begin te kwijlen. Alles ziet er geweldig uit. Mijn surf en turf is als die nepmaaltijden die ze voor advertenties van lijm, sponzen en schoenpoets maken, maar dan op de een of andere manier echt. Wat nog beter is, is dat het culinaire meesterwerk net zo goed smaakt als het eruitziet — en als de gelukzalige uitdrukking op Gunthers gezicht iets is om op af te gaan, dan is zijn eten ook geweldig.

Zou Gunther er zo uitzien als hij mij opat?

Ik stik bijna in mijn kreeft.

Gunther kijkt me boos aan. "Ik heb nooit gezegd dat je zo snel moet eten dat je uiteindelijk stikt."

Zou ik willen dat hij mij verstikt als hij me opeet?

Grr. Serieus? Ik heb een afleiding nodig, voordat mijn gezicht op de kreeft begint te lijken die op mijn bord ligt.

"Vertel me iets over jezelf," flap ik eruit.

Ja. Dit is een veiliger onderwerp — tenzij hij me gaat vertellen dat hij graag gepiercete honingpotten eet.

Gunther houdt zijn hoofd schuin. "Zoals wat?"

Ik haal mijn schouders op. "Iets wat maar weinig mensen weten?"

Hij doet zijn mond open en lijkt dan alles wat hij wilde zeggen te heroverwegen. Uiteindelijk zegt hij, "Ik weet niet zeker of ik je hiermee kan vertrouwen."

Ik wrijf nog net niet in mijn handen van blijdschap. "Kom op. Wees niet zo'n plaaggeest."

"Misschien als je mij iets gênants over jezelf vertelt?"

Gemeen. "Je hebt al die paddenstoelideeën. Wat heb je nog meer nodig?"

"Iets persoonlijkers," zegt hij.

"Goed dan." Ik doop een stuk kreeft in de boter. "Ik hou van horrorfilms."

Het begon als een poging tot blootstellingstherapie, maar ik ontdekte dat de aanblik van bloed op het scherm me helemaal niet stoort — waarschijnlijk omdat ik weet dat het eigenlijk maïs of chocoladesiroop is met rode voedselkleuring of, in meer recente films, pure CGI.

Hij ziet eruit alsof hij op het punt staat in de gepureerde avocado te stikken. "Ben je helderziend of zo?"

"Hoezo?"

"Het geheimpje dat ik aarzelde om te delen, heeft met horrorfilms te maken. Verschrikkelijke."

Ik vernauw mijn ogen naar hem. "Dat meen je niet."

"Ja. Ik hou van die verachte 'Dit versus Dat'-films.

Ik laat met een zucht mijn vork vallen. "Ik ook."

Hij ziet er twijfelachtig uit. "Zeg je me nu dat je de eerste persoon bent die ik heb ontmoet die net als ik is?"

Ik sluit me aan bij zijn scepsis. "Ervan uitgaande dat je dit niet verzint."

"Wat is je favoriet?" vraagt hij eisend. "Snel."

"*Freddy versus Jason*. Die van jou? Snel."

"*Alien versus Predator*," antwoordt hij zonder een moment van aarzeling.

"Die is erger dan de mijne — en je zei het zo snel. Misschien lieg je toch niet. Fuck. Ik kan niet geloven dat ik een andere 'versus'-fan heb ontmoet."

Zijn goede humor verdwijnt. "Taalgebruik alsjeblieft."

Met een oogrol pak ik een mes en begin mijn biefstuk te snijden terwijl Gunther me met groeiende afkeuring bekijkt.

"Ik zal proberen vanaf nu niet meer te vloeken," zeg ik. "Ik zweer het."

"Het is niet alleen dat." Hij knikt naar mijn handen. "Het mes moet in je rechterhand zitten."

"Is dat zo?"

"Daarom lag hij aan de rechterkant van je bord," zegt hij. "En aangezien we het over tafelmanieren hebben, zou je de kreeftvork niet voor biefstuk moeten gebruiken." Hij gebaart naar de normale vork aan de linkerkant van mijn bord.

Er is genoeg sarcasme in mijn toon om een paard te doden als ik vraag, "Anders nog iets, beste heer?"

Hij knikt, bloedserieus. "De tanden van de vork moeten van je af gericht zijn." Hij neemt zijn vork en mes en doet alsof hij een denkbeeldige biefstuk snijdt.

"Begrepen." Ik neem het juiste bestek in de juiste aanhangsels en snijd langzaam de biefstuk zoals hij instrueerde, terwijl ik met mijn ogen rol.

"Bedankt," zegt hij.

"Geen probleem," lieg ik. "Maar, vertel me eens. Wat is je minst favoriete 'versus'-film die je ooit hebt gezien?

Hij streelt zijn kin. "*King Kong versus Godzilla.*"

"Dat is niet eens een horrorfilm."

"Ja. Misschien. En jij?"

"Als we het over non-horror hebben, *Scott Pilgrim versus the World.*"

Hij snakt theatraal naar adem. "Dat is zo'n ondergewaardeerde film. Waarom is hij je minst favoriete?"

Ik grijns. "Het zijn die positieve recensies die het probleem zijn. Om een echte 'versus' film te zijn, moet je kleffe horror en waardeloze kijkcijfers hebben."

Zijn smaragdgroene ogen schitteren terwijl hij terug grijnst. "Je moet toegeven dat hij een geweldige cast had."

"Oh?"

"Echt wel. Een van de kwaadaardige exen speelde later de hoofdrol als *The Human Torch* en werd later beroemd als Captain America. Een andere was Superman, en nog een andere werd Captain Marvel."

Ik probeer de gegrilde asperges die bij mijn gerecht zaten — en zelfs de normaal saaie groente smaakt hier als een delicatesse. "Valsspeler," zeg ik. "Ik krijg het gevoel dat je net zoveel van superheldenfilms houdt als van 'versus'-films. Of meer."

Hij schudt heftig zijn hoofd. "Nee. 'Versus'-films zullen altijd een speciaal plekje in mijn hart hebben. Maar wie houdt er nou niet van een superhelden-blockbuster?"

"Ik." Ik vernauw mijn ogen tot spleetjes naar hem. "Laat me raden. Je favoriet is *Captain America.* Chris Evans is in die franchise een gladgeschoren brave Hendrik — dus je kunt je duidelijk met hem identificeren."

Hij kijkt neer op zijn perfect op maat gemaakte pak en dan terug naar mij. "Dat zou hetzelfde zijn als wanneer ik zou zeggen dat je fan moet zijn van *The Girl with the Dragon Tattoo*, omdat de heldin tatoeages en piercings heeft."

Ik zwaai triomfantelijk met mijn vork. "Ik *hou* van die film, evenals van de Zweedse versies en de boeken, dus mijn logica *klopt*."

"Mijn favoriete held is Deadpool. Niet zo schoon gladgeschoren."

"Hij wordt door de nette Ryan Reynolds gespeeld. Kijk maar naar *The Proposal*. Ik zeg verder niks."

Hij blaast zijn adem uit. "Je bent onverbeterlijk."

"Als je daarmee bedoelt dat met mij discussiëren zinloos is, dan ja. Doe geen moeite." Ik kom eindelijk bij de aardappelpuree en die is niet verrassend hemels. "Ik kan niet geloven dat je al die foute woorden in *Deadpool* kunt tolereren."

Hij gnuift. "Alleen omdat ik toevallig denk dat het gebruik van F-bommen op het werk onprofessioneel is, betekent nog niet dat ik preuts ben."

"Niet?"

"Nee." Hij kijkt jaloers naar mijn bord. "Hoe is je ijzerrijke selectie?"

"Heerlijk," zeg ik schaapachtig. "En sorry, de volgende keer kan ik iets anders bestellen."

"Niet doen. Laat me plaatsvervangend door jou leven."

Huh. "Zoals dit?" Met de juiste hand prik ik een

stuk biefstuk aan mijn vork en breng hem dan sensueel naar mijn mond voordat ik langzaam kauw.

Wauw. Hij moet rundvlees echt heel erg missen. Zijn uitgehongerde ogen doen me aan een uitgehongerde wolf denken.

Gunther trekt zijn stropdas recht. "Dat is meer plagen." Om de een of andere reden is zijn stem een beetje hees.

"Sorry," zeg ik, maar ik meen het voor geen meter. In de sportschool plaagt hij me met zijn mannelijke vlees, dus het is niet meer dan eerlijk dat ik hem met mijn koeienversie plaag.

"Vertel me nog iets over jezelf," zegt Gunther, terwijl hij het onderwerp nadrukkelijk verandert.

Ik eet een stuk kreeft zo min mogelijk plagend als ik kan — ik ga zelfs zo ver dat ik het niet in de boter dompel. "Zoals je weet, hou ik van de Ramones. Ook bekend zijn de Sex Pistols. Of moet ik Piep Pistols zeggen?"

Hij krimpt ineen. "Zitten de Ramones achter dat hoofdpijn-inducerende nummer van *Spiderman* dat je in je kantoor draaide?"

"En jij durft jezelf een fan van superhelden te noemen?" Ik maak tsk-geluiden. "Wie is *jouw* favoriete muzikant?"

Hij glimlacht vriendelijk. "Kenny G."

Ik spuug mijn kreeft uit. "Die sullige, gladde jazzman?"

"Nee." Zijn groene ogen worden spleetjes. "Die getalenteerde muzikant."

"Laat me een liedje van hem horen," daag ik uit.

Gunther pakt zijn telefoon en zet *iets* aan. In eerste instantie denk ik dat ik misschien op Enya's begrafenis ben, maar dan komt er een trieste saxofoon in het spel, wat het moment is dat ik besef dat de begrafenis het hele concept van de goede muziek is.

"Zet dat zachter," smeek ik.

Hij verlaagt het volume tot je de sax nauwelijks kunt horen, maar het is nog steeds te luid.

"Helemaal zacht," zeg ik. "En waarschuw je advocaten. Mijn oren zullen een aanklacht indienen."

"Je bent gek." Gunther houdt zijn nog steeds zachtjes jammerende telefoon beschermend vast. "Dit is geweldige muziek."

"Verschrikkelijk."

"Nou, de markt heeft gesproken." Hij schakelt eindelijk de misdaad tegen de menselijkheid uit. "Kenny G is de bestverkopende artiest aller tijden, met meer dan vijfenzeventig miljoen verkochte platen."

"Oh, de gelukzaligheid die stilte is." Ik veeg niet-bestaand zweet van mijn voorhoofd. "De Ramones hebben in principe punkrock uitgevonden, als in een heel nieuw muziekgenre."

"Kenny G herdefinieerde 'makkelijk voor het gehoor'."

Ik gnuif. "Makkelijk voor het gehoor. Het zou mishandeling van het oor moeten worden genoemd."

Gunther opent zijn mond om te antwoorden, maar de ober komt eraan en bekijkt onze bijna lege borden. "Heeft iemand nog ruimte voor een dessert?"

Gunther en ik kijken elkaar vragend aan.

"Wil je iets delen?" vraag ik.

"Ik eet meestal geen zoetigheid," zegt hij. "Maar ik kan een lepel nemen van wat jij maar wilt."

"Heb je ijs?" vraag ik aan de ober.

De ober recht zijn rug. "We hebben vanille-, chocolade-, groene thee- en pecan-ijs."

Wauw. "Laten we vanille nemen," zeg ik en grijns naar Gunther. "Ik denk dat dat je favoriete smaak is."

Gunther mompelt iets onbegrijpelijks terwijl de ober wegloopt.

"Dus, hoe vind je het om bij Munch & Crunch te werken?" vraagt Gunther.

Ik trek een wenkbrauw op. "Is dat een dreigement? Of zorg je er toch voor dat dit toch een zakenlunch, zodat je het als afschrijving kunt gebruiken?"

Hij gnuift. "Het zou veel meer kosten dan vanillegrappen om me met ontslag te laten dreigen. Wat betreft de belastingen, ik —"

"Begrijp me niet verkeerd, ik zou het goedkeuren als je wat geld terugkrijgt van de overheid voor deze lunch." Ik maak een vegend gebaar naar de tafel. "In jouw belastingschijf is het waarschijnlijk veertig procent korting."

Hij gnuift. "Heeft mijn accountant je hiertoe aangezet?"

Voordat ik kan antwoorden, komt de ober terug met een luxe dienblad met ijs. Als we weer alleen zijn, steek ik mijn hand in mijn zak terwijl ik vraag, "Vind je het erg als ik er een Sundae van maak?"

Gunther fronst. "Nee, maar —"

Als hij me een klein zakje M&M's ziet pakken, stopt hij met praten en staart hij me aan terwijl ik het ijs met het snoep garneer. Vervolgens haal ik een handvol karamel tevoorschijn, pak die uit en voeg ze aan mijn creatie toe, gevolgd door een zak gummiberen.

Hij komt eindelijk uit zijn gepeins. "Heb je altijd snoep in je zakken?"

"Alleen als ik op een plek werk die ze gratis in de bijkeuken aanbiedt," zeg ik.

"Oké, maar waarom heb je dan niet gewoon een Sundae bestelt?"

Ik kijk hem aan alsof hij dom is. "En dubbel betalen?"

"Ik zei toch dat ik betaal."

Ik haal mijn schouders op. "Ik wil niet dat iemand geld verspilt, zelfs jij niet."

"Oké dan." Hij kijkt gefascineerd toe terwijl ik er nog een paar items uit de bijkeuken aan het dessert toevoeg, maar als ik Reese's Pieces tevoorschijn haal, krimpt hij ineen. "Als je nog steeds bereid bent om te delen, sla dan alles over wat met pindakaas te maken heeft."

Ik stop meteen. "Ben je allergisch?"

Hij knikt, maar hij ziet er onzeker uit.

Ach, wat maakt het ook uit. "De Sundae heeft al genoeg ingrediënten," kondig ik met fanfare aan. "Tast toe."

Hij stopt een lepel in zijn mond en neuriet goedkeurend. "Ik weet niet zeker of mijn tandarts de effecten hiervan zal waarderen, maar het smaakt geweldig."

Ik eet ook een lepel en knik. Ik ben misschien niet de krankzinnige zoetekauw zoals mijn zus Lemon, maar ik geniet af en toe van een Sundae — vooral als het gratis is.

"Weet je waarom ze het een Sundae noemen?" vraagt Gunther. "Met die rare spelling?"

Ik schud mijn hoofd. "Ik heb het gevoel dat er wat mansplaining gaat beginnen."

Hij legt zijn lepel neer. "Niet als je het niet wilt weten."

Ik eet nog een lepel op. "Nou, je hebt mijn nieuwsgierigheid gewekt. Waarom heet het zo en waarom is het zo geschreven?"

"Misschien moet ik je even laten bungelen."

Als onze gezamenlijke trainingssessies iets zijn om op af te gaan, dan is hij er erg goed in om te laten bungelen — tot het punt dat ik Lemons masturbatieblog als gids moet gebruiken. "Je weet dat ik een uitvinding genaamd Google kan gebruiken?"

"Doe dat niet. Ik zal het uitleggen." Hij likt aan zijn lepel. "Vroeger," begint hij op een professorale toon, "waren ijsdrankjes erg populair, maar er waren wetten die ze op zondag verboden, dus —"

"Wacht, waarom?"

"Ze smaakten zo goed dat ze als zondig werden beschouwd."

"Huh. De lat voor zondig was duidelijk vrij laag

voordat gefrituurde Oreo's en Pornhub werden uitgevonden."

Hij grijnst. "Ja. Ze moesten nog een ijsje bedenken dat tammer was, en dus geschikter om op zondag van te genieten. Het werd met de dag geassocieerd, maar ze gebruikten er een andere spelling voor, in eerbied voor het woord 'zondag'."

Dus, volgens die logica, als meneer Zuig en Lik zondig goed smaakt — en er is een goede kans dat dat zo zou kunnen zijn — dan zal ik een tammere versie voor zondag moeten bedenken. Hem misschien alleen door een condoom heen likken?

"Rekening, alsjeblieft," zegt Gunther tegen de passerende ober en hij onderbreekt mijn lexicografische overpeinzingen. Dan draait hij zich naar mij. "Sorry. Ik moet naar een vergadering."

Ik gebaar naar het lege dessertbord. "We waren klaar, dus het is helemaal prima."

Gunther pakt de rekening van de ober en gooit er een hoop geld op. "Morgen zelfde tijd, zelfde plaats?"

"Natuurlijk." Mijn verraderlijke hart versnelt — waarschijnlijk als wraak voor al die cholesterol die ik zojuist heb geconsumeerd. "Zullen we samen teruglopen?" vraag ik, terwijl ik overeind spring.

Hij komt naar me toe, met spijt in zijn ogen. "De vergadering is in het centrum, dus ik kan je alleen tot aan de lift vergezellen."

"Dat kan." Serieus, hart, WTF?

De wandeling naar de lift is op de een of andere manier ongemakkelijk — althans aan mijn kant, omdat ik het gekrabbel van pluizige kittenpoten in mijn buik voel. Dat doet me eraan denken...

"Wil je een kitten?" flap ik eruit.

Hij vertraagt zijn tempo en draait een ongelovige smaragdgroene blik naar me toe. "Een wat?"

"Een baby katje. Je weet wel, klein, schattig, miauwend. Zegt dat je iets?"

"Waarom?"

Ik zucht. "Je zei dat je ze leuk vond, dus ik wilde het al vragen, maar —"

"Ik bedoel, waarom heb je überhaupt kittens om weg te geven?"

"Oh. Mijn ongecastreerde kater of tomcat heeft de vrouwelijke kat van mijn clustermaatje onteerd."

Hij hervat zijn snelle tempo. "Dat klinkt vaag incestueus."

"Dat zei ik ook al!"

Hij houdt met een grijns de deur van de cafetaria voor me open. "Ook, met het risico opnieuw beschuldigd te worden van mansplaining, moet ik je laten weten dat het equivalent van ongecastreerde kater voor vrouwelijke katten krolse poes of in het Engels een Molly is."

"Ik ben er vrij zeker van dat 'molly' een andere naam is voor ecstasy, zoals in het medicijn MDMA," zeg ik terwijl ik langs loop.

"Dat een drug zo wordt genoemd, wil nog niet zeggen dat het niet ook een term voor een poes kan zijn. Ecstasy heeft ook andere betekenissen." Hij stopt bij de lift en drukt heel voorzichtig op zowel de "naar boven"- als "naar beneden"-knoppen.

Als ik naar die vingers kijk, dan kan ik me gemakkelijk voorstellen dat hij me in extase laat schreeuwen — geen drugs voor nodig.

Ik schraap mijn plotseling droge keel. "Mijn zus noemde haar vrouwelijke kat een koningin."

"Dat wordt in de context van reproductie gebruikt. Het geboorteproces van een kat wordt queening genoemd — hoewel ik niet zeker weet waarom."

"Weet je iets niet? Het universum zou zomaar kunnen imploderen." Ik glimlach om de angel uit mijn woorden te halen en voeg er dan aan toe, "Misschien komt het omdat vrouwelijke katten een stereotype hebben om chique en kieskeurig te zijn, en dat doen koninginnen ook."

"Misschien." De lift naar beneden gaat open en Gunther kijkt ernaar en dan weer naar mij.

Is het mijn verbeelding, of is hij terughoudend om me achter te laten?

"Doeg?" zeg ik zachtjes.

"Ja," zegt hij, maar hij gaat niet naar de lift.

"Morgen zelfde tijd, zelfde plaats?" vraag ik en wil mezelf slaan. Waarom laat ik het als een date klinken?

"Ja. Morgen," zegt hij, maar hij beweegt nog steeds niet in de richting van de lift die bijna dicht is.

Er gaat een nieuwe liftdeur open, deze met het "naar boven"-licht erboven — als in, de mijne.

"Ik moet gaan," zeg ik, maar ik blijf staan.

"Ja." Hij stapt naar me toe. "We willen niet te laat komen."

Als antwoord gaat zijn liftdeur dicht.

We reiken tegelijk om op de knop "naar beneden" te drukken.

Verdomde hel. Zijn vinger raakt de mijne en het voelt alsof de stud in mijn clitoris een onderdeel is geworden van de liftmotor.

Ik trek mijn hand weg.

De deur voor "naar beneden" gaat weer open.

Het enige waar ik aan kan denken is dat hij me daar beneden likt.

Gunther wijst naar de "naar boven"-deur terwijl hij mijn blik vangt.

Serieus?

Zijn smaragdgroene ogen voelen zo diep als de oceaan als zijn lippen het woord, "Ga" vormen.

Ik kan het niet, dus zeg ik, "Ga jij maar eerst."

"Dames eerst," zegt hij, maar de manier waarop hij naar me kijkt, geeft me het gevoel van het tegenovergestelde van een echte dame.

"Leeftijd voor schoonheid," weet ik te zeggen.

"Ik ben maar een paar jaar ouder," zegt hij hees en beweegt nog steeds niet.

Dit is belachelijk. Hij gedraagt zich zoals hij in de bijkeuken had gedaan — doen alsof hij me wil kussen terwijl we allebei weten dat hij allesbehalve wil.

"Zou het ongepast zijn als we elkaar een afscheidsknuffel gaven?" vraag ik, omdat er *iets* moet gebeuren om deze stomme patstelling te doorbreken.

Zijn donkere wenkbrauwen fronsen.

"Of is er een knuffelformulier dat we eerst met HR moeten invullen?" zeg ik — en dat lijkt de betovering te verbreken. In een oogwenk heeft hij me in zijn sterke armen gehuld, tegen al zijn verrukkelijk harde delen gedrukt.

Wauw. Er zit iets extra hards in zijn zak. Is dat —

Voordat ik de gedachte kan afmaken — of me af kan vragen hoe ik 'knuffelgasme' moet spellen — heeft Gunther me al laten gaan en duikt hij in de lift alsof hij te laat is voor een orgaantransplantatie.

Ik stap in mijn lift, maar ik wil niet meer terug naar mijn kantoor.

Nee.

Wat ik nodig heb is de sportschool, want daar is de dichtstbijzijnde koude douche.

Dertien

ALS IK DIE DAG THUISKOM, OPEN IK DE KOELKAST EN PAK wat worst, ei en een kaasburrito van de Munch & Crunch uit de vriezer.

Deze waren twee-voor-één, en ik heb er zoveel dat ik ze zat ben. Met een zucht gooi ik het ding in de magnetron en terwijl ik wacht, open ik een vers blikje kattenvoer. Dit merk en deze smaak is het enige dat mijn kat waardig acht om te eten, en het is gewoon nooit in de uitverkoop.

"Bunny?" roep ik.

Hij loopt de kamer binnen en springt gracieus op het aanrecht waar ik zijn bak neerzet.

Het-dat-me-voedt heeft mijn toorn gesust. Het zou altijd maaltijden moeten eten die minder kosten dan de mijne. En die minder voedzaam zijn.

Mijn telefoon tingelt met een app van Gunther.

Het is etenstijd en ik heb niet gekregen wat me beloofd was. Hier is een nuttig idee van je voicemail — voor nu alleen tussen mij en jou gedeeld: "Verbied alle jurken met stippen. En keramiek. Misschien zelfs de strips met de Polka-Dot Man."

Ik sla mezelf op het voorhoofd, waardoor Bunny chagrijnig van zijn bak opkijkt.

Als het-dat-me-voedt graag pijn wil, vraag het dan gewoon. Mijn klauwen en tanden staan te popelen om te gehoorzamen.

Ik maak een foto van mijn trieste burrito, stuur hem terug naar Gunther en begin over een vernietigend antwoord na te denken — maar mijn telefoon gaat over.

Mijn hart slaat over.

Is het Gunther?

Nee. Het is Pearl.

"Als het niet de kaaskop van zussen is," zeg ik terwijl ik het telefoontje aanneem.

"Heel grappig," zegt ze. "Hoe was Gunther vandaag?"

Ik grijns. "Wil iemand haar nachtelijke roddelfix?"

"Dat kun je wel zeggen. Vertel op."

Goed dan. Ik vertel haar alles wat er sinds de laatste keer dat we elkaar spraken is gebeurd.

"Dus," zegt Pearl als ik klaar ben, "gaat hij een kitten nemen?"

"Is dat alles wat je te zeggen hebt over de lunch?"

"Wat valt er nog meer te zeggen?" vraagt ze. "Mijn mening is niet veranderd. Je *zult* met hem naar bed gaan. Dit alles is slechts een verlengd voorspel. Bespaar me tijd aan telefoongesprekken en doe het nu maar."

Mijn telefoon piept met een berichtje van Blue.

Je zou MIJ ook tijd besparen als ik al je onzinnige gesprekken afluister.

Echt, soms wou ik dat ik als enig kind geboren was. "Ja, natuurlijk. Ik zal het voor het team doen. Had je een positie en locatie in gedachten?"

Pearl neuriet in overdreven gedachten. "Positie— omgekeerde cowgirl? Locatie — en hier neem ik aan dat je niet poesje of kont bedoeld — als het niet zo ver weg was, zou ik het Palace Hotel voorstellen. Je weet wel, waar de bruiloft zal zijn."

Ik stik bijna in mijn burrito. "Welke bruiloft?"

"Heb je het niet gehad?" vraagt Pearl.

"Wat gehad?"

Blue komt tussendoor met een bericht:

Het ding is erg opzichtig.

Ik kijk naar mijn scherm. "Waar heb je het over?"

"Heb je je post gecheckt?" vraagt Pearl.

Ik schud mijn hoofd voordat ik besef dat Pearl me niet kan zien (maar Blue waarschijnlijk wel). "Ik zal het nu doen."

Ik neem een grote hap van mijn avondeten en ga dan de post halen, waar ik doorheen ga, op zoek naar iets opzichtigs. En tjonge, ik heb de *het* gevonden. Een ding dat voor andere omhulsels is wat Liberace voor de rest van het menselijk ras was.

"Zijn dit echte juwelen?" vraag ik in de telefoon terwijl ik het opzichtige ding open.

"Waarschijnlijk," zegt Pearl. "En voordat je het vraagt, ja, je mag dit verpanden."

Dat was niet wat ik wilde vragen, maar dat is een geweldig idee.

Ik haal de brief eruit en snak naar adem. De brief is niet van papier. Hij is van goud gemaakt in een dun vel, met woorden erop gegraveerd:

Jij en een introducee zijn van harte uitgenodigd voor de bruiloft van juffrouw Gia Hyman en Zijne Koninklijke Hoogheid, Anatolio Cezaroff.

Enzovoort, enzovoort.

Ongelooflijk. Tot vandaag dacht ik dat de beste goocheltruc van Gia's carrière het daten van een echte prins was, maar nu gaat ze echt met hem trouwen. In het hotel waar ze haar goochelshow doet.

"Zal ze een prinses worden genoemd als het eenmaal achter de rug is?" vraag ik, mijn ogen nog steeds op de uitnodiging gericht.

"Ik weet het niet zeker," zegt Pearl. "Maar als dat zo is, dan zal ze ons dwingen om haar exclusief prinses Gia te noemen."

Om eerlijk te zijn, dat zou ik ook doen.

"Zo oneerlijk," mompelt Pearl. "Met een prins trouwen was *mijn* droom, niet de hare. Het enige wat ze ooit wilde was een vrouwelijke David Blaine zijn. Of Copperfield. Of Goliath."

"Goliath was geen David, hij werd er door één gedood."

"Het heet een grap," zegt Pearl. "Goliath was ook een reus — wat overeenkomt met het ego van Gia's goochelaarspersoonlijkheid."

Ik trek eindelijk mijn blik weg van de belachelijke uitnodiging. "Neem je een introducee mee?"

"Nee, het is voor mij een betaalde klus. Er is me verteld dat er daar rijke kaaskenners zullen zijn, dus ik heb Gia gesmeekt om me de hors-d'oeuvres te laten verzorgen."

Ik grijns. "Allemaal kaasgerelateerd, zonder twijfel."

"Het is de kans van je leven."

"Hoe zit het met de rest van ons cluster?" vraag ik.

Blue antwoordt meteen, *ik neem Max mee. Je zou Gunther mee moeten nemen.*

"Olive zal haar man uit Florida meenemen," zegt Pearl. "Lemon zal er duidelijk samen met haar nieuwe dansende echtgenoot zijn. Holly zal haar videogame-kerel meenemen en Blue haar spion. Ik heb Pixie al een paar dagen niet gesproken, maar ik wed —"

"Zullen onze ouders er zijn?" vraag ik bezorgd.

"Nee, ze zullen de bruiloft van hun eerstgeborene missen."

Er komt een berichtje van Blue binnen:

Is Gia de eerstgeborene, of is Holly dat?

Ik negeer mijn zussen als ik me de enorme omvang van de situatie besef.

Als ik de enige alleenstaande zus van acht ben, zal de volle kracht van mama's onheilige aandacht op mij gericht zijn — en ze heeft zich al zorgen gemaakt over mijn datingvooruitzichten vanwege mijn piercings en tatoeages, hoewel ze het niet toegeeft.

Shit. Als ik niemand meeneem, dan kan mama het in haar hoofd krijgen om met me te 'praten' — en ik wil niet voor de miljoenste keer over de voordelen van orgasmes horen.

Ik knijp in de brug van mijn neus en probeer te bedenken wat ik moet doen. Mijn rampzalige zogenaamde liefdesleven helpt niet, vooral mijn laatste clusterfuck van een relatie niet. Ik dacht dat Spike het voor me was. Ik had zijn naam op mijn lichaam laten tatoeëren en — nog erger — ik had aan mijn ouders verteld dat hij 'de ware' was. Aangezien het leven en mannen zijn wat ze zijn, moest ik twee maanden later aan mijn ouders vertellen dat hij en ik "bewust ontkoppeld" (zijn woorden, niet de mijne) zijn en ik heb zijn naam in een tatoeage van een eenhoornvormige piñata met een ring in zijn goed geschapen paard-achtige penis laten veranderen. Voor de duidelijkheid, het goed geschapen deel verwijst naar de eenhoorn, niet naar Spike. Bij de laatste was dat op zijn best gemiddeld.

"Je kunt maar beter snel antwoorden," zegt Pearl, terwijl ze me uit mijn sombere overpeinzingen trekt. "Je weet hoe Gia kan zijn."

Dat weet ik wel en niet. Toen we kinderen waren, kon Gia's ongenoegen peper in je slipje of tandpasta in plaats van glazuur op een cupcake betekenen. Maar wat kan ze tegenwoordig doen? Bij nader inzien, het is zo veel gemakkelijker om gewoon snel op de uitnodiging voor haar bruiloft te reageren en het niet te ontdekken.

"Laat me dat doen," zeg ik. "Spreek je morgen."

Veertien

TERWIJL IK DE VOLGENDE DAG MET GUNTHER TRAIN, KAN ik niets aan het duizelingwekkende gevoel doen dat ik weet dat we hierna gaan lunchen. Ik onderdruk het zo veel als ik kan, maar het borrelt op als het gebruis in een geschudde fles frisdrank. Ik doe mijn best om niet na te denken over wat het allemaal betekent en een nonchalante houding aan te houden. Eenmaal in de cafetaria bestellen we en kletsen we een beetje over het werk, en dan herinner ik me dat hij me nooit heeft verteld of hij de kitten zal nemen.

"Je bent me nog steeds een antwoord schuldig," zeg ik terwijl de ober ons eten komt brengen — Gunthers bestelling van gisteren, maar deze keer voor ons allebei.

Gunther trekt een wenkbrauw op.

Ik wacht tot de ober vertrekt voordat ik duidelijk maak, "Het verleidelijke voorstel dat ik je heb gedaan."

De wenkbrauw wordt begeleid door een lichte frons van zijn voorhoofd.

"Je weet wel," zeg ik. "Die ene met betrekking tot een poesje... kat."

Te oordelen naar hoe hard hij zijn keel schraapt, hebben mijn woorden hem bijna laten stikken. "Heb je het over de incestueuze kitten?"

Met een grijns knik ik en proef de Eggs Benedict — en kreun van genot.

Hij lijkt nog steeds te stikken. "Ik heb wat de *kitten* betreft een aantal bedenkingen."

"Zoals?" Ik overweeg welk mes ik moet gebruiken om mijn eieren te snijden en besluit ze vervolgens met een vork te breken om nog een preek over tafelmanieren te vermijden.

Hij fronst om wat ik met mijn vork heb gedaan, dus ik denk dat ik het toch heb verknoeid. Maar in plaats van een preek vraagt hij, "Kunnen katten worden gestoken door bijen?"

"Ja," zeg ik, me een incident op de boerderij van mijn ouders herinnerend. "Toen ik het zag gebeuren, was de reactie van de kat mild — maar mijn ouders hadden hem toch meegenomen naar de dierenarts omdat een kleine minderheid van katten allergisch kan zijn, net als mensen."

Hij krabt aan zijn kin. "Wat is de kans dat de kitten dat je me geeft een van die zeldzame gevallen is? Ik heb meer bijen om me heen dan de meeste mensen."

"De kans is klein, maar ze maken wel EpiPens voor katten voor het geval dat. Zitten je bijen binnen?

Of ben je van plan om je kat buiten te laten rondlopen?"

"Er zitten geen bijen binnen," zegt hij. "Maar ja, ik geloof dat het misschien leuk is voor een kat om naar buiten te kunnen gaan."

Hmm. Zou mijn katachtige moorddadige maniak graag een deel van de tijd buiten willen leven? Nee. Dat is in Manhattan niet praktisch, maar het is misschien in het deel van Jersey waar je bijenkorven kunt houden beter te doen.

Ik proef de avocadotoast en vind hem veel te lekker voor zoiets simpels. "Als je kat allergisch blijkt te zijn, dan kun je buiten een gescreende kattenpatio opzetten."

Hij knikt. "Ik kan er ook een voor mezelf maken. Een echte patio, bedoel ik. Op dit moment kan ik buiten op een warme dag geen watermeloen eten — ik krijg te veel ongewenste aandacht."

Ik stel me voor dat watermeloensappen over zijn naakte borst lopen en ik heb begrip voor de bijen. "Daar heb je het. Iedereen wint."

Gedurende de rest van de maaltijd bespreken we onze voorkeuren en antipathieën naast muziek en films. Wanneer het aanbod van dessert komt, neem ik weer ijs, en deze keer is mijn Sundae zelfs nog beter — omdat ik me heb voorbereid met extra ingrediënten.

"Wat denk je ervan?" vraag ik wanneer ik klaar ben.

"Ik denk dat dat nu meer een bananensplit is," zegt Gunther. "En ik denk dat een banaan in je zak hebben om een paar dollar te besparen overdreven is."

"Het was een middel tot een doel." Maar de vermelding van bananen in zakken herinnert me eraan... Toen we elkaar laatst omhelsden, had ik kunnen zweren dat ik —

"Over doelen gesproken," zegt hij. "Het bedrijfsfeest van aankomende vrijdag is een manier om sterkere teambanden op te bouwen. Als nieuw teamlid zou jij dat het meest kunnen gebruiken, dus ik wil er zeker van zijn dat je gaat."

Ik knipper met mijn ogen naar hem. "Is er een bedrijfsfeest?"

Is dat een vloek die hij binnensmonds mompelde? "Je had uitgenodigd moeten worden. Iedereen is uitgenodigd."

"Oh? Door wie?"

"Tiffany."

Die trut. "Het lijkt erop dat ze is vergeten om *mij* uit te nodigen."

"Het spijt me," zegt hij ernstig. "Beschouw dit als je officiële uitnodiging."

Oh shit. Waarom heb ik mijn mond niet gehouden? Het zweet dat ik in de sportschool ijverig had weggespoeld kruipt terug en mijn overwerkte spieren spannen zich aan. Het is al erg genoeg dat ik me zorgen moet maken om naar een koninklijke bruiloft te gaan zonder een introducee; nu heb ik te maken met deze onzin van een bedrijfsfeest. Ik heb niets om aan te trekken. Ik heb geen idee hoe —

"Je ziet eruit alsof ik je vraag om op een spijkerbed te slapen," zegt hij.

Het enige wat mijn vieze hoofdgeest hoort, is 'slaap', 'bed' en iets over vastgespijkerd worden. "Waarom zou ik ergens heengaan waar ik niet gewenst ben?"

Hij fronst. "Ik weet zeker dat Tiffany je gewoon vergeten is uit te nodigen."

"Ja. Natuurlijk. Ze is een heilige."

"Nou, uitnodiging terzijde, ik denk dat je er moet zijn," zegt hij. "En als je niet zou komen, dan wil ik dat het om de juiste redenen gaat — en ik kan er geen bedenken."

Ik grom van frustratie. "Hoe zou je het vinden als ik erop stond dat je uit het niets met me meeging naar een of ander evenement?"

Hij grijnst. "Ik zou zeggen, 'Bedankt dat je aan me denkt'."

"Oh ja? In dat geval ben je formeel uitgenodigd als mijn introducee voor de grote, chique bruiloft van mijn zus."

Zo. Ik denk dat een deel van me hem echt wilde uitnodigen, maar nu de woorden eruit zijn, wil ik ze terug in mijn stomme mond duwen. De problemen met hem zouden onberekenbaar zijn. Hij zou het gekke zooitje ontmoeten dat mijn familie is. Diezelfde familie zou geloven dat ik met hem ga trouwen — de man die mijn leven heeft verpest. En dat is nog maar het begin.

Wacht. Ik maak me zorgen om niets. Hij kan niet met mijn gekke voorstel instemmen. Hij gaat niet —

"Ja," zegt hij, en laat me schrikken.

"Huh?"

De grijns wordt arrogant. "Ja, ik ga naar jouw ding

als jij naar het mijne gaat."

Oh jeetje. "Mijn ding is een koninklijke bruiloft."

Zijn wenkbrauw vormt een zijwaarts vraagteken. "Koninklijk?"

"Ja." Ik vertel hem over hoe mijn zus Gia haar waaghalsprins had ontmoet en sluit af met, "Dus stel je eens voor hoe stijf en fatsoenlijk je zou moeten handelen op dit feest."

Hij haalt zijn schouders op. "Dat zorgt ervoor dat ik er nog meer naar toe wil, niet minder. Ik ben jou niet."

Fuck. Ik was vergeten dat stijf en netjes zijn andere namen zijn.

"Ik heb niets om naar ook maar een van beide evenementen te dragen," mompel ik.

Mijn gebruikelijke modus operandi is om een jurk te kopen voor een uitje en het dan terug te brengen — maar dat heeft me op de zwarte lijst van te veel winkels gezet om te tellen.

Er komt een glinstering in zijn ogen. "Wat als *ik* een jurk voor je koop?"

Dat is gemeen. "Probeer je me met een freebie te verleiden?"

"Werkt het?"

Ik schud mijn hoofd, maar het is zwak en ik denk dat hij het kan zien.

"Zei ik *een* jurk?" vraagt hij schaamteloos. "Ik bedoelde *jurken*, één voor elk van de uitstapjes, natuurlijk."

Gemeen is niet het juiste woord. Een jurk die geschikt is voor de bruiloft van Gia zal zeker een fortuin kosten — om nog maar te zwijgen van de marteling van het vinden van een winkel waar ik welkom zou zijn, dingen te passen, het schoonhouden en het daarna retourneren.

"Als ik ja zeg, ga je de jurken dan zonder mij kopen — en stuur je ze dan naar mijn huis?" Ik kijk naar mijn kleding. "Je weet wel, zoals je dat hebt gedaan met de suffe werkkleding?"

Hij kijkt met waardering naar de kleding die hij voor me heeft gekocht. "Ja, hoewel wat je aan hebt, *niet* suf is."

Mijn deal-modus is volledig geactiveerd. "Hoe zit het met het huwelijkscadeau?"

Hij vernauwt zijn ogen tot spleetjes. "Wil je *mij* het cadeau voor de bruiloft van *jouw* zus laten regelen?"

"Touché." Ik eet het laatste van mijn ijsje op. "Ik denk dat met de baan die je me hebt gegeven, ik het me wel kan veroorloven."

En misschien is er tussen nu en dan een leuke deal te vinden.

"Dat is dan geregeld." Hij mimet naar de ober voor de rekening, en als we hem krijgen, gooit Gunther er een hoop geld op — een enorme fooi, als iemand het aan mij zou vragen, vooral gezien dat Gunther de eigenaar is.

"Wil je naar onze verdieping gaan?" vraag ik als de herinnering aan de knuffel van gisteren met de kracht van al mijn hormonen naar boven komt.

Zijn ogen glanzen helderder groen. "Laten we gaan."

Vijftien

WE NEMEN IN EEN BIJZONDER GESPANNEN STILTE DE lift. Ik weet niet hoe het met Gunther zit, maar onze afscheidsknuffel is het enige waar ik aan kan denken. Wanneer we echter bij zijn kantoor aankomen, sluipt hij laf naar binnen — geen melding van een knuffel, en zelfs geen 'zie je later'.

Ik slik mijn teleurstelling in. Zijn acties zijn begrijpelijk. De collega's om ons heen vinden een knuffel misschien niet geschikt, om nog maar te zwijgen van de hoge verzekeringspremies die Gunther voor het gebouw zou moeten betalen als Tiffany's hersenen van jaloezie over de muren explodeerden.

De rest van de dag werk ik in een waas. Als ik thuiskom, staan er drie pakjes op me te wachten — een met het label van Louis Vuitton, een van Christian Dior en de derde is van Manolo Blahnik.

Terwijl mijn kat met samengeknepen ogen toekijkt, scheur ik de dozen open als een vrouw die bezeten is door hondsdolle wolven. Binnen enkele ogenblikken heb ik de inhoud eruit.

Het zijn twee cocktailjurken, een zwarte en een rode, en een paar gouden hakken die bij beide passen. Ik slik en bekijk de jurken. Ze zouden allebei *veel* huid laten zien, vooral de rode.

Ik denk dat Gunther geen last heeft van het idee van mijn tatoeages in een feestelijke setting.

Wetende dat Pearl het me nooit zou vergeven als ik haar niet op de hoogte zou stellen, doe ik de zwarte jurk aan en videobel ik de kleine roddelaar.

"Wauw," zegt ze. "Hij wil je nog meer dan ik dacht."

"Ja. Natuurlijk." Ik trek de rode jurk aan en mijn zus fluit als ik haar het resultaat laat zien.

"Draag rood naar de bruiloft," beveelt ze. "Als hij je na je daarin te hebben gezien niet pakt, dan verhoog ik de beloofde jaarvoorraad kaas tot een waarde van tien jaar."

"Dat is een kaasachtige verbintenis."

Ze knijpt met haar ogen naar de camera. "Je zult de heetste persoon op het evenement zijn — in ieder geval met ons gezicht. Ik ben blij dat ik het uniform van een serveerster draag en daarom niet aan de strijd meedoe."

Ik grijns. "Het is maar goed dat Gia en ik niet hetzelfde gezicht hebben. Ze zou pissig zijn als ik de knapste zou worden op haar bruiloft."

Pearl grijnst. "Ze zou alleen pissig zijn als je een witte jurk zou dragen."

Terwijl we nog wat kletsen, maak ik wat eten voor mezelf, maak er een foto van en stuur hem naar

Gunther — allemaal zonder Pearl er iets over te vertellen, omdat ze zou denken dat we een rare BDSM-regeling hebben, of iets even belachelijks.

"Ik moet gaan," zegt Pearl. "De zwangerschap van Atonic maakt haar extra chagrijnig en ze heeft nu wat aandacht nodig."

"Doe haar de groeten," zeg ik en ik hang op.

Op dat moment slentert de oorzaak van die zwangerschap de kamer binnen, zijn uitdrukking chagrijnig.

Herinner je je doel, Het-dat-me-voedt?

Ja, ja.

Ik zet een blikje kattenvoer voor hem neer voordat ik aan mijn maaltijd durf te beginnen.

———

"Mag ik een stukje van je biefstuk eten?" vraagt Gunther nadat ik het de volgende dag voor de lunch heb besteld.

"Van mij wel," zeg ik. "Maar hoe zit het met je ijzer?"

Hij toont de binnenkant van zijn gespierde, aderlijke arm. "Ik geef vandaag bloed, dus ik denk dat een hapje wel oké is."

Ik ben blij dat ik zit omdat mijn knieën zo heftig knikken dat ik zeker mijn evenwicht zou hebben verloren.

Gunther gaat rechter op zitten. "Is je suiker *weer* gezakt?"

Fuck. Hij heeft me in de sportschool wat van zijn

eiwitshake gegeven, dus als ik het bij het laag bloedsuikerverhaal hou, dan zal hij me meer gaan voeden, en ik dan zal zo groot worden als het Internationale Huis voor Pannenkoeken.

Een vreemde verleiding knaagt aan me. Om de een of andere reden heb ik het gevoel dat ik hem met mijn geheim kan vertrouwen. Misschien omdat hij zich voor mij heeft opengesteld over zijn beschamende Kenny G-fetisj.

"Geef me je telefoon," eis ik.

Hij kijkt verward en geeft me het apparaat.

Ik leg mijn vinger op mijn mond in een 'stil'-gebaar en draag dan zijn telefoon en mijn telefoon naar een tafel die buiten gehoorsafstand van de onze is — voor het geval Blue toevallig luistert.

Als ik terugkom, kijkt Gunther me aan alsof ik mijn verstand ben kwijtgeraakt, dus fluister ik, "Mijn zus Blue werkte vroeger voor een bepaalde overheidsinstantie die graag zijn neus in ieders elektronische zaken steekt. Daarom vertrouw ik geen geheimen toe als er apparaten in de buurt zijn."

Gunthers bezorgde uitdrukking verandert in een geïntrigeerde. "Geheimen?"

"*Een* geheim. Enkelvoud." Ik haal diep adem. "Het komt niet door mijn bloedsuikerspiegel dat ik wit werd, maar het *is* aan bloed gerelateerd."

"Bloed? Hoezo? Is het die tijd van de maand?"

Hij lijkt het prima te vinden om dat te zeggen, terwijl ik ineenkrimp bij de beelden in mijn hoofd. Er is bij ons duidelijk een rolomkering, waarbij het de man is die menstruatiebloed noemt zonder met zijn ogen te knipperen, en het meisje bijna over haar nek gaat.

"Dat is het niet," zeg ik als ik mezelf weer in de hand heb. "Ik ben er geen fan van om over bloed te praten. Of het te zien. Of erover na te denken. Vooral het idee om het af te laten nemen." Wat ik er niet aan toevoeg, is dat ik vooral niet van het idee van bloedverlies hou bij mensen om wie ik geef, omdat ik niet wil dat hij denkt dat ik hem in die categorie heb staan.

Omdat dat namelijk niet zo is.

Dit is meer een algemene reactie.

Ja. Daar hou ik het bij.

Zijn ogen worden groot. "Dus die keer dat je flauwviel —"

"Ashildrs neus was droog en —"

"Zeg maar niets meer," zegt Gunther. "Ik wil niet dat je dat incident opnieuw beleeft en je slechter gaat voelen."

"Bedankt."

"Maar waarom zou je over je hemofobie liegen?"

Ik trek mijn neus op. "Het is geen hemofobie."

Hij knikt. "Sorry dat ik probeer te labelen, maar je weet wat ik bedoel. Waarom heb je tegen me gezegd dat het je bloedsuikerspiegel was?"

"Is dat niet duidelijk?" Ik kijk in zijn ogen. "Het is een zwakte — dus ik vertel er nooit iemand over."

Hij gnuift. "Dat is *geen* zwakte."

"Dan zijn we het erover eens dat we het niet eens zijn."

"Nou, zou je je beter voelen als ik je vertelde dat mijn angst veel zwakker klinkt dan de jouwe?"

"Misschien. Zijn het clowns?"

Hij doet zijn mond open, maar de ober komt met ons eten.

Wanneer de ober vertrekt, reikt Gunther naar voren met zijn vork. "Dus, hoe zit het met dat stukje biefstuk?"

Ik sla zijn hand weg. "Leuk geprobeerd. Vertel op."

Hij kijkt verlangend naar de biefstuk, maar schudt dan zijn hoofd. "Het is niet de moeite waard."

"Nee. Je moet het me vertellen. Je kunt zoiets niet ter sprake brengen en het me dan niet vertellen. Trouwens, ik heb je de mijne verteld."

"Goed dan." Hij steekt zijn hand weer uit en ik snijd een stuk voor hem af. Ik gebruik zelfs de juiste hand voor elk stuk bestek.

Zodra hij klaar is met zijn traktatie, kijkt hij heimelijk om zich heen en fluistert, "Arachibutyrofobie."

Ik knipper met mijn ogen. "Spinnen?"

"Dat is arachnofobie. *Arachne* betekent spin in het Grieks."

"Wat betekent je angst in het Grieks?" Ik wed dat het een fobie is om lunchmetgezellen te hebben met een verminderde woordenschat.

Hij kijkt weer om zich heen. "*Arachi* betekent 'gemalen noten' en —"

"Auw. Dus het is een angst dat je testikels worden verpulverd? Heeft niet elke man dat?"

Hij zucht. "Ik ben nog niet klaar. *Butyr* staat voor 'boter', dus —"

"Notenboter?" Hopelijk *niet* de testikelsoort — daar zou ik ook bang voor zijn.

"Met name pindakaas," zegt hij met afkeer. "Specifiek gezien is het een angst dat het aan mijn gehemelte in mijn mond blijft plakken."

Ik vernauw mijn ogen tot spleetjes. "Heb je me niet verteld dat je allergisch bent?"

Zijn gespierde schouders gaan op en neer, zoals wanneer hij de militaire press-oefening doet. "Je bent niet de enige die weet hoe hij moet liegen om zijn fobie te verdoezelen."

Ik staar hem aan, en sta even met mijn mond vol tanden.

"Sommigen denken dat het gek klinkt, maar in de kern is het een angst voor verstikking," zegt hij defensief.

Ik schud heftig mijn hoofd. "Ik vind niet dat het dom is. Ik vind dat het klote is."

"Bedankt," zegt hij. "Mijn vader heeft me verteld dat ik mijn neef in een anafylactische shock zag gaan nadat hij pindakaas had gegeten. De keel van mijn neef begon op te zwellen, en hem redden vereiste een ritje naar de SEH — dus het was allemaal behoorlijk eng, vooral voor een kind. Ik kan me niet herinneren dat dit is gebeurd, maar het klinkt als een plausibele verklaring waarom ik die specifieke fobie heb ontwikkeld."

Ik strek mijn hand uit en leg mijn hand op die van hem. "Het spijt me dat het je is overkomen."

Hij ziet er ongemakkelijk uit en trekt voorzichtig zijn hand weg.

Fuck. Heb ik de grenzen tussen werknemer en werkgever alweer overschreden?

"Het is niet zo erg," zegt hij, maar hij klinkt niet overtuigend. "Er zijn tegenwoordig zoveel mensen dodelijk allergisch voor pinda's dat ik het spul zelden tegenkom. Ik denk dat bloed niet zo gemakkelijk te vermijden is."

"Helaas niet."

Hij kijkt me aan. "Had jij ook een katalysator voor je situatie, of was het gewoon iets dat —"

"Ja," zeg ik. "Maar als ik het je vertel, dan blijft het tussen ons."

"Natuurlijk."

"Nee." Ik zwaai met mijn mes. Voor het geval dat te bedreigend lijkt, leg ik hem neer. "Ik meen het echt. Je gaat op de bruiloft mijn familie ontmoeten, en ik wil niet dat ze over het bloedding of de zogenaamde katalysator weten."

Hij legt een hand op zijn borst. "Als ik ooit je geheim verklap, moge mijn mond dan vollopen met pindakaas."

Ik kijk heimelijk in de richting van onze telefoons en fluister dan, "In mijn familie noemen we de gebeurtenis in kwestie de zombiemeesslachting."

Ik wacht tot hij grinnikt, maar hij ziet er in plaats daarvan geschokt uit — wat de juiste reactie is — dus ga ik verder. "Weet je nog die boerderij van mijn ouders?"

Hij knikt nauwelijks, alsof hij bang is dat het me afschrikt als hij zich plotseling beweegt.

"Nou, mijn ouders hebben daar allerlei dieren die ze hebben gered en op een gegeven moment gaven ze onderdak aan een *parus major* — een vogel die in de volksmond beter bekend staat als de koolmees." Er is nog steeds geen spoor van een glimlach op zijn gezicht te zien. Indrukwekkend. Ik ga verder, hem nauwlettend in de gaten houdend. "Wat nog belangrijker is, is dat deze vogel ook de zombiemees wordt genoemd vanwege zijn legitieme dorst naar hersenen. In het wild zijn de hersenen waarnaar ze hunkeren die van vleermuizen, maar het blijkt dat ze op een boerderij net zo lief kippen aanvallen."

"Oh, nee," mompelt hij.

"Oh, ja. Mijn clustermaatje Blue zag het hele ding gebeuren en is sindsdien doodsbang voor vogels. Mijn zus Gia — de koninklijke bruid op de bruiloft die we gaan bijwonen — was de tweede die op het toneel verscheen en ze heeft tot op de dag van vandaag smetvrees."

Hij kijkt verward en vraagt zich waarschijnlijk af waarom ik mijn eigen ervaring verberg als ik twee zussen heb die het zouden snappen.

"Hoe dan ook," ga ik verder. "Nadat ze naar huis waren gerend en de rest van ons hadden verteld wat er was gebeurd, sloop ik weg en deed het domste wat ik ooit had kunnen doen — ik ben naar de plaats delict gaan kijken."

"Waarom?" fluistert hij.

Ik adem gefrustreerd uit. "Ik weet niet zeker wat ik dacht. Ik was toen geobsedeerd met stoer zijn, dus misschien was het een test van mijn moed." Ik huiver. "Ik heb slechts een kleine glimp gezien van wat er met die kippen is gebeurd, maar het was genoeg. Sindsdien heb ik geen druppel bloed meer kunnen zien." Mijn glimlach is gespannen als ik eraan toevoeg, "Stom, toch?"

Ik denk niet dat hij beseft wat hij doet als hij mijn hand met de zijne bedekt. "Je was niet dom. Je was gewoon nieuwsgierig. Ik zou als kind waarschijnlijk hetzelfde hebben gedaan."

Moet. Niet. Snuffen. Hij denkt al dat ik een imbeciel ben.

Ik haal diep adem en wanneer ik mijn emoties onder controle heb, kijk ik met dankbaarheid naar zijn troostende hand — wat helaas het moment is dat hij hem ongemakkelijk wegtrekt.

"Zullen we over iets anders praten?" stel ik voor, en ik voeg wat vrolijkheid aan mijn stem toe.

"Ja, natuurlijk."

"Wacht even," zeg ik en ik ga onze telefoons halen.

Als ik terug ben, vraagt hij, "Denk je echt dat de regering er iets om geeft wat je me net hebt verteld?"

Ik bedek de microfoon van mijn telefoon en fluister, "Niet de overheid, per se, meer een bepaalde zus die voor hen heeft gewerkt en die nu weet hoe ze rond moet snuffelen."

"Oh. Ik snap het. Ik kan nog steeds niet geloven dat ze je ding niet weet."

"Niemand weet het. Je bent de eerste persoon die ik het ooit heb verteld."

En als Blue nu luistert en ze sterft van nieuwsgierigheid, dan is dat haar verdiende loon.

Zijn ogen glanzen. "Bedankt dat je me vertrouwt."

Bezorgd dat een snufje niet ver weg is, wuif ik zijn mooie woorden weg. "En hoe zit het met jou?" vraag ik nonchalant. "Ik neem aan dat je de jouwe niet geheimhoudt?"

Hij trekt rimpels in zijn voorhoofd. "Mijn ouders weten het. En ik heb het aan mijn ex verteld, degene met wie het behoorlijk serieus werd. Dat is het wel zo'n beetje."

"Bedoel je Tiffany?"

Hij kijkt me weer aan alsof ik gek ben. "Tiffany en ik hebben op de middelbare school kort iets gehad. Het was helemaal niet serieus. Anders had ik haar nooit ingehuurd."

"Huh?"

Hij grijnst. "Vergeet ook niet: ik was op de middelbare school een tienerjongen en ze geven dat soort dingen niet toe."

"Ik herhaal. Huh." Moet ik mezelf toestemming geven om me speciaal te voelen? Misschien. Het belangrijkste eerst. "Wie was die ex dan?"

De grijns verdwijnt. "Haar naam was— *is* — Chelsey. Ze was dol op pindakaas, dus ik had geen andere keuze dan het te bekennen toen we samen gingen wonen. Als ik had geweten dat ze een jaar later onze verloving zou verbreken, dan zou ik

162

hebben gelogen en hebben gezegd dat ik allergisch was."

Deze keer ga ik niet voor zijn hand, maar de drang is er. "Het spijt me," zeg ik zachtjes.

Hij haalt zijn schouders op. "Het geeft niet. Ze heeft me een plezier gedaan. Ik ben niet het type dat trouwt."

Is hij dat niet? Niet dat het me iets kan schelen, maar is dit niet iets wat je een meisje vertelt *voordat* je haar chanteert om voor je te werken, haar dan vraagt om met je te trainen en samen te lunchen en —

"En hoe zit het met jou?" vraagt hij. "Zijn er serieuze relaties?"

Geweldig. Moet ik hem nu deze shit ook nog vertellen?

Ik heb niet echt een keus.

Met tegenzin vertel ik over Spike — maar niet alles, en vooral niet het tattoo-gedeelte.

"Dat is echt klote," zegt Gunther.

"Ja," zeg ik. "En dat was nog niet eens het einde. Een week later, nadat ik hem had verteld dat hij moest sterven, had hij mijn motorfiets gepakt om mee te joyriden en heeft hem total loss gereden."

Gunthers ogen worden spleetjes. "Heeft hij in ieder geval iets gebroken?"

"Ja. Zijn heup als een oud dametje."

"Goed," verbaast Gunther me door dat te zeggen. "Dat is het verdiende loon van die klootzak."

Ik grijns naar hem. "Zou je willen dat Chelsey haar heup zou breken?"

Hij opent zijn mond om te antwoorden, maar de

ober komt terug met het aanbod van een dessert. Volgens de traditie neem ik ijs en als de ober weg is, verandert Gunther het onderwerp naar werkkwesties — iets waar ik geen seconde spijt van heb.

Na de maaltijd lopen we samen stil naar de liften — ik omdat ik me afvraag of we elkaar wel of niet een afscheidsknuffel zullen geven, zijn reden is een mysterie.

Ter verdediging, de laatste keer dat hij de lift naar beneden nam en ik naar boven, hebben we elkaar geknuffeld, dus er is een precedent.

Hij stopt.

Ik stop.

Hij drukt op de knop omlaag.

Ik druk omhoog.

Hij kijkt me met een vreemde uitdrukking aan.

Oké.

Fuck het.

Ik ga ervoor.

Zestien

Ik doe een stap in de richting van Gunther.

Hij zet een stap naar mij toe.

Plotseling voel ik kwaadwillende ogen in mijn rug boren — en Gunther kijkt met een geschrokken uitdrukking over mijn schouder.

"Tiffany," zegt hij voordat ik me kan omdraaien.

"Hallo," zegt ze met een stem zo lief dat haar stembanden op de rand van diabetes moeten staan. "Wat leuk om jullie tegen het lijf te lopen."

Er gaat een lift open die omhooggaat. "Die is voor jullie twee," zegt Gunther en hij houdt de deur open en leidt ons naar binnen.

Ik weet niet hoe het met Tiffany zit, maar ik heb het gevoel dat ik over de plank loop als ik naar binnenga.

Wanneer de deuren sluiten, verdwijnt elk voorwendsel van vriendelijkheid van Tiffany's zwaar opgemaakte gezicht.

"Ga je nog steeds ontkennen dat je met de baas naar bed bent geweest?" eist ze.

Ik ontbloot mijn tanden in een vernietigende glimlach. "Ga je doen alsof je bent 'vergeten' me uit te nodigen voor het bedrijfsfeest?"

Ze gaat rechter staan. "Het pensioneringsfeest van meneer Ferguson? Ik heb duidelijk een punt gemaakt door je niet uit te nodigen."

Wacht. Hoe kan Gunther met pensioen gaan? Dat kan niet.

Dan weet ik het. "Bedoel je meneer Ferguson senior?" vraag ik dom.

Als in, Gunthers vader?

Ze geeft een spottende snuif. "Je zou denken dat een oplichter zich een man zou herinneren die ze had bedrogen. Aan de andere kant moeten er zoveel zijn geweest dat het moeilijk voor je zal zijn om ze bij te houden."

Ik vloek hardop, en niet al mijn woorden zijn op Tiffany gericht. Sommige van de mooiste woorden drukken mijn gevoelens uit over naar het pensioneringsfeest van Gunthers vaders te gaan.

De lift stopt, de deuren gaan open en ik zie Ashildr samen met een paar andere collega's — waardoor ik de rest van mijn monoloog inslik.

Tiffany, die een lafaard is, schiet uit de lift, maar ik ga niet achter haar aan. In plaats daarvan loop ik langzaam terwijl ik de pensioenbom verwerk.

Gunthers vader zal duidelijk op zijn eigen pensioneringsfeest aanwezig zijn — wat betekent dat ik hem misschien tegenkom. Ik wil hem niet onder ogen komen. Tiffany had het misschien juist toen ze me niet uitnodigde.

Maar waarom wil Gunther me daar hebben? Beseft hij dit probleem niet?

Het ergste is dat ik er niet onderuit kan komen. Niet als Gunther al een mooie jurk voor me heeft gekocht, en zijn aanwezigheid als introducee op de bruiloft gebaseerd is op mijn aanwezigheid op het feest.

Fuck.

Wanneer Gunther terugkeert van 'laten we er niet aan denken waar hij was', overweeg ik zijn kantoor binnen te lopen en de kwestie van mijn ontmoeting met zijn vader aan de orde te stellen, maar de pleister op zijn arm is een serieus afschrikmiddel, dus ik krabbel terug en beloof mezelf dat ik het morgen ter sprake zal brengen.

Dat gebeurt niet. Hoewel ik genoeg tijd heb terwijl we samen sporten en lunchen, heb ik moeite om het onderwerp aan te kaarten. Ik leer echter meer over Gunther, bijvoorbeeld dat hij naar de Michigan State University is gegaan met een footballbeurs en zijn Bachelor of Science behaalde in een hoofdvak genaamd Packaging, dat iets te maken heeft met de consumptiegoederenindustrie en niets te maken heeft met zijn eigen 'pakket'.

De volgende dag is de dag van het feest, dus het is te laat om me terug te trekken. In plaats daarvan ga ik vroeg naar mijn werk, zodat ik vroeg kan vertrekken, en als ik thuiskom, staat Pearl daar al op me te wachten, met haar make-upkit in de hand.

"Dit gaat leuk worden," zegt ze met een grote grijns.

"Betwistbaar," antwoord ik voordat ik in een stoel in mijn woonkamer plof en haar haar ergste dingen met mijn gezicht laat doen.

Na wat aanvoelt als een uur, zet ze een spiegel voor me neer. "Vind je niet dat je er prachtig uitziet?"

"Je hebt me op deze manier opgemaakt voor mijn Harley Quinn-kostuum voor Halloween op de middelbare school."

Ze straalt trots. "Graag gedaan."

"Het was geen compliment."

Ze dept mijn wang met een laatste vleugje foundation. "Maakt me niet uit. Je ziet er geweldig uit. Vooral met die schoenen."

Ik kijk naar de martelwerktuigen met hoge hakken die Gunther voor me heeft gekocht en zucht. Dan kijk ik op de klok. Yep. Als ik niet te laat wil komen, dan zullen deze make-up en deze schoenen moeten volstaan.

"Bedankt," zeg ik met tegenzin. "Ik kan maar beter gaan."

Als de taxi me afzet bij het Metropolitan Pavilion, vraag ik de chauffeur bijna om me naar huis te brengen.

Maar nee. Ik ben al zo ver gekomen, ik kan het net zo goed helemaal doorzetten.

Ik loop klikklakkend naar binnen, mijn kont beweegt onnatuurlijk heen en weer dankzij de Manolo Blahnik-neuk-me-hakken of hoe ze ook heten.

De beveiliging laat me binnen — verdomde Gunther — en veel te snel stap ik in de vijfentwintigduizend vierkante meter balzaal gevuld met drinkende, kauwende, en krakende Munch & Crunch-medewerkers.

De muziek — als je het zo kunt noemen — klinkt als de boze kreten van een baby die uit liftmuziek was geboren, nadat ze door een ijscowagen was geneukt... met een penis in de vorm van een saxofoon.

Op een voorgevoel gebruik ik mijn telefoon om de verantwoordelijke kunstenaar te identificeren.

Yep. Kenny G. of hoe hij klinkt als hij door een DJ geremixt wordt.

Als deze gruweldaad speelt, dan zou Gunther niet ver weg moeten zijn.

Ik kijk op van mijn telefoon en realiseer me dat ik misschien een beetje helderziend ben, want daar is hij.

En fuck. In theorie ziet hij er hetzelfde uit. Hetzelfde achterovergekamde donkere haar, hetzelfde mooie pak — maar iets is anders. Beter. Misschien is hij naar de kapper geweest? Of is dit zijn best passende pak?

Het komt erop neer dat ik zijn gebeeldhouwde gezicht wil likken, te beginnen met zijn sexy lippen.

"Hallo," zegt hij nors. Zijn ogen dwalen over mijn

lichaam — ongetwijfeld de tatoeages catalogiserend (en afkeurend) die hij nog nooit eerder heeft gezien.

"Wil je een foto maken?" vraag ik nadrukkelijk.

Hij lijkt uit de tattoo-trance te komen of wat het ook was. "Je ziet er fantastisch uit."

Ik rol met mijn ogen. "Is dat een compliment voor mij, of voor je vaardigheden in het kiezen van kleding?"

Met een grijns pakt hij twee champagneglazen van een passerende ober en geeft er een aan mij. "Ik heb het gevoel dat je van gratis drankjes houdt."

Houdt? Liefde is meer à propos.

"Bedankt." Terwijl ik het fluitje pak, strelen mijn vingers langs de zijne — en ik voel me nu al dronken. Naar de gigantische voorraad alcohol in de verte knikkend, vraag ik, "Is dat ook een open bar?"

"Natuurlijk. Het is een feest."

Nu zou een goed moment zijn om te vragen of ik zijn vader zou kunnen ontwijken, die de belangrijkste reden voor het evenement lijkt te zijn. Net als ik mijn mond open doe om dat te doen, zegt Gunther, "Kom, er is iemand met wie ik wil dat je praat."

Hij stapt doelbewust de menigte in en ik volg als een schaap. We stoppen op een paar meter afstand van de megabar, naast een bekende grijsharige heer die een Hawaïaans shirt draagt.

Oh nee. Is dit —

"Pap," zegt Gunther, die mijn vermoedens bevestigt. "Dit is juffrouw Hyman."

Zeventien

Ik drink mijn champagne in één slok op. Daar gaan we. "Honey, alsjeblieft."

"Wat een schattig troetelnaampje voor je baas," zegt Gunthers vader. "Als ik vandaag niet met pensioen was gegaan, had ik erop aangedrongen dat iedereen op kantoor *mij* voortaan 'honey' zou noemen."

Gunther gromt. "Kom op, pap. Je weet dat ze mij niet zo noemde."

Gunthers vader kijkt me argeloos aan. "Niet?"

"Nee. Ik *heet* Honey," zeg ik. "Noem me alsjeblieft zo."

Misschien is dit niet zo erg als ik had gevreesd.

Gunthers vader steekt zijn hand uit. "Noem mij in dat geval Gunther."

"Oh?" Ik wend me tot mijn Gunther... Ik bedoel, de jongere Gunther. "Al die tijd heb je verborgen gehouden dat je een Junior bent."

Gunther Senior bedekt theatraal zijn mond. "Sorry,

jongen. Nu zul je toch G.J. op kantoor gaan heten, zoals je thuis werd genoemd."

"Niet per se," zeg ik. "Op kantoor noemen we hem al meneer Snoesje."

Zijn vader grinnikt als Gunther moppert, "Meneer Snoesje klinkt als een kat."

"Wat klinkt als een kat?" vraagt Ashildr, terwijl hij uit de menigte verschijnt.

Shit. Is deze plek vochtig genoeg? Het laatste wat ik wil is dat Ashildrs neus te droog aanvoelt en harakiri gaat plegen. Als ik tegen de vlakte ga, dan kom ik dat nooit meer te boven. Erger nog, hij zal denken dat ik aan de drugs ben.

"Meneer Snoesje is mijn vermeende bijnaam op kantoor," zegt Gunther.

Ashildr verbleekt — wat goed is omdat het bloed net ver van zijn neus is getrokken. "Meneer," zegt hij plechtig. "Dat heb ik nog nooit over u gehoord. Als ik dat hoor, dan zal ik er snel een einde aan maken."

Senior leunt naar voren en zegt in mijn oor, "Ashildr is een van de goeden."

"Dank u, meneer," zegt Ashildr, terwijl hij op het punt staat te gaan huilen. "En gefeliciteerd. Nogmaals."

Senior heft zijn glas en drinkt het kleine beetje van de rijke amberkleurige vloeistof die aan de onderkant achter was gebleven op. Hij moet de rest eerder hebben gedronken — wat zijn gemoedelijke stemming kan verklaren.

"Als ik je even kan lenen..." zegt Ashildr tegen de jongere Gunther.

"Het zou moeten zijn, 'Mag ik je even lenen... meneer Snoesje'," zeg ik.

Gunther werpt een smaragdgroene blik op me voordat Ashildr hem wegleidt.

Shit. Nu ben ik alleen met de man voor wie ik me wilde verstoppen. Mijn geluk stelt nooit teleur.

Om mijn angsten te bevestigen, wordt Seniors uitdrukking serieuzer. "Gunther heeft me over je voortgang verteld."

"Heeft hij dat gedaan?" Heeft hij hem over de grappen verteld? De knuffel? Het flauwvallen?

Senior knikt. "Hij vertelt me dat het werk dat je doet fenomenaal is."

Ik laat bijna mijn lege fluitje vallen. "Dit is het eerste wat ik ervan hoor."

Senior zucht. "Als er één ding is dat Gunther nog steeds over management kan leren, is het hoe je lof kunt leveren wanneer het passend is."

Ik probeer mijn kalmte terug te vinden. "Ik denk dat als u met pensioen gaat, Gunther me persoonlijk moet vertellen hoe fenomenaal mijn werk is."

De lachrimpels verschijnen weer in Seniors ooghoeken. "Daarom moest ik met pensioen. Misschien zal mijn zoon nu het heft in hand nemen en zelf complimenten gaan geven."

Ik schraap mijn keel. Op hoop van zegen. "Meneer. Over de middelbare school... Ik wilde —"

"Stop," zegt Senior. "Ik koester geen wrok. Sterker nog, je verlossingsverhaal verwarmt mijn hart." Hij glimlacht voluit naar me en maakt duidelijk waar

Gunther zijn sexy grijns vandaan heeft. "Ik ben gewoon blij dat ik toen naar hem heb geluisterd, toen hij voorstelde dat ik alle aanklachten zou laten vallen en de directeur moest vragen om niet te hard voor je te zijn."

Ik doe een stap achteruit. "Met 'hem' bedoelt u Gunther?"

"Wie anders?"

Ik knipper niet-begrijpend. "Waarom zou Gunther me verraden als hij niet wilde dat u me in de problemen zou brengen?"

Senior kijkt me aan alsof ik net zo dom ben als ik me voel. "Gunther was niet degene die het me heeft verteld."

"Nee? Wie dan wel?"

Senior werpt een snelle blik op de menigte en dan weer op mij. "Hoewel het al een tijdje geleden is, denk ik niet dat ik me comfortabel voel om iets te verraden dat in vertrouwen is gezegd. Ik hoop dat je het begrijpt."

Ik kijk stiekem de kant op waar hij heen keek.

Natuurlijk.

Tiffany.

Ik had het kunnen weten.

Mijn hart begint sneller te kloppen.

Al die tijd dacht ik dat Gunther mijn leven had geruïneerd, maar het was al die tijd zij geweest. Eerst door mij aan Gunther Senior te verraden, daarna om daar te gaan staan waar mijn mes haar huid kon penetreren.

Oké, misschien was het mes iets meer mijn schuld.

Prima, misschien meer dan een beetje.

"Daar ben je," zegt een aantrekkelijke oudere vrouw tegen Senior met een kuiltje in haar wang.

"Hé, honnepon," zegt Senior tegen haar. Dan draait hij zich naar mij en zegt, "Dit keer bedoelde ik mijn vrouw. Mijn excuses als dat verwarrend was."

"Ah, dus jij bent Honey." De nieuwkomer steekt haar hand naar me uit. "Ik ben Jennifer. Gunthers moeder. *Jouw* Gunther."

Die van mij? Ik schud haar de hand en zeg dat het leuk is om haar te ontmoeten.

Ze omhelst Senior bezitterig. "Heeft *mijn* Gunther je vermaakt?"

Voordat ik kan antwoorden, loopt Tiffany naar ons toe. Mijn nekharen komen omhoog — en tot op dit moment was ik er vrij zeker van dat alleen honden nekharen hadden.

"Goedenavond, Jen," zegt Tiffany op haar meest slijmerige toon. "Gefeliciteerd, meneer Ferguson."

Is het seksistisch dat 'Jen' niet 'mevrouw Ferguson' is? En hoe ongepast zou het zijn als ik Tiffany voor iedereen zou verstikken? Ik wil haar niet verstikken, tenzij —

"Zullen we ze laten kletsen?" zegt Gunthers moeder, of Jennifer voor de meeste mensen, of Jen voor onbeschofte teven. "Tiffany heeft ongetwijfeld veel mooie woorden tegen de man te zeggen die haar haar huidige baan heeft gegeven."

Oh. Dus Senior heeft aan Gunther gevraagd om

haar aan te nemen? Ik weet niet waarom, maar ik vind het prettig dat het niet mijn Gunthers idee was.

Ik laat Jennifer me naar het minder drukke deel van de bar wegtrekken, en we bestellen allebei verse drankjes — een Cosmo voor haar en een Long Island-ijsthee voor mij.

Ze sleept me verder uit de gehoorsafstand van Senior en Tiffany en fluistert, "Mijn man is geweldig, maar hij heeft een minpunt. Hij is veel te vriendelijk voor jonge vrouwen die zijn pad kruisen, zelfs als ze de ex-vriendinnen van zijn zoon zijn. Even dat je het weet, *dat* is de enige reden waarom *zij* hier is." Ze gebaart naar een mooie vrouw in de menigte.

Ik knipper en bekijk de vrouw in kwestie beter. Blond met blauwe ogen, ze heeft een arrogante pruil op haar lippen en veel filler op willekeurige plaatsen in haar gezicht. Wanneer de vreemdeling ziet dat Jennifer naar haar kijkt, zwaait ze en glimlacht ze met de glimlach van een centerfold.

"Wie is dat?" vraag ik.

"Chelsey," zegt Jennifer met afkeer. "Zelfs nadat ze het had uitgemaakt met mijn zoon, liet mijn man haar haar baan houden bij een van de franchises. En nu is zij ook hier."

Chelsey? Degene van de verbroken verloving? Wat dacht Senior in vredesnaam?

Plotseling weet ik niet zeker wie ik zou kiezen als ik vanavond maar één persoon mocht verstikken.

"Sorry," zegt Jennifer. "Chelsey is nu meer dan irrelevant en zeker geen aandacht waard."

"Mee eens," zeg ik resoluut.

Jennifers glimlach is aanstekelijk als ze zegt, "Ik hoor dat jij en Gunther samen trainen."

"Alleen Junior," zeg ik.

Ze pakt mijn elleboog. "En er zijn dagelijkse lunches geweest."

Ik glimlach. "Gunther vertelt je veel, nietwaar?"

"Hij is een goede jongen." Ze laat mijn elleboog los en fluistert in mijn oor, "Wat ik je wilde zeggen was — zorg ervoor dat je het 66669 HR-formulier invult."

Waarom klinkt dat bekend? Oh ja. 666 en 69. Dat is het HR-formulier voor dating.

Wacht...

"We zijn niet aan het daten," flap ik eruit.

"Wie zegt dat jullie dat doen?" Ze knipoogt naar me. "Maar als dat wel zo is, zorg er dan voor dat je niet in de problemen komt. Jullie allebei niet. Ik spreek uit persoonlijke ervaring, omdat ik mijn man ook op het werk heb ontmoet, en toen zijn de dingen bijna fout gegaan..."

"Weer dat verhaal?" zegt Gunther Junior, terwijl hij uit de menigte verschijnt. Hij draait zich naar me toe en voegt eraan toe, "Mam vertelt graag aan iedereen die wil luisteren hoe zij en pap elkaar hebben ontmoet."

"Als je mijn leeftijd bereikt, dan zul je mensen ook lastigvallen met verhalen over hoe je je vrouw hebt ontmoet." Om welke reden dan ook, kijkt Jennifer me betekenisvol aan voordat ze zegt, "Aangezien het mijn moment is, zal ik het verhaal vertellen."

En dat doet ze. Blijkbaar waren zij en haar man een

cliché — hij was de baas en zij de secretaresse. Toen waren ze op een bedrijfsfeest dronken geworden en waren ze handtastelijk geworden waar iedereen bij was. Omdat Senior de baas was, probeerde een klootzak van HR Jennifer te ontslaan voor 'ongepast gedrag', maar uiteindelijk heeft Senior de klootzak ontslagen en is hij met haar getrouwd.

"En ik zou weer met je trouwen," zegt Senior terwijl hij en Tiffany zich weer bij ons voegen. Met een buiging strekt hij zijn hand uit naar zijn vrouw. "Wil je dansen?"

Blozend laat Jennifer hem haar wegleiden en laat ze me in het gezelschap van Gunther en Tiffany achter.

"Is dit niet je favoriete liedje?" vraagt Tiffany terwijl er een langzame rockballad begint. Ze kijkt me aan en voegt er op een superieure toon aan toe, "Het is *Don't Speak* van No Doubt."

"Dan kan het niet zijn favoriet zijn," zeg ik. "Die eer behoort toe aan iets vreselijks van Kenny G."

Gunther opent zijn mond om zijn mening te geven, maar zijn adem stokt als hij naar iets achter me staart.

Ik draai me om.

Fuck.

Het is Chelsey, die onze kant op slentert.

Is dit mijn straf voor het dissen van *Scott Pilgrim versus the World*? Laat het universum me een stelletje kwade exen confronteren?

"Hoi," zegt ze verleidelijk. Haar ogen zijn op Gunther gericht en de rest van haar doet alsof Tiffany en ik niet bestaan.

"Wat doe jij hier?" vraagt Gunther koel.

"Het is ons liedje," zegt Chelsey, naar een luidspreker gebarend die in de buurt staat. "Ik dacht dat we misschien konden dansen. Omwille van vroeger."

Ik ben er vrij zeker van dat de uitdrukking op Gunthers gezicht dezelfde is die hij zou hebben als er pindakaas in zijn mond zou blijven plakken. "Zoals je weet, dans ik alleen met mijn dates." Tot mijn grote schrik pakt hij mijn hand. "Honey, wil je op mijn favoriete niet-Kenny-G-lied dansen?"

"Met genoegen," antwoord ik. Want wat kan ik nog meer zeggen?

"Ze heet Honey," zegt Tiffany. "Het is geen koosnaampje."

Chelsey erkent eindelijk mijn bestaan. "Is *dit* je date?"

"Pas maar op," zegt Tiffany. "Ze kan je steken." Het lijkt erop dat ze meer wil zeggen, maar een blik van Gunther legt haar prachtig het zwijgen op.

Moet ik uitleggen dat verstikking vanavond mijn modus operandi zou zijn in plaats van steken?

Nee.

Ik pak Gunther bij de elleboog, glimlach boosaardig naar zijn twee exen en sleep hem naar de dansvloer.

"Dank je," zegt hij met gevoel. "Ik sta bij je in het krijt."

"In dat geval, als betaling, wil ik graag dat je me helpt om dit dansgebeuren er goed uit te laten zien."

Hij fronst. "Weet je niet hoe je moet dansen?"

"Ik kan de skank doen."

Hij kijkt naar Chelsey, of misschien naar Tiffany. "Dat is te veel van het goede."

Ik gnuif. "Ik noemde niemand hier een skank, of een slet. Skank is de naam van de dans die je op punkmuziek doet." Ik sta met mijn gewicht iets naar voren, til dan een been van de grond, buig hem en schop naar voren — bijna tegen Gunthers scheenbeen. Om de skank volledig te illustreren, spring ik op het been dat net schopte en zwaai met mijn armen — en sla bijna een paar werknemers die in de buurt staan.

Gunther straalt naar me. "Zullen we zoals iedereen dansen?" Hij gebaart om zich heen.

Hmm.

Alle anderen staan dicht bij elkaar, in ballroomstijl.

Waar dacht ik aan toen ik hem hierheen sleepte?

"Je kunt het," zegt hij geruststellend.

Of ik kan mezelf in het bijzijn van zijn ouders en exen belachelijk maken. "Kun je leiden?"

Hij staat met uitgestrekte handen in een hoffelijke houding. Ik leg mijn handen in de zijne en houd mijn adem in.

Met een verwaande grijns trekt hij me dichterbij. En ik bedoel veel, veel te dichtbij. Dicht genoeg om de bijenwas en rook op zijn huid te ruiken, vermengd met iets heerlijk mannelijks. Dicht genoeg om te voelen hoe hard zijn beenspieren zijn als ze de mijne aanraken.

"Nu bewegen we heen en weer," fluistert hij recht in mijn oor en hij voegt de daad bij het woord.

Heilige Sex Pistols.

Heb ik te veel gedronken, of is dit gewoon mijn normale reactie op zijn nabijheid?

Mijn tepels zijn zo hard dat het lijkt alsof ze in een ijssculptuur zijn veranderd, mijn slipje smeekt om een droger en mijn hersenen zijn een smoothie van hormonen.

"Goed zo," mompelt hij. "Je doet het goed."

Is dat zo? Ik heb nog niet op zijn voeten gestaan, dus dat is iets. Ik voel ook geen meneer Zuig en Lik, ook al voel ik dat specifieke wezen door Gunthers broek kruipen — ongetwijfeld vanwege de wrijving die door ons dansen is gecreëerd.

Gunther moet beseffen dat ik zijn opwinding heb opgemerkt. Hij plaatst een beetje afstand tussen ons — een beweging die er paradoxaal voor zorgt dat ik hem des te meer wil bespringen.

"Het nummer is bijna voorbij," fluistert hij, terwijl zijn lippen mijn oorlel zacht strelen waardoor ik ter plekke zou komen als mijn oor een *Freaky Friday* zou doen en van plaats zou wisselen met mijn clitoris.

"Dus wat gaan we nu doen?" vraag ik buiten adem.

"Iets drinken?" stelt hij voor. "In het ideale geval uit de buurt van de rest."

"Natuurlijk." Ik werp een blik op 'de rest'. Tiffany en Chelsey lijken ergens over te kibbelen, beide zien eruit alsof ze elk moment aan elkaars haar — of baarmoeder — kunnen trekken.

Gunther maakt zich met een buiging los van de danshouding en volgt met een frons mijn blik. "Mag ik je om een gunst vragen?"

"Ja?" *Laat het alsjeblieft een seksuele zijn.*

"Als we eenmaal die drankjes hebben, kun je er dan misschien uitzien alsof je plezier hebt?"

Huh. Dat zou niet moeilijk moeten zijn. Ik heb altijd plezier als we samen zijn, dus extra alcohol zou dat alleen maar moeten versterken. Om voor de hand liggende redenen is mijn antwoord, "Ik zal mijn best doen. Het zal de prestatie van mijn leven moeten zijn."

"Ik weet zeker dat het een bovenmenselijke inspanning zal zijn." Gunther roept de barman en eist een whisky puur voor zichzelf en nog een Long Island-ijsthee voor mij.

"Proost." Ik proost tegen zijn glas en nip van mijn drankje. Het smaakt geweldig, wat betekent dat de barman voldoende gin, rum of wodka heeft toegevoegd.

Van een afstand hoor ik Chelsey's stem, maar het enige woord dat ik opvang is 'slet'. Of was het 'krent'?

"We moeten je ouders waarschijnlijk uit hun buurt halen," zeg ik tegen Gunther. "Hun klauwen staan op het punt tevoorschijn te komen, en we zouden niet willen dat ze bijkomende schade worden."

Hij gebaart naar de dansvloer links van ons. "Ik denk dat ze je een stap voor zijn."

Yep. Jennifer en Senior doen de Macarena — ik denk tenminste dat het geluid dat uit de luidsprekers komt zo wordt genoemd.

"Heeft Kenny G deze afschuwelijkheid ook geschreven?" vraag ik.

"Dit nummer is van Los del Río en mijn vader is een grote fan."

Een echo van Tiffany's stem bereikt deze keer mijn oren, en het klinkt als 'hoer', hoewel het mogelijk is dat ze 'boer 'of 'ligt op de loer' zei.

"We moeten een drinkspel spelen," zeg ik tegen Gunther. "Wanneer die twee iets kattigs zeggen of doen, nemen we een drankje."

Hij grijnst. "Afgesproken."

Net op tijd noemt Chelsey Tiffany iets dat klinkt als 'koningin of 'maf ding' of — en dit is misschien mijn dealobsessie die mijn gehoor vervormt — 'korting'.

We drinken.

Tiffany noemt Chelsey een trut, of misschien prut.

Grijnzend drink ik en Gunther volgt.

Chelsey antwoordt door haar tegenstander een koe of een hoop gedoe te noemen.

Gunther bestelt ons nog een rondje drinken, en we nemen onze verplichte slokken ter ere van de runderenbelediging.

Haar stem wordt luider, en Tiffany zegt iets over Chelseys moeder of ze noemt haar een loeder, dus we drinken weer.

De strijd gaat een tijdje door, en ons drinken ook. Dat wil zeggen, totdat Tiffany de juiste knop vindt om op te drukken — omdat Chelsey haar drankje in haar gezicht gooit en wegstormt.

"Ik had nooit gedacht dat ik Tiffany dankbaar zou zijn," mompel ik en ik drink nog een drankje volgens het spel. "Ik ben blij dat Chelsey weg is."

Gunther drinkt gewoon, maar de opgeluchte uitdrukking op zijn gezicht is onmiskenbaar. Hij is ofwel blij dat zijn ex-verloofde weg is, of dat het drinkspel voorbij is.

Tiffany kijkt verontwaardigd om zich heen en sluipt weg, vermoedelijk om haar natte kleding te drogen — dit is een van mijn favoriete twee-voor-één-deals.

"Wil je weer dansen?" vraagt Gunther, zijn woorden enigszins onduidelijk.

Hmm. Er speelt een ander langzaam nummer, dus het is verleidelijk. "We hoeven niet meer te doen alsof we plezier hebben," zeg ik hoe dan ook.

"Ik doe niet alsof," zegt hij. "'Jij?"

Ik schud mijn hoofd.

"In dat geval..." Hij strekt galant zijn hand uit. "De dansvloer wacht."

Ik accepteer zijn hand, en de zing van zijn aanraking laat mijn hoofd tollen... zozeer zelfs dat ik mijn balans even verlies. Het langzame nummer eindigt, en er begint een andere. Het heeft een snelle beat en klinkt erg zakelijk — althans voor zover iemand iets over een klerk zingt.

"Is dit ook Kenny G?" vraag ik aan Gunther.

"Nee," zegt hij met een lichte oogrol. "Dit nummer is echt iets voor mijn vader. Hij houdt van liedjes die vernoemd zijn naar een dans. Ik geloof dat deze 'Twerk' wordt genoemd."

Huh. Ik geloof niet dat het een klerk is waar ze over zingen. Oh, en dit verklaart ook het overvloedige geschud met billen op de dansvloer.

"Hoeveel wil je wedden dat het volgende nummer 'Gangnam Style' zal zijn?" roept Gunther. "Dat of 'La Bamba'."

"Ik wil het proberen," roep ik terug over een hik.

Zijn neusvleugels trillen. "Welke van die drie?"

"Draai je om."

Hij ziet er onzeker uit.

"Je bent preuts," mompel ik en draai hem de rug toe.

Oké. Ik heb Miley Cyrus dit zien doen. Ik hurk omlaag en schud met mijn kont.

Verdorie. Dit is moeilijker dan ik dacht, maar ik heb een strategie: ik focus me op het bewegen van de tatoeages op elk van mijn billen. De tatoeages in kwestie zijn toevallig zeer realistisch weergegeven tepels, dus in combinatie met wat ik momenteel doe, voel ik me een burleske performer — wat me misschien inspireert om mijn kont naar achteren te duwen, recht in Gunthers kruis.

Was dat een grom van pijn of genot? Ik draai me om om het te controleren, maar het is onduidelijk. Ik weet alleen dat zijn mond er belachelijk sexy uitziet.

"Bedankt," zegt hij met een dosis mannelijke trots.

Wacht. "Heb ik dat sexy mondding hardop gezegd?"

Zijn arrogante grijns is mijn antwoord, en als ik dacht dat zijn mond er eerder sexy uitzag, is het nu onweerstaanbaar.

Ik stop de twerking en twirl — of pirouette, als we het over dansbewegingen hebben.

Hmm. De twirl was waarschijnlijk te plotseling. De

kamer vervaagt nu rond de randen en ik heb moeite om rechtop te staan.

"Hier." Gunther legt een ondersteunende hand op mijn onderrug en leunt naar voren. "Wil je mijn mond eens van dichterbij bekijken?"

Ik lach — een beetje te luid als het omdraaien van hoofden iets is om op af te gaan.

Hij likt verleidelijk aan zijn lippen.

Goed dan. Ik pak een handvol van zijn mooie stropdas en trek hem helemaal naar beneden.

Onze lippen komen op elkaar. Hij smaakt naar karamel, eikenhout en houtskool met een vleugje alcohol — waarschijnlijk allemaal van de whisky.

Noemde ik zijn mond sexy? Ik had genereuzer moeten zijn. Hij is heerlijk. Enig. Subliem.

De kamer draait om ons heen en alles behalve de kus lijkt te verdwijnen.

Hij grijpt mijn billen, zijn duimen zitten in de buurt van waar de plaatjes van tepels in mijn huid zijn geëtst.

Fuck.

Ik heb het gevoel dat mijn eigenlijke tepels worden gestimuleerd — waarschijnlijk omdat ze zo hard zijn en zo strak tegen de kilometers stomme stof worden gedrukt die ons lichaam scheidt.

Ik trek me met extreme tegenzin terug en hijg, "We moeten hier weg."

Hij pakt mijn hand en trekt me tussen onze dansende collega's vandaan.

Terwijl we gaan, moeten mensen vaak tegen ons

aan botsen omdat we van links naar rechts zwaaien, als slingers in een orkaan.

Buiten wacht een vloot zwarte auto's, dus springen we in een willekeurige.

"Naar mijn huis," beveel ik.

De chauffeur glimlacht. "En waar zou dat zijn?"

Tot mijn verbazing noemt Gunther het adres.

Hoe weet hij —?

Laat maar zitten. Hij heeft me de kleren gestuurd die ik aan heb. De kleren die schuren, nu ik erover nadenk.

"Jouw mond is ook sexy," zegt Gunther, zijn stem is laag en hees. En misschien een beetje onverstaanbaar.

Antwoorden lijkt niet het beste gebruik van mijn tong, dus ik laat hem in plaats daarvan met de zijne worstelen.

Bij de ballen van de Ramones, de enige worstelbeweging die ik ken, is de stunner, en dat is hoe het voelt wat Gunther met mijn tong doet.

Jammie.

We worstelen nog wat meer, hij stopt verbaasd wanneer hij de stud in mijn tong tegenkomt, ik smelt in een plas met oxytocinesmaak wanneer hij ermee speelt.

De tijd lijkt te vertragen. Of te versnellen. Het wordt wazig, dat is zeker.

Op een gegeven moment is er veel geknabbel aan een lip waar ik geen worstelmetafoor van kan maken. Later volgt zijn sterke hand nog steeds mijn kaaklijn, zijn grote vingers zorgen ervoor dat ik me net zo sierlijk voel als een feeënprinses.

En dan stopt die stomme auto.

Wat de fuck? Zijn we er al? En waar zijn we?

Ik verwijder met tegenzin mijn lippen van die van Gunther en bekijk het uitzicht uit het raam.

Ah. Natuurlijk. Dat is mijn gebouw.

Gunthers ogen lijken vloeibaar als ze in de mijne kijken. "Wat nu?"

Ik wil dat hij naar boven komt, maar een deel van me herinnert zich dat je niet gewoon zegt, "Kom me neuken, en hard." Je moet wat subtieler zijn. Denk ik. Het probleem is dat ik moeite heb om een alternatief te vinden.

En dan weet ik het. "Kom kennismaken met de vader van je toekomstige kind."

Gunther verlaat zonder verder aan te hoeven dringen de auto, maar de chauffeur kijkt met een opgetrokken wenkbrauw in de achteruitkijkspiegel. Ik geloof dat je kinky hebt, en dan is er het scenario van de ene man die een andere man impregneert dat ik per ongeluk suggereerde.

"Ik bedoel zijn pluizenbol," mopper ik terwijl Gunther de deur voor me opent.

De bestuurder lijkt er niet in te trappen, of misschien gelooft hij niet dat deze verklaring het iets beter laat klinken.

Na een hik zegt Gunther, "Ik denk dat ik wist dat je dat bedoelde."

"Bunny," verduidelijk ik voor het geval dat.

"Had je geen kat?" Gunther steekt zijn hand naar me uit. "Je hebt toch echt een kitten genoemd... tenzij een babykonijn ook zo genoemd wordt?"

Nee. Misschien. Hoe noem je een babykonijn?

Geen idee, en ik ben te geil om mijn hersenen zo hard te laten werken.

"De kat heet Bunny," zeg ik en ik gebruik de aangeboden hand om overeind te komen.

Om de een of andere reden buigt de straat zich om me heen.

De auto vertrekt met piepende banden en ik leun op Gunther, die daardoor een beetje heen en weer wiebelt.

"Als je je kat Bunny kunt noemen, dan heb ik een geweldige naam voor het kitten," zegt hij.

We nemen verschillende stappen naar het gebouw voordat ik vraag, "Is die naam een geheim?"

"Ah," zegt hij. "Ik dacht dat ik het al gezegd had."

"Nee."

"Bee," zegt hij met grote trots.

Ik verwerk wat hij heeft gezegd — wat zo lang duurt dat we in de lift zitten tegen de tijd dat ik vraag, "Voor een jongenskat of een meisje?"

Zijn antwoord is ook vertraagd. "Maakt niet uit," zegt hij terwijl ik mijn voordeur open. "Als het een jongen is, is het een afkorting voor Beeowulf. Anders, Beeatrice."

"Ik betwijfel of je als kind ooit een spellingswedstrijd hebt gewonnen." Ik gebaar dat hij naar binnen moet komen.

Zodra hij dat doet, komt Bunny naar buiten en wrijft hij zichzelf tegen zijn been — iets wat hij in zijn negen levens nog nooit heeft gedaan.

"Vader van de baby?" vraagt Gunther terwijl hij naar hem kijkt.

Ik knik droevig. Mijn excuus voor een excuus is net verdwenen. "Ik weet wat je denkt. Sommige katten zien eruit alsof ze een kanarie hebben gegeten, maar deze ziet eruit alsof hij eerst de arme vogel heeft gewaterboard, al zijn veren heeft geplukt, hem een jaar lang van de slaap heeft beroofd en hem vervolgens naar zogenaamde muziek van Kenny G heeft laten luisteren."

Gunther negeert de belediging. Hij kijkt nog steeds naar de kat en vraagt, "Is zijn bed in je slaapkamer?"

"Nee," flap ik eruit. "Ik bedoel... ja. Wil je het zien?"

Hij knikt.

Ja! Ik leid Gunther naar de slaapkamer en sluit de deur voordat Bunny ons kan volgen. Het laatste wat ik wil is dat de kat uitlegt dat zijn bed eigenlijk op een hoge plank in de woonkamer staat.

Gunther ziet er duizelig uit terwijl hij de muren in zich opneemt — waarschijnlijk omdat hij nog nooit zoveel posters voor coole bands op één plek heeft gezien.

Ik leg mijn hand op Gunthers gespierde schouder om zijn aandacht te krijgen, en dan zegt mijn mond, "Je mond ziet er niet alleen sexy uit. Hij zoent ook sexy."

Huh. Wie wist *dat dat* de triggerzin was waar Gunther al die tijd op had gewacht? Er is een honger in zijn ogen als hij zich naar mij wendt, en voordat ik kan reageren, heeft hij mijn mond met de zijne bedekt.

Fuck. Waarom gedraagt de tijd zich zo raar? Het ene moment zit ik midden in de meest verzengende kus van mijn leven, het volgende moment schuift Gunther mijn jurk naar beneden — en doen mijn vingers zijn broek open.

We trekken aan de rest van onze kleding alsof het naakt krijgen van de andere persoon een wedstrijd is — die Gunther al snel wint. Ik ben volledig naakt terwijl hij nog steeds zijn boxershort aan heeft, en hij gaat buiten mijn bereik staan voordat ik hem ervan kan ontdoen.

De reden waarom hij weg is gestapt, wordt al snel duidelijk. Hij wil me goed bekijken.

"Wauw," mompelt hij nadat het onderzoek voorbij is.

Dat kan een goede wauw of een slechte zijn — het hangt allemaal af van wat hij van mijn assortiment aan piercings en tatoeages vindt. Oh, en van mijn lichaam natuurlijk.

Ik stap dicht bij hem, vastbesloten om die boxershort op te eisen. Maar eerst kan ik niet anders dan mijn vingers over de groeven op zijn naakte borst te laten gaan. "Die trainingen doen je lichaam goed."

Hij wuift mijn opmerking weg, pakt mijn hand en draait me om en legt uit, "Ik wil je van achteren zien."

Betekent dat dat wauw een goede wauw was? Ik bedoel, waarom wil je meer van iets zien dat je afstoot, toch?

"Als een kunstwerk," zegt hij, terwijl hij me terugdraait om hem aan te kijken.

"Als?" vraag ik verontwaardigd.

"Sorry." Hij pakt mijn gezicht in zijn grote, warme handpalmen. "Een letterlijk kunstwerk. Prachtig. Ingewikkeld. Inspirerend. Oh, en de tatoeages zijn ook cool."

Hikkend en grijnzend trek ik zijn boxershort naar beneden en snak naar adem. "Wauw. En dan bedoel ik een goede wauw."

Eigenlijk onderschat 'wauw' de grootte en perfectie van meneer Zuig en Lik. Een simpele wauw zorgt er meestal niet voor dat mijn bekkenspieren in afwachting spasmen krijgen. Het laat mijn mond niet vol water lopen, om nog maar te zwijgen van mijn —

"Voordat we verdergaan," zegt hij, zijn woorden zijn enigszins onverstaanbaar. "Heb ik een vraag."

"Ik ben schoon en aan de pil," zeg ik. "Maar we moeten de condooms gebruiken die ik bij een twee-voor-één-uitverkoop heb gekocht — ze hebben een vervaldatum."

Zijn lippen krommen zich sexy. "Ik ben ook schoon en condooms, als in veel, klinken geweldig — vooral niet-verlopen condooms. Maar wat ik eigenlijk wilde vragen was: heb je echt tepels op je kont, of ben ik zo geil dat ik gewoon tepels hallucineer waar ze niet zitten?"

"Het is geen hallucinatie. Het is gewoon een natte droom." Zo verleidelijk als ik kan, glijd ik met mijn vingers over de harde punten van mijn gepiercete tepels.

Gunthers pupillen verwijden zich en een lage grom laat zijn borst trillen. In een oogwenk raakt mijn rug het matras, waardoor de kamer zo snel draait dat de tijd weer versnelt. Als ik bijkom, zit mijn rechtertepel in Gunthers mond, terwijl de andere tussen zijn vingers zit.

Oh hemeltje. Meestal moet ik een groentje uitleggen wat hij met gepiercete tepels moet doen, maar hij is een natuurtalent. Hij likt, zuigt en knabbelt (veilig) net zoals hij aan de andere kant voorzichtig druk uitoefent met zijn vingers — allemaal zonder hard te knijpen of te trekken, wat een probleem kan zijn met piercings.

Ik realiseer me dat ik kreun van het tepelspel, iets dat nog nooit eerder is gebeurd. In ieder geval niet terwijl ik wakker was.

Is het mogelijk dat ik nu niet helemaal wakker ben? Het zou de wazigheid verklaren die mijn denken beïnvloedt. Wat het ook is, ik ga ervan genieten.

In een moment van helderheid komt er een openbaring in me op — Gunther heeft ook tepels. Geweldig. Ik begin met ze te spelen, tik ertegen en knijp totdat ze net zo rechtop staan als meneer Zuig en Lik.

Gunther laat mijn tepel lang genoeg los om te grommen. Dan laat hij vol vertrouwen zijn tong over mijn buik glijden.

Ik wil het woord niet te vaak gebruiken, maar

wauw. Zijn uitstekend geschoolde tong maakt rondjes rond mijn navelpiercing en dan gaat zijn odyssee verder naar beneden, totdat hij precies is waar ik het wil.

Mijn handen grijpen Gunthers haar en maken het gladde kapsel in de war.

Ik voel hem zelfvoldaan tegen codenaam Pot grijnzen, en dan maakt zijn slimme tong glijdend een cirkel rond de stud in mijn clitoris.

"Fuuuuck," hijg ik.

Hij stopt met wat hij doet en kijkt me met een vurige blik aan. "Taalgebruik alsjeblieft."

"Sorry," zeg ik ingetogen. *Dit* is hoe hij me vanaf het begin had moeten motiveren om damesachtige woorden te gebruiken. Mijn kantoor binnengaan, op zijn knieën onder mijn bureau kruipen — en er zou nooit een enkele f-bom zijn geweest.

Gunther hervat zijn belangrijke werk.

Zijn warme tong wordt het middelpunt van mijn wereld, en dan breek ik in stukken van een tenenkrommend orgasme — de enige keer dat het ooit zo snel is gebeurd. Dat wil zeggen, ervan uitgaande dat het snel was en dat de tijd me niet weer voor de gek heeft gehouden.

Gunther stopt echter niet. Hij verzacht zijn tong en maakt zijn cirkels breder, waardoor ik even weer bij zinnen kom. Maar al snel zorgt hij weer voor een orgasme en ik schreeuw zo hard dat mijn keel hees aanvoelt.

"Wat denk je?" vraagt hij, terwijl hij met een scheve grijns opkijkt.

"Wat jij kan, dat kan ik ook." Ik duw hem naar achteren en buig me over hem heen, klaar om te doen wat door de naam van zijn mooie pik altijd is geïmpliceerd: zuigen en likken.

En weer wauw.

De fluweelzachte huid is heerlijk zout als ik mijn mond rond de staalachtige hardheid wikkel.

"Fuck," gromt Gunther.

Ik trek me terug. "Taalgebruik!"

Zijn glimlach is gekweld. "Nieuwe regel. In de slaapkamer mag elke *fuck*."

"Fucking echt wel." Ik schuif meneer Lik en Zuig terug in mijn mond en om mijn punt te benadrukken, pak ik Gunthers ballen met mijn hand. Het zware gewicht ervan is verrassend aangenaam om aan te raken.

Gunthers gebeeldhouwde buikspieren spannen zich aan, en een chant van "fucking fuck" komt uit zijn mond.

Waarom voel ik me daardoor zo in control? Geen idee, maar ik geniet van de power trip terwijl ik het zuigen even pauzeer. Dan, wanneer het object van mijn aandacht in afwachting trilt, geef ik hem een paar luxe likjes.

"Ik moet in je zijn," kreunt Gunther.

"Mijn favoriete vijf woorden," hijg ik. Wacht. Klonk dat te sletterig? Voor het geval dat, voeg ik de waarheid toe, "Om van jou te horen."

Hij kijkt met grote urgentie om zich heen. "Er was iets over condooms gezegd."

Huh. Mijn geest is zo wazig — met geilheid, ongetwijfeld — dat ik dat helemaal vergeten was. Hem met blote huid in me voelen is *echt* verleidelijk, maar omdat mijn slettenstatus zo recent in twijfel werd getrokken, besluit ik om het veilig te spelen door het condoom te lokaliseren en het aan hem te overhandigen. Ja, ik heb mezelf in feite zo beschaamd dat ik weerstand bood aan de zeer sterke drang om dat condoom met mijn mond bij hem om te doen — een beweging die ik op genoeg bananen heb geoefend om alle apen in de Bronx Zoo een jaar lang te voeden.

Ach ja. Meneer Zuig en Lik ziet er dankzij de roodachtige glans van het condoom aantrekkelijker uit.

"Op handen en knieën," beveelt Gunther hees.

Ik gehoorzaam en vraag over mijn schouder, "Dit is een excuus om de tepels op mijn billen weer te zien, nietwaar?"

Als antwoord beweegt hij zijn gezicht recht omhoog naar de tatoeage, maar niet om hem van dichtbij te bekijken, zo blijkt. In plaats daarvan likt hij codenaam Pot van achter — en voert een manoeuvre uit die slim genoeg is om 's werelds schaakkampioen te verslaan.

Mijn mond wordt droog, en het is geen wonder — al het vocht van mijn lichaam is naar beneden getrokken waar Gunthers tong is.

Trucs met de tijd moeten weer met mijn geest knoeien omdat ik op de afgrond sta van nog een orgasme — dat is wanneer Gunther zijn tong voor meneer Zuig en Lik ruilt.

"Fuck!" roepen we allebei uit. In mijn geval komt het omdat het strekken me over de rand stuurt, waardoor ik zo hard kom dat mijn knieën en armen het bijna begeven. In zijn geval komt het waarschijnlijk omdat terwijl ik kom, Pots wanden zo hard in meneer Zuig en Lik knijpen dat het is alsof mijn leven ervan afhangt.

"Je voelt zo goed," kreunt Gunther en stoot nog een keer in me. Twee keer. Drie keer.

Fucking fuck. Is dat weer een orgasme in mijn kern? Ik dacht dat twee de max was — en dat is alleen als je superveel geluk hebt.

Yep. Het is aan het opbouwen — en het feit dat Gunthers duimen in de tepeltatoeages op mijn onderkant drukken, versnelt dit alleen maar omdat die plekken erogene zones voor me zijn (vandaar de tatoeages).

"Sneller," hijg ik.

Oh shit. Hij moet zich al die tijd hebben ingehouden. Nu stoot hij in me alsof ons leven ervan afhangt, en de druk op mijn tatoeagetepels intensiveert terwijl hij zijn greep op mijn kont verstevigt.

Er klinkt een wanhopig gekreun uit mijn keel. Het orgasme dat zich in me opbouwt, nadert de grootte van een tsunami en staat op het punt om aan land te komen.

Gunther gromt luid en zijn pik wordt nog harder als hij zijn ontlading bereikt.

Ja. Ja. Ja. Ik word over het randje geduwd en kom zo hard klaar dat mijn knieën en armen het begeven.

Dit is waanzin.

Ik eindig op mijn buik, in een hoop gelukzaligheid.

"Gaat het?" mompelt Gunther, mijn rug strelend.

"Het gaat heel erg goed," zeg ik slaperig. "Hou nu je kop. Alsjeblieft."

Grinnikend, wikkelt hij zijn lichaam om me heen als een knusse Snuggie-deken.

Oké. Het is officieel. Dit moet een droom zijn geweest, en dat betekent dat het tijd is om terug te keren naar een droomloze slaap — en dat is wat ik prompt doe.

Achttien

IK WORD WAKKER, OM ER ONMIDDELLIJK EN IMMENS SPIJT van te krijgen.

De wereld draait als een NASA-trainingsmodule en mijn schedel voelt als een uitgedroogde boom die wordt gepikt door spechten die zin hebben in een Long Island-ijsthee.

Heb ik genoeg alcohol gedronken om me zo slecht te voelen?

Ik gluur door mijn wimpers. Oh, fuck. Er is bewijs dat ik veel heb gedronken — en ook dat wat er tussen Gunther en mij is gebeurd geen droom was, zoals een deel van me had gehoopt. Daar is hij, heerlijk naakt en *in mijn bed.*

Ik sluit mijn ogen en probeer het onmogelijke — een schijn van een samenhangende gedachte.

Daar gaan we.

Gunther en ik hebben seks gehad.

Nee. We hebben waanzinnige seks gehad.

Correctie: het was ruïneer-me-voor-andere-mannenseks.

Tenzij... durf ik te hopen dat het slechts middelmatig was, maar de alcohol het deed lijken alsof het de beste seks was die ik ooit heb gehad? Als bierbrillen huiselijke kerels er heet uit laten zien, misschien doen Long Island-ijstheebrillen dan dit?

Wacht. Ik concentreer me hier op het verkeerde.

Ik ben met de man naar bed geweest die mijn leven heeft verpest.

Wacht eens even. Dat is verouderde informatie. Gezien wat zijn vader me gisteravond heeft verteld, is die eer aan Tiffany — en er is niet genoeg Long Island-ijsthee in de wereld om me met haar naar bed te laten gaan.

Toch heeft Gunther me gechanteerd om voor hem te werken. Wat me eraan herinnert: ik ben de ergste nachtmerrie van HR — een werknemer die met de baas naar bed is geweest.

Plotseling klinkt er een gruwelijk geluid — een geluid dat aanvoelt als kattenklauwen die aan het pijncentrum van mijn hersenen krabben.

Ik gluur naar de wekker.

08.15 uur

Shit. Ik ben een kwartier te laat voor Bunny's ontbijt — en dit is precies hoe zijn gemiauw in mijn katerhersenen klinkt. Nu ik erover nadenk, heb ik hem gisteravond wel te eten gegeven? Nee. Ik was te hongerig naar Gunther om mijn plichten te vervullen.

Gunther bedekt zijn oren met zijn handpalmen.

"Voor de liefde van alles wat heilig is, laat het alsjeblieft ophouden."

"Ik ben ermee bezig." Ik schuif mijn wiebelige benen van het bed en wacht tot de kamer stopt met draaien. "Niet kijken," zeg ik tegen Gunther voordat ik opsta.

"Is het daar niet een beetje te laat voor?" moppert hij, maar hij kijkt weg.

Oké, dus dat bewijst dat hij zich ook herinnert wat we gisteravond hebben gedaan. Enig.

Ik doe mijn kimono met schedelpatroon aan die ik gratis had gekregen van het loyaliteitsprogramma van een punk-parafernalia-website. Ik schuif mijn voeten in de slippers, die ik ook gratis had gekregen door mijn zussen naar een schoenenwinkel te verwijzen, en loop de slaapkamer uit en word geconfronteerd met het chagrijnige gezicht van mijn uitgehongerde kat.

Weet je WAAROM ik je Het-dat-me-voedt noem? Of waarom ik je zou hernoemen naar Het-dat-ooit-oogbollen-had?

"Sorry, maatje," zeg ik en ik haast me naar de keuken om het dubbele van zijn gebruikelijke hoeveelheid voedsel te openen.

Met een zwiep van de kleine konijnenstaart die het kenmerk van zijn ras is, verslindt Bunny zijn voedsel met ongewone snelheid, waardoor ik me zo schuldig voel dat ik hem nog een portie geef.

Hij kijkt me iets minder chagrijnig aan als ik de extra portie neerzet.

Dat is slim. Misschien laat ik je je stomme ogen houden.

Het zou een last zijn om een van die blindengeleidehonden te moeten martelen en doden.

Om de kattenverzorging af te ronden, ververs ik Bunny's water. Dan giet ik wat van hetzelfde in twee hoge glazen en voeg er een beetje zout en suiker aan toe, gevolgd door een scheutje citroensap. Tot slot vis ik een pot pillen uit mijn medicijnkastje, en ik neem dat en de twee drankjes mee terug naar de slaapkamer.

Tot mijn teleurstelling is Gunther al aangekleed als ik terugkom.

"Hier." Ik duw een glas in zijn hand.

Nadat hij het drankje heeft aangenomen, zet ik de mijne op het nachtkastje, open de pot pillen en geef hem twee pillen en slik er zelf twee door.

"Wat is dit?" vraagt hij.

Ik gebaar naar het drankje. "Een goedkoop alternatief voor Gatorade." De pillen neerleggend, voeg ik eraan toe, "En CVS paracetamol, dat is hetzelfde als Tylenol, maar veel goedkoper."

"Een behandeling tegen een kater die ook een deal is?" Hij grijnst — wat hem ineen doet krimpen. "Bedankt." Hij neemt de pillen en drinkt zijn drankje.

"Graag gedaan." Ik drink de mijne langzaam — omdat ik niet weet wat ik daarna moet zeggen.

"We moeten praten," zegt Gunther als ik klaar ben.

Zijn het niet meestal jongens die bang zijn voor die zin van een vrouw? Mijn hart zakt me in de schoenen als ik mijn glas neerzet. "Praten?" Ik kijk betekenisvol naar het bed. "Waarover?"

Hij wrijft over zijn stoppelige kaak. "Het spijt me van gisteravond."

"Pardon?" Mijn handen gaan instinctief naar mijn heupen. "Het *spijt* je?"

Hij trekt een gezicht. "Alcohol was een verzachtende factor. Het verlaagt de activiteit in de prefrontale cortex, dus rationaliteit en besluitvorming lijden daaronder."

Ik vernauw mijn ogen tot spleetjes. "Over wiens gebrek aan rationaliteit en slechte besluitvorming hebben we het hier?"

Hint: er is geen juist antwoord op deze vraag.

"Het mijne," zegt hij.

Ik stap recht op hem af en prik met een vinger in zijn stom harde borst. "Bij mij zijn is een verdomde eer, en ik zal vervloekt zijn als iemand zich gedraagt alsof het een vergissing was."

Hij zucht en doet een stap achteruit. "Je verdraait mijn woorden."

"Is dat zo? Echt? Meneer Vergissing."

"Ik ben je baas, wat voor een ongezonde machtsdynamiek zorgt."

Waarom klinkt het heter als hij het ongezond noemt? "Je bent maar tijdelijk mijn baas."

"Maar dat is geen excuus. Alcohol ook niet." Hij gaat op de rand van het bed zitten. "Ik neem de volledige verantwoordelijkheid voor wat er is gebeurd en ben bereid om met HR samen te werken. Ze geven training en —"

"Hou je mond," zeg ik streng. "Je hebt me niet onder druk gezet om iets te doen wat ik niet wilde."

"Maar de —"

"Vind je het prettig dat je ballen aan je lichaam vastzitten?" vraag ik terwijl ik mijn trouwe vlindermes tevoorschijn haal, hem met een zwaai open en een snijgebaar maak — waarbij ik doe alsof ik twee avocado's van een tak snij.

Gunther gnuift. "Zou je niet flauwvallen bij het zien van bloed?"

"Verdomme." Ik leg het mes weg. "Daarom vertel ik nooit iemand over mijn geheim."

"Dus..." Hij zucht weer. "Ik denk dat mijn punt blijft staan."

"En welk punt zou dat zijn?"

Hij fronst. "Ik weet het niet meer zeker."

"Dan accepteer ik je verontschuldiging."

"Nee," zegt hij resoluut. "We hadden niet intiem moeten zijn buiten een goede, door HR goedgekeurde relatie. En zelfs als dat was gebeurd, dan zou onze eerste keer niet onder invloed van alcohol zijn geweest."

Ik ga naast hem op bed zitten. "Ik weet niet zeker of ik het daarmee eens ben, vooral het laatste gedeelte."

Hij draait zich mijn kant op en trekt een vragende wenkbrauw op.

Een stomme blos sluipt op mijn wangen. "Vond je niet dat de buzz... de ervaring verbeterde?"

Hij schudt zijn hoofd en krimpt weer ineen. "Ik dacht dat het met jou gewoon zo was."

Dacht hij dat? Mijn blos verspreidt zich helemaal tot aan mijn tenen. Ik voel me ook schuldig omdat ik eerst zijn prachtige ballen had bedreigd en vervolgens zijn ego mogelijk kneusde door de geweldigheid van de seks niet aan hem toe te schrijven. Nou, ik kan dat laatste herstellen als ik terugkrabbel. "Het was *duidelijk* zowel jij als de buzz, maar omdat het de beste was die ik ooit —"

Hij springt overeind en ik realiseer me dat zijn broek een tent vormt alsof er een anaconda in is gekropen. Ik slik en kijk omhoog. Zijn blik is gloeiend heet.

Huh. Hij wil *meer.* Met de kater? Nu ik erover nadenk, zou ik het ook niet erg vinden, ondanks de pijn.

"Ik denk niet dat er op dit moment iets goeds zal voortkomen uit dit gesprek," zegt Gunther, die net zo stijf klinkt als sommige delen van zijn anatomie.

"Oh?" Ik kanaliseer Sharon Stone van *Basic Instinct* terwijl ik mijn benen over elkaar sla en weer open.

Zijn pupillen verwijden terwijl hij naar mijn geïmproviseerde show staart. "We moeten nuchter worden," gromt hij — en het klinkt alsof hij zichzelf meer wil overtuigen dan mij.

"Prima," zeg ik en sluit mijn benen heel stevig.

"Geweldig." Hij draait zich met tegenzin om en loopt langzaam naar de deur.

"Wacht. Laat me mee naar de deur lopen," zeg ik.

Hij wacht met een houding die stijf is, evenals andere dingen.

Terwijl ik voor hem loop, kan ik het niet laten om voor alles wat ik waard ben met mijn kont te schudden. Tegen de tijd dat we bij de deur zijn, lijkt zijn ademhaling zwaarder. Mooi.

"Maandag tijdens de lunch praten?" vraag ik terwijl ik de deur open.

Met een kort knikje haast hij zich mijn appartement uit.

Ik draai me om, kleed me aan en wacht tot de kater weg is voordat ik Pearl bel.

"Hoi," zegt ze. "Hoe ging het feest?"

"Gefeliciteerd," zeg ik met een zucht. "Je bent me een decennium lang geen kaas verschuldigd."

Pearl gilt in blijdschap en eist dan de details te weten, dus ik gehoorzaam.

"Zijn jullie twee samen?" vraagt ze op een overdreven opgewonden toon.

"Geen idee. We hebben het er maandag tijdens de lunch over."

"Nou," zegt ze, een beetje rustiger. "Wil je dat zijn?"

Ja. Nee. "Misschien."

"Dat wil je wel."

Ik rol met mijn ogen. "Waarom?"

"Je wilt niet vrijgezel zijn op de bruiloft van Gia," zegt ze, en iets in haar toon zet me op scherp.

"Ben je nog steeds met —"

"Zeg zijn naam niet!" zegt Pearl.

"Wauw. Voldemorted. Het moet erg zijn geweest."

Nadat ze me over haar ramp van een vorige relatie vertelt, bied ik aan om haar de volgende dag mee te nemen naar haar favoriete restaurant voor een brunch.

"Echt?" zegt ze. "Maar ze hebben nooit coupons."

"Ik heb een respectabele baan," herinner ik haar, en ik vermeld niet iets dat ik toevallig onlangs heb geleerd: dat haar favoriete plek toevallig een Groupon heeft voor de brunch van deze zondag.

———

De rest van het weekend is een waas, het enige gedenkwaardige is hoeveel Pearl van de uitbundige kaasplank geniet tijdens onze brunch.

Het eerste deel van maandag gaat ook erg snel — dat wil zeggen, totdat Gunther en ik naar de sportschool gaan. Omdat ik weet dat we dat gesprek tijdens de lunch boven ons hoofd hebben hangen, voelt de training langer aan dan de lange versies van de *Lord of the Rings*-films — en net zo ongemakkelijk als de meest hondsdolle fans van diezelfde films.

"Dus," zeg ik als we in de cafetaria zitten en ons eten is besteld. "Ben je nu klaar om te praten?"

"Ja. Natuurlijk." Hij trekt zijn stropdas recht. "Nu de alcohol uit je systeem is, wilde ik nog een keer mijn excuses aanbieden en het deel benadrukken dat ik de verantwoordelijkheid neem als —"

"Nee," zeg ik met mijn hoofdschuddend. "Dat heb ik gehad, daar heb ik over gepraat. Wat er gebeurd is, is wat ik wilde dat er zou gebeuren, punt. Kunnen we iets interessanters bespreken?"

Hij houdt zijn hoofd schuin. "Oké. Zou het acceptabel zijn als ik je het hof zou maken?"

Mijn hart slaat een slag over en een zoemende bijenkorf neemt zijn intrek in mijn buik. Met een nerveuze grijns zeg ik, "Laat het aan meneer Ferguson over om dating te laten klinken alsof het formele kleding en chique zilverwerk vereist."

Hij grijnst terug. "Als je erop staat, kunnen we pyjama's dragen en met sporks eten."

"In dat geval, ja."

"Geweldig." Hij reikt onder zijn stoel en haalt een grote stapel papieren tevoorschijn die hij op de tafel neerslaat. "Vul dit in. Ik heb de mijne al ingevuld."

Ah. Formulier 66669. Natuurlijk.

Ik bekijk het eerste vel papier.

Dit beleid verhindert niet de ontwikkeling van romantische relaties tussen medewerkers van Munch & Crunch, maar streeft ernaar duidelijke verwachtingen te scheppen over —

Saai. En leugens. Alleen al het bestaan van zo'n formulier moet mensen net zo snel van seks en relaties afschrikken als de wetenschap van het bestaan van gonorroe een tijdje voor mij had gedaan — na een 'vriendelijke les' van Gia en het gesprek over 'de bloemetjes en de bijtjes' van mijn overijverige ouders om alles tot in detail uit te leggen.

Ik lees sneller totdat ik kom bij:

Personen in leidinggevende relaties zijn onderworpen aan strengere eisen als gevolg van —

Whatever. Ik ben geen leidinggevende, dus niet mijn probleem.

Ik sta op het punt om door te gaan naar de opsommingstekens die de werkelijke richtlijnen beschrijven wanneer Gunther zegt: "Laat het me weten als je een snelle vertaling van HR naar begrijpelijke taal wilt hebben."

"Zal dat niet moeilijk voor je zijn?" Ik draai het formulier naar hem toe. "Je standaard manier van praten lijkt veel op het taalgebruik in dit formulier."

"Hilarisch." Hij wijst naar het eerste punt, waar staat:

Tijdens kantooruren en in alle eigendommen van Munch & Crunch moeten medewerkers van Munch & Crunch persoonlijke uitwisselingen beperken, zodat hun collega's niet worden afgeleid of beledigd, in een poging om de productiviteit te behouden.

"Praat tijdens werktijd niet over persoonlijke dingen," vertaalt Gunther.

Ik knik zachtjes. "Dus, als ik je zou willen vertellen dat ik heb genoten van wat je met je tong hebt gedaan, dan zou ik tot na het werk moeten wachten? Of na het werk en nadat we het gebouw hebben verlaten?"

Zijn ogen worden donker van de hitte, maar hij beweegt zijn vinger naar het volgende punt, en voordat ik de moeite neem om het te lezen, vertaalt hij: "Voer geen gesprekken die andere collega's een ongemakkelijk gevoel kunnen geven."

"Wordt dat niet door het punt 'geen persoonlijk

gesprek' gedekt?" Heeft hij dit uit zijn hoofd geleerd, of is hij zo snel in het vertalen van die HR-onzin?

Gunther schudt zijn hoofd. "Het feest van gisteren was niet onder werktijd, maar als we het in het bijzijn van onze collega's over het tongding hebben, dan zal het hen een ongemakkelijk gevoel geven en is het dus niet toegestaan."

"HR-mensen klinken als Victoriaanse chaperonnes," zeg ik met een onechte pruil. "Wat nog meer?"

Hij beweegt zijn vinger een centimeter naar beneden. "Geen fysiek contact op het bedrijfsterrein."

"Valt deze cafetaria onder het bedrijfsterrein?"

"Ja."

"Dus... Ik mag dit niet doen?" Ik leg mijn hand op zijn knie. "Of dit?" Ik streel met mijn vingers over zijn arm.

Zijn ogen gaan halfdicht, maar hij schudt ferm zijn hoofd.

"Wat dacht je van zoiets als dit?" Ik schuif mijn voet uit mijn schoen en onder de dekking van het tafelkleed masseer ik zachtjes zijn kruis met mijn grote teen.

Hij ziet eruit alsof hij elk moment kan ontploffen, maar Gunther slaagt erin om te zeggen, "Ja. Dat is een mooi voorbeeld van wat je niet mag doen."

"Hoe zit het met contactloosheid?" Ik lik wellustig aan mijn lippen.

Zijn neusvleugels trillen. "Ik weet zeker dat dat onder een andere clausule valt."

Ik zucht theatraal. "Ik denk dat we veel tijd bij elkaar thuis zullen doorbrengen."

Hij zucht bijna net zo diep. "Wat er ook gebeurt, het zal moeten wachten tot dit formulier is beoordeeld door Vera Chaste, ons hoofd van HR."

Chaste, met andere woorden Kuisheid? Geen wonder dat ze niemand anders laat flikflooien.

Ik onderteken het formulier. "Hoelang duurt het voordat juffrouw Chaste dit ding een stempel geeft?"

"Het is mevrouw Chaste, en ik weet het niet. Ze is met zwangerschapsverlof."

"Dus toch niet zo kuis?"

Hij kijkt me berispend aan. "Denk je niet dat Vera dat soort grappen net zo vaak heeft gehoord als jij grappen hebt gehoord over wat bijen produceren?"

"Touché. Maar serieus, wanneer is mevrouw Chaste terug?"

Hij haalt zijn schouders op. "Het bedrijfsbeleid voor zwangerschapsverlof is twaalf weken. Ze is een paar weken geleden gegaan."

Ik staar hem aan. "Dat is een paar maanden."

Hij grijnst. "Ik beschouw je gretigheid als een compliment."

Ik druk mijn lippen op elkaar. "Ik beschouw jouw gebrek aan gretigheid als het tegenovergestelde van een compliment."

Gunther kijkt naar waar mijn voet onlangs was. "Er is geen gebrek aan gretigheid, dat verzeker ik je."

De ober komt met het eten, dus ik krijg geen kans om te antwoorden.

Als we weer alleen zijn, zeg ik, "Dus dat is het? Alles moet in de wachtstand blijven staan?"

Gunther tilt zijn vork op. "Alleen de fysieke dingen. We zullen nog steeds lunchen, zodat we elkaar kunnen leren kennen."

Ik pak mijn mes met mijn verkeerde hand — expres. "Het voelt alsof ik in de vriendenzone ben gezet."

Hij staart afkeurend naar het mes. "Je zou je vriendelijk moeten gedragen om dat het geval te laten zijn."

"Prima." Mijn glimlach is niet echt. "Laten we elkaar beter leren kennen. Ik zal beginnen. Wat is je favoriete kleur?"

"Paars. En die van jou?"

Ik zeg hem dat het zwart is, en dan schieten we steeds sneller vragen op elkaar af. Ik ontdek onder andere dat hij nooit een portemonnee bij zich heeft, dat hij een verzameling zwaarden heeft en — niet verrassend — dat een bij zijn favoriete dier is. Terwijl het gesprek doorgaat, neem ik een beslissing: ik zal mijn best doen om zijn wil te breken, zodat we weer fysiek worden lang voordat mevrouw Chaste terugkomt van haar zwangerschapsverlof. Het is een kwestie van vrouwelijke trots.

Als ik hem meeneem naar de bruiloft, dan wil ik niet het gevoel hebben dat ik lieg als ik hem als mijn vriend voorstel.

Om dat slechte doel te bereiken, bel ik Pearl zodra ik bij mijn bureau ben.

"Hé, zus," zeg ik zonder inleiding. "Wil je vandaag mee winkelen?"

"Natuurlijk. Waarvoor?"

"Kantoorkleding," zeg ik en ik werp een heimelijke blik op het kantoor van Gunther.

"Huh," zegt ze. "Er moet een grote uitverkoop zijn. Wat heb je nodig?"

Met stalen vastberadenheid antwoord ik, "Iets sletterigs."

Negentien

"JE DECOLLETÉ HEEFT EEN DECOLLETÉ," IS HET EERSTE wat Pearl zegt als ik uit de kleedkamer kom.

"Goed. Hoe ziet *dit* eruit?" Ik doe alsof ik iets op de grond laat vallen en buk om het op te pakken.

Pearl fluit. "Hij zal alles tot aan je huig kunnen zien."

Ik ga rechtop staan. "Is het gepast voor het werk?"

Ze fronst. "Nauwelijks. "

"Geweldig." Ik zwaai naar de verkoopster. "Ik neem dit."

———

De volgende dag draag ik een van mijn nieuwe outfits naar het werk, en terwijl ik tijdens de lunch voor Gunther loop, gooi ik 'per ongeluk' een vork van een tafel die in de buurt staat op de grond.

"Oeps." Ik buk om hem op te rapen, met mijn kont richting mijn voor-nu-platonische-baas.

Was dat een gepijnigde grom?

Ik leg de vork terug en draai me naar Gunther, met ogen zo onschuldig als ik ze kan maken. "Zei je iets?"

Hij ziet er stijf uit en schudt zijn hoofd. "Ik weet wat je doet."

Ik span mijn borsten aan om met het decolleté te pronken die ik door de outfit en de push-up-beha heb gekregen. "En dat is?"

"Iets kinderachtigs," zegt hij en loopt doelbewust naar onze tafel. Ik kan het niet helpen, maar het valt me op dat hij niet normaal loopt, alsof een deel van hem in de weg zit.

Een groot deel.

En toch, tijdens de maaltijd houdt Gunther zich irritant koel — stelt gewoon meer vragen over mij en lijkt echt om mijn antwoorden te geven.

Geen kus of knuffel als we vertrekken, en geen uitnodiging om naar zijn huis te komen.

Wat een klootzak!

De volgende dag komt Gunther in de sportschool gekleed in een mouwloos shirt — iets wat hij nog nooit eerder heeft gedragen.

Hmm. Het is vandaag borstdag en het shirt dat hij zo strategisch heeft gekozen, zorgt ervoor dat ik mezelf wil aanraken, vooral als hij gaat bankdrukken.

Verdomme.

"Ik weet wat je doet," zeg ik hem nadat hij de fly doet.

Hij grijnst. "Ik heb besloten dat wat goed is voor de één, goed is voor de ander."

Ik vernauw mijn ogen naar hem. "Wacht maar tot je een blik werpt op wat deze gans morgen zal dragen."

———

De volgende dag is mijn outfit onthullender en Gunther wordt er duidelijk door beïnvloed, maar hij zegt niets en gaat door met het hele "elkaar leren kennen"-gedoe alsof er niets aan de hand is. Maar de volgende dag neemt hij wraak door een korte broek te dragen in de sportschool — en op de dag dat we benen trainen.

Grr. De aanblik van die krachtige dijen staat de rest van de werkdag in mijn hoofd gegrift en het oplossen van het probleem zorgt voor een lange en agressieve sessie met codenaam Pot, waarbij mijn telefoon betrokken is op maximale vibratie, alsook een condoom en een komkommer.

Vanaf daar escaleren de dingen. We dragen allebei kleding en doen dingen om de ander op te winden — een soort wapenwedloop waarbij hij, in plaats van een enorm wapenarsenaal, met blauwe ballen eindigt en ik met het damesequivalent ervan. Het wordt zo erg dat tegen de tijd dat de dag van de koninklijke bruiloft aanbreekt, ik het gevoel heb dat mijn tepels iets kunnen ejaculeren — vooral als ik Gunther in de sportschool zijn triceps zie trainen.

Dit is het dan. Ik ben klaar om Blue om zijn adres te vragen, zodat ik 's nachts naakt zijn huis kan binnensluipen.

Het is de logische volgende stap.

Maar wacht. Wat als hij bijen heeft die hem 's nachts bewaken?

Misschien kan ik het op een regenachtige dag doen? Vliegen bijen in de regen? Ik heb geen idee, maar ik weet wie deze kennis van de bijenteelt graag zal delen — en dus vraag ik het hem tijdens de lunch.

"Sinds wanneer ben je geïnteresseerd in bijen?" vraagt hij.

Hij heeft een punt. Ik ben tot nu toe niet geïnteresseerd geweest in zijn zogenaamde hobby — misschien heb ik zelfs vermeden om erover te praten, meestal vanwege het woord 'honing' dat onvermijdelijk opduikt.

Ach ja. Omdat ik hem niet echt over mijn eerdere gedachtegang kan vertellen, neem ik mijn toevlucht tot een leugen die niet helemaal een leugen is: "Bijen zijn belangrijk voor je, dus ze horen bij het hele proces om elkaar te leren kennen."

Terwijl hij sceptisch kijkt, zegt hij, "Bijen *kunnen* in de regen vliegen, maar dat doen ze liever niet. Een botsing met een regendruppel zal de vlucht van een bij destabiliseren en hem zwaarder maken. Het kan ook zijn lichaamstemperatuur verlagen — wat niet goed is. Bijen houden ervan om te foerageren als het mooi en zonnig is, zodat ze beter kunnen navigeren en zodat de nectar en het stuifmeel niet door de regen wegspoelen."

"Arme bijen," zeg ik.

Hij knikt. "Het goede nieuws is dat ze op het weer kunnen anticiperen en stuifmeel en nectar kunnen opslaan, zodat ze kunnen overleven als het regent."

"Nou, dat is iets." Ik vraag me af hoeveel bijenfeiten ik nog heb... nu ik de korf van deze pandora heb geopend.

"Als je het niet erg vindt, wil ik graag van onderwerp veranderen," zegt Gunther. Zijn uitdrukking wordt serieus.

Ik trek een ongelovige wenkbrauw op. "Van bijen?" Dat zou hetzelfde zijn als Pearl die niet over kaas praat, of bijen die niet willen dansen op de locatie van een sappige bloem, of een stinkdier —

"Mevrouw Chaste is teruggekomen," zegt Gunther.

Ik laat bijna mijn vork vallen. "Je bedoelt —"

"Vanaf vandaag zijn onze 66669-formulieren goedgekeurd." De brandende blik waarmee hij me aankijkt, zou illegaal moeten zijn. "Dus... we zijn vrij om te doen wat we willen."

Een hele achttienplusfilm speelt zich voor mijn ogen af terwijl ik alles overweeg wat is ingekapseld in dat 'wat we maar willen'.

"Ervan uitgaande dat je er nog steeds voor openstaat," voegt hij eraan toe.

"Voor openstaat?" Ik haal diep adem om kalm te worden. "Zonder dat stomme gedeelte in dat formulier, zou ik zeggen dat we al dit eten van tafel vegen en —"

"Het formulier zal nog steeds onze richtlijn zijn," zegt hij fronsend. "Samen met basishygiëne. En wetten over openbare ontucht."

"Spelbreker. Vanavond dan. Bij jou thuis." Ik geef hem een blik die hem uitdaagt om me tegen te spreken.

"Natuurlijk," zegt hij, maar er is een aarzeling in zijn stem, een die volledig in tegenspraak is met de honger waarmee zijn blik over mijn decolleté gaat.

Ik vernauw mijn ogen tot spleetjes naar hem. "Wat?"

"De bruiloft van je zus is vandaag," zegt hij me eraan herinnerend.

Ik wuif dat weg. "Het is duidelijk dat we het daarna doen." Hoezeer ik ook naar meneer Zuig en Lik verlang, ik zou Gia niet op haar trouwdag tegen me in het harnas willen jagen.

"In dat geval heb ik een voorwaarde," zegt Gunther.

Ik demp mijn stem. "We zijn allebei schoon en ik ben nog steeds aan de pil, dus condooms zijn optioneel."

Nee, dat is geen honger in zijn blik — dat is uithongering. "Dat is niet wat ik bedoel."

"Beschouw het dan als mijn voorwaarde," zeg ik en ik bloos als een gotische maagd.

Hij knikt en lijkt zichzelf nauwelijks te kunnen vermannen. "Zolang je akkoord gaat met de mijne."

"Me vertellen wat het is, zou dit aanzienlijk versnellen."

"Geen alcohol." Zijn stem zakt tot een hees gerommel. "Ik wil dat je oordeel onaangetast blijft als je akkoord gaat met alle vieze dingen die ik met je zal doen. Ik wil dat je geest helder is om alles volledig te ervaren, en ik wil dat je geheugen scherp is om je elk orgasme de volgende dag te herinneren."

Heb ik net mijn tongpiercing ingeslikt? Is de stud in mijn clitoris spontaan aan het trillen? Ik weet het niet, maar iets aan de manier waarop Gunther het zegt, laat me ter plekke klaarkomen. Het enige wat ik moet doen is mijn benen op de juiste manier kruisen en —

"Hebben we een deal?" eist Gunther.

Oh. Da's waar ook. Er wordt een antwoord van me verwacht. "Uhm. Natuurlijk. Geen alcohol." Voor deze gebeurtenis en voor een decennium daarna als hij dat wenst — zolang ik maar 'alle vieze dingen' krijg.

"Geweldig." Hij houdt zijn hoofd schuin. "Weet je interessante feiten over tatoeages?"

Wauw. Gaat de volstrekt onnodige verleiding door? Hij moet weten dat dit een onderwerp is waar ik bijna net zoveel om geef als om kortingsbonnen. Bijna tegen mijn wil spuwen de feiten uit mijn mond — zoals hoe tatoeages op het sleutelbeen, de ribben, de enkel, de wervelkolom en de borst het meest pijn doen, en die op de knieën, knokkels, voeten en ellebogen het snelst vervagen. Ik blijf hem alles vertellen wat ik over mijn stekelige hobby weet totdat ik geen eten en feiten meer heb.

Terwijl we naar de lift lopen, vraagt Gunther of ik een bruidsmeisje ga worden.

"Nee," zeg ik. "Gia heeft een groep vriendinnen, allemaal goochelaars, die die eer zullen hebben."

"Waarom?"

Ik haal mijn schouders op en zoek mijn identiteitskaart om de deuren te openen, maar vreemd genoeg ontbreekt hij.

"Kun je even opendoen?" vraag ik aan Gunther. Terwijl hij dat doet, beantwoord ik zijn vraag. "Gia's bedrieglijke geest werkt op mysterieuze manieren. Ik denk dat ze niet wist wie van ons zeven zussen ze haar getuige moest maken, dus heeft ze ons gewoon helemaal buiten het feest gehouden. Dat of ze is van plan om een goocheltruc uit te voeren als onderdeel van de ceremonie en ze wil niet dat leken te dichtbij komen."

We stoppen naast Gunthers kantoor.

"Oké," zegt hij, zijn smaragdgroene blik valt op mijn lippen. Zijn stem is een beetje hees als hij zegt, "Tot vanavond."

Ik durf alleen maar te knikken voordat ik naar mijn kantoor sluip. Het woord 'vanavond' draait in mijn hoofd als een vinylplaat van de Ramones — met name *Road to Ruin*.

———

Als ik thuiskom, ligt er een pakketje op me te wachten.

Ja, het is de geautomatiseerde kattenvoeder die ik speciaal voor deze gelegenheid heb gekocht, eentje waarmee ik het beest op specifieke tijden of via een app op mijn telefoon kan voeren.

Terwijl ik de doos open, is Bunny's uitdrukking chagrijnig-woedend.

Als dat de nieuwe Het-dat-me-voedt is, wat houdt me dan tegen om het oude model tot sashimi te hakken?

Ik giet de brokjes in het apparaat en gebruik mijn telefoon om er zeker van te zijn dat het voedsel in zijn kom terechtkomt.

Ah. Je mag blijven leven — maar voortaan zul je zijn De-het-voor-de-het-dat-me-voedt.

Ik heb een schema opgesteld om ervoor te zorgen dat de voeder vanavond en morgenochtend eten uitdeelt, gewoon voor het geval dat, vul dan Bunny's waterfontein met voldoende water voor een week voordat ik mijn haar ga kleuren voor het grote evenement.

Wanneer ik de juiste kleur heb bereikt, style ik het zorgvuldig, trek mijn kleding voor de bruiloft aan en breng ik mijn make-up aan.

Net als ik klaar ben, gaat mijn telefoon.

Huh. De limousine is er.

Dat klopt, ja. Ik krijg een rit met een limousine, net als de VIP-deelnemer die ik ben.

Ik klikklak naar buiten en als ik mijn lift zie, fluit ik. Er zit een wapenschild op de deur van de limousine, het soort dat een middeleeuwse ridder op zijn schild zou kunnen zetten. Het moet het familiewapen van de prins zijn.

Gaaf.

Nadat ik naar binnen ben geklommen, krijg ik een berichtje van Gunther:

Waar is de bruidegom ook alweer een prins van?

Ah. Dus hij moet in een identieke auto zitten.

Met een grijns deel ik wat ik over Ruskovia weet, het kleine Oost-Europese land waar Gia's verloofde vandaan komt — niet dat ik zoveel weet.

Ik ben van plan om het binnenkort te bezoeken, zeg ik om het gesprek af te maken. *De bruiloftsgunst is een gratis ticket naar de hoofdstad.*

Gunther antwoordt meteen, *Je kunt geen deal laten liggen, of wel?*

Voordat ik kan antwoorden, stopt mijn limousine naast het hotel dat onze bestemming is, en ik laat het Gunther weten.

Ik sta buiten, antwoordt hij net als iemand mijn deur opent.

Ik verwacht Gunther te zien, maar het zijn de bedienden. Tenminste, ik neem aan dat dat is wat deze jongens zijn, hoewel ze portiers kunnen worden genoemd. Net als tijdens mijn eerste bezoek hier, dragen de mannelijke hotelmedewerkers belachelijke outfits met capes, bicorns en felle pantalons.

Jammer dat dit geen Gunther is.

Zodra ik eruit stap, kijk ik om me heen en zie de man in kwestie. Een zucht ontsnapt aan mijn lippen terwijl ik zijn in smoking geklede glorie in me opneem. Zijn schouders zien er extra breed uit, zijn gladgeschoren gezicht extra hoekig en zijn gladde haar nog verleidelijker om in de war te gooien.

Hij merkt mij ook op en zijn smaragdgroene ogen smeulen als hij me bekijkt.

"Je haar," roept hij terwijl hij dichterbij komt.

"Paars," zeg ik met een grijns. "Als in, je favoriet."

Hij schudt verwonderd zijn hoofd. "Je ziet er prachtig uit."

Ik stap naar hem toe om het lekkere mengsel van eau de cologne, bijenwas en rook in te ademen. Ik sta op mijn tenen en laat mijn lippen zijn oor strelen terwijl ik fluister, "Je ziet er zelf ook niet afzichtelijk uit."

Ik ben er vrij zeker van dat hij huivert.

We keren ons naar de Palace, dat er onvoorstelbaar uitziet als een paleis. Er is een mix van verschillende Europese architectonische invloeden in het ontwerp, hoewel voornamelijk Russisch en Frans.

Twee kerels in pantalons openen de deuren voor ons, en Gunther gebaart dat ik eerst moet gaan. Ik beweeg met mijn heupen terwijl ik loop, een gewoonte die ik heb opgepakt toen ik hem op kantoor uitdaagde, en als ik een blik over mijn schouder werp, zie ik Gunthers ogen naar mijn kont kijken.

Gelukt.

Grijnzend loop ik de gigantische lobby binnen. Ook hier is een mix van Europese invloeden, zoals iconen in Russische stijl en Italiaanse fresco's.

Dan zie ik iets dat mijn grijns nog groter laat worden met leedvermaak: levende vogels, zowel in kooien als vrij rondlopend, als in de ergste nachtmerrie van Blue. Hoe gaat ze op deze bruiloft komen? Er zijn hier papegaaien, die Blue als gelijkwaardig aan Stephen Kings clowns beschouwt. Er zijn ook pauwen — vogels waarover de bruid me ooit had verteld dat ze in het Engels 'pee-cocks' worden genoemd, omdat 'pee' (plas) afkomstig is van 'cocks' (piemels). Geen idee wat dat met de vogel te maken heeft.

"Laat me u naar de bruiloft begeleiden," zegt een van de pantalons.

"Hoe weet hij dat we daar naartoe gaan?" fluistert Gunther.

Ik haal mijn schouders op. "Hij heeft nu misschien al vijf andere vrouwen met mijn exacte gezicht begeleid. Het is dat, of dit hele hotel is aan de bruiloft gewijd."

Bij elke stap die we nemen, lijkt de tweede theorie waarschijnlijker te zijn. De bloemstukken die overal om ons heen staan, bevatten Gia's favorieten, en overal zijn handreinigingsstations — iets dat de laatste keer dat ik hier was niet het geval was.

"Hier naar binnen," zegt de pantalon, naar een deur gebarend die naar een groot theater leidt. "Maar gebruik alstublieft eerst Purell op uw handen."

Als we naar binnen gaan, herken ik de ruimte — het is het theater waar Gia haar goochelshow had opgevoerd. Is dat wat ze nu gaat doen? Een show voor haar bruiloft?

"Ding 6," roept een bekende stem. "Hier."

"Dat is mijn vader," leg ik Gunther uit voordat hij het kan vragen. "Hij gaf ons allemaal de bijnaam Ding één tot en met acht."

Gunther grijnst. Met een zucht scan ik de rijen stoelen.

Yep. Daar zijn ze allemaal. Mam en pap zijn zo blij als wat om weer een dochter weg te geven. Al mijn grootouders zijn er ook. Ze zijn met mijn zus Olive uit Florida ingevlogen — een heldhaftige daad, gezien het feit dat ons huidige weer rond de vijftien graden is, dus voor hen is het ijskoud. De meeste van mijn andere zussen zijn hier ook met hun hete jongens. Pearl is er echter niet — waarschijnlijk wat kaaszaken aan het regelen — en de bruid is er ook niet. Ze kleedt zich vast aan voor het grote evenement. Oh, en Pixie's date blijkt Fabio te zijn, onze oude vriend van de middelbare school die altijd al uitsluitend geïnteresseerd was in mannen.

"Namasté, zonneschijn." Mam gebaart naar de twee stoelen naast haar en pap. "Waarom ga je hier niet zitten en stel je ons aan je date voor?"

Ik vernauw mijn ogen naar mijn clustermaatjes. Het is super waarschijnlijk dat ze die plek expres beschikbaar hebben gelaten.

"Vroege vogels vangen de dikste wormen," fluistert Olive terwijl we haar en haar langharige surferkerel passeren.

Ik hoor haar, Blue krimpt ineen, waardoor ik me weer afvraag hoe ze langs die vogels in de lobby is gekomen. Werktheorie: haar Ken-pop-wederhelft heeft haar een blinddoek omgedaan en heeft haar hierheen gedragen. Hij ziet er sterk genoeg uit om de klus te klaren.

"Dit is Gunther," zeg ik tegen iedereen, maar doe mijn best om mam en pap uit te sluiten — omdat de kans dat ze iets gênants zeggen het grootst is.

"Leuk je te ontmoeten," zeggen al mijn grootouders in koor, alsof ze het hebben gerepeteerd.

"Ik ken Gunther natuurlijk al," zegt Fabio met een grijns voordat hij mijn date een boks geeft. "Wij kennen hem allemaal."

"Allemaal?" vraagt mam.

"Behalve Holly misschien." Fabio gebaart naar de niet-bruidshelft van de tweeling.

"Onzin," zegt Holly. "Ik herinner me hem ook."

"Hoor je dat?" Mam fluistert zo hard in paps oor dat een aantal mensen zich omdraaien om te zien of ze wel goed bij haar hoofd is. "De date van Honey is haar liefje van de middelbare school."

"Gunther," zegt pap, met gefronste wenkbrauwen. "De naam klinkt bekend..."

Shit. Het laatste wat ik wil, is mijn problemen op de middelbare school oprakelen.

Fabio moet op dezelfde golflengte zitten omdat hij zegt, "Gunther zat in het footballteam, dus je herinnert je hem misschien nog van de tijd dat jullie naar ons zijn komen kijken als we speelden."

Ah, natuurlijk. Fabio zat in hetzelfde team. Hij zei altijd, "Als in die kleedkamer zijn chronische traumatische encefalopathie betekent, dan is het de moeite waard."

"Footballteam?" Mam begint helemaal te zwijmelen.

Nog een kink? Ze verzamelt ze.

Een man met een pantalon onderbreekt mijn antwoord door naar me toe te lopen met een dienblad met champagneglazen. "Iemand zin in een verfrissing terwijl jullie wachten?"

"Waar wachten we ook alweer op?" vraag ik aan niemand in het bijzonder.

"Oriëntatie," zegt de pantalon.

"Seksuele?" vraagt Fabio.

Het linkeroog van de pantalon trilt. "Wilt u wel of geen drankje?"

Iedereen pakt de fluiten, behalve Gunther en ik.

Als Fabio merkt dat mijn hand leeg is, vraagt hij, "De drankjes zijn gratis, toch?"

"Natuurlijk," zegt de pantalon met een zucht.

Fabio kijkt me nadrukkelijk aan. "Heb je dat gehoord... manuka?"

Is hij vergeten dat ik de laatste keer dat hij die bijnaam voor me had gebruikt een mes had getrokken?

"Honey zal zich vandaag van alcohol onthouden," zegt Gunther. "En dat zal —"

"Bij Cthulhu," roept Olive met grote ogen. "De dealverslaafde zou maar om één reden een gratis drankje weigeren..."

Ze klapt in haar handen en mam springt uit haar stoel. "Eindelijk! Ik ga oma worden."

Twintig

IEDEREEN BEGINT TEGELIJKERTIJD TE PRATEN. HET IS voornamelijk een mix van felicitaties en geplaag.

"Ik ben niet zwanger," zeg ik. Om mijn woorden te benadrukken, duw ik mam terug in haar stoel.

"Oh, ik snap het," zegt mam. "Ze heeft het Gunther nog niet verteld."

Hierop trekt Gunther een wenkbrauw op.

"Dat is het niet," grom ik. "Ik zou het hem vertellen als ik dat was, maar ik ben het niet."

"Ja, dat ben je wel," zegt Fabio. "Je hebt de zoete openbaring van Olive gehoord."

Ik keer me tegen hem. "Je beseft dat ik heel erg in de stemming ben om iemand te vermoorden?"

Fabio ziet er ongeduldig uit. "Als iemand hier een moordenaar zou worden, dan zou jij het zijn. In feite kan het plegen van een misdrijf gewoon *bij* je lot horen."

Oké, *dit* is de reden waarom ik het mes had getrokken, niet het manuka-gedoe.

"Je zei dat je vandaag geen vreselijke woordspelingen zou doen," zegt Pixie met een pruilmond. "Niet nadat ik iedereen heb verteld dat je mijn date bent."

"Ik heb gezegd dat ik het niet tijdens de cere-honey zou doen," zegt Fabio. "Dit is oriëntatie." Zich tot de pantalon wendend die tot nu toe alles met afschuw heeft bekeken, voegt Fabio eraan toe, "Weet je, het is niet beleefd om af te luisteren."

Kreunend loopt de pantalonkerel weg.

"Kunnen we teruggaan naar de zwangerschap van Ding 6?" vraagt pap.

Ik weersta de drang om mijn voorhoofd tegen de stoel voor me te slaan. "Die is er niet."

Pap wendt zich tot Gunther. "Heb je haar orgasmes gegeven?"

"Geef daar geen antwoord op," zeg ik tegen Gunther.

Mam kijkt op. "Voor varkens verhogen orgasmes de vruchtbaarheid door —"

"Mam," zeggen een paar van mijn clustermaatjes in koor. "Je hebt beloofd niet over Petunia te praten."

Pap leunt naar voren naar Gunthers oor. "Dat is het varken dat mijn mooie vrouw een orgasme heeft gegeven — om te helpen met kunstmatige inseminatie."

Vreemd genoeg ziet Gunther er onder de indruk uit in plaats dat hij walgt. "Zit je ook in de veehouderij?"

"Ook?" Pap draait de punt van zijn zilverkleurige paardenstaart om zijn vinger.

Gunthers sexy lippen vormen zich in een zeer kusbare glimlach. "Als ik geen bedrijf run, dan ben ik een imker."

Huh. Wordt bijen houden als veeteelt beschouwd? Wie had dat gedacht?

"Ik ben de enige in het veld," zegt mam. "Ik ben een kuikensekser."

Gunther knikt respectvol — wat misschien wel de vreemdste reactie is die ik ooit op mama's werk heb gezien. "Is dat wanneer je vrouwelijke en mannelijke kuikens identificeert?"

Dit keer zijn mam en pap onder de indruk. "Er zijn maar weinig mensen die dat weten," zegt mama.

"Klinkt als een interessante baan," zegt Gunther met schijnbare oprechtheid. Terwijl hij zich tot mijn vader wendt, vraagt hij, "Wat is jouw beroep?"

Een paar van mijn clustermaatjes kreunen omdat ze weten wat er gaat komen.

"Ik ben een penetratietester," zegt pap met het gebruikelijke plezier.

"Wat niet zo vies is als het klinkt," valt mam bij.

"Omdat ik computersystemen penetreer," legt papa uit.

"Als een baan," voegt mam eraan toe. "Als het om mij penetreren gaat, dan is het meer een hobby."

"Nee." Pap gaat trots rechtop zitten. "Mijn prachtige vrouw penetreren is meer een roeping. Een passie."

Oh jeetje. Opa — mams vader — lijkt klaar te zijn

om een moord te plegen. Paps vader ziet er daarentegen trots en klaar uit om iets even smerigs over zijn eigen vrouw te zeggen.

Mam moet de aanstaande problemen opmerken, want ze laat dat specifieke gênante onderwerp voor wat het is en vraagt, "Dus, Gunther, Honey — vonden jullie elkaar op de middelbare school al leuk?"

Een man op het grote podium voor ons schraapt zijn keel in een microfoon, waardoor we niet zo'n beladen vraag hoeven te beantwoorden.

"Hallo allemaal," zegt hij hoogdravend en hij past de kraag van zijn saaie grijze pak aan. "Ik ben Dasco, de nar bij het hof van Cezaroff."

Gunther en ik wisselen geamuseerde blikken uit. Deze man ziet er niet uit als een nar. Eerder een bureaucraat of een accountant. Of een pedofiel.

"Later vandaag hebben een aantal van jullie misschien de grote eer om in de nabijheid van de koning en koningin te komen," vervolgt Dasco. "Daartoe hebben we deze oriëntatie opgezet om de genodigden op deze bruiloft over de juiste etiquette te instrueren tijdens zo'n gezegende ontmoeting."

Wie zijn de 'we'? Ik betwijfel of Gia hier iets mee te maken had. Ze is behoorlijk chill. Etiquette klinkt ook niet als het soort ding dat ik een nar zou laten uitleggen, maar aan de andere kant, wat weet ik nou over royalty?

"Laten we met de juiste begroeting beginnen," zegt Dasco. "Mannen zullen buigen, maar alleen met hun hoofd" — hij demonstreert het — "en vrouwen zullen een kniebuiging maken." Hij demonstreert dit ook en ziet er komisch genoeg uit om me af te vragen of hij toch wat narlessen heeft gevolgd.

"Hij maakt zeker een grapje," fluistert Fabio binnensmonds.

We manen hem allemaal tot stilte.

"Het belangrijkste," zegt Dasco in de tussentijd, "en ik kan dit *niet* genoeg benadrukken: raak de vorsten in geen geval aan. Dit omvat, maar is niet beperkt tot, handdrukken, knuffels en een klopje op de rug." Deze laatste zegt hij met een zichtbare huivering. "Zelfs luchtkusjes en zwaaien wordt ontmoedigd."

Huh. Klinkt alsof de royals echt een band zullen hebben met Gia over dit deel van niks aanraken, onze familie smetvrees.

Dasco blijft vermelden wat je niet moet doen, en de lijst is lang, met hoogtepunten als: draai de royals niet de rug toe, verlaat een kamer niet voordat zij dat doen, vraag niet om een handtekening, ga niet zitten totdat zij zitten, begin niet met eten totdat zij dat doen, maak geen foto's met hen en stel ze geen persoonlijke vragen — of vragen van welke aard dan ook. "Over het algemeen," concludeert hij, "is het het beste om niet met hen te praten, tenzij er tegen u gesproken wordt."

Iedereen in de kamer begint zachtjes te praten. Ik wed dat ze twijfelen om de uitnodiging überhaupt te accepteren, zoals ik doe.

"Vragen?" vraagt Dasco afkeurend.

Mams hand schiet omhoog.

Oh, geweldig.

Dasco wijst naar haar. "Ja?"

"Wat als de koning op mijn gangpas staat?" Waarom knipoogt ze naar pap als ze dat zegt? "Of de koningin op die van mijn man?"

Ik hoop dat ze de nar op de grappenafdeling probeert na te doen. Ze staan op het punt schoonfamilie te worden met de koning en koningin, dus met hen naar bed gaan zou een slecht idee zijn — zelfs als aanraken was toegestaan.

De borstelige wenkbrauwen van de nar fronsen op een zeer niet-narachtige manier. "Wat is een gangpas?"

"Laat maar," zegt een stel van mijn zussen in koor.

Dasco's frons wordt dieper. "Nog andere vragen?"

Holly steekt voorzichtig haar hand op.

Dasco wijst naar haar. "Ja."

"Hoe moeten we ze noemen?"

De nar bloost — en lijkt een beetje meer op zijn taakomschrijving. "Het spijt me dat ik dat niet heb verteld. Als u alleen Engels spreekt — zoals de meesten van u doen — dan zult u de koning of een van zijn zonen aanspreken als 'Uwe Koninklijke Hoogheid' en zult u de koningin 'Uwe Majesteit' noemen." Hij kijkt om zich heen. "Nog meer vragen?"

Niemand anders steekt een hand op.

"In dat geval kan iedereen, behalve de familie van de bruid, naar de ceremonie gaan."

Shit. Kent hij mijn familie genoeg om te beseffen dat we een extra preek nodig hebben?

"Ik zal jullie naar de galerij brengen," zegt Dasco als

iedereen weg is. "Een familieportret is een Cezaroff-familietraditie."

Dan komt het bij me binnen. Ik zal familie zijn van royalty's. Ik, een vrouw die nog nooit een blik soep heeft gekocht zonder een kortingsbon.

Gunther pakt mijn hand en knijpt erin, en onmiddellijk verdwijnen alle gedachten uit mijn hoofd, behalve die over 'alle vieze dingen' die voor na de bruiloft gepland zijn.

"Hier naar binnen," zegt Dasco en ik realiseer me dat ik de hele weg naar onze bestemming heb lopen dagdromen.

Wanneer Fabio probeert de kamer binnen te stappen, schudt Dasco zijn hoofd. "De introducees zullen niet op het portret staan." Hij kijkt naar Lemons man. "Echtgenoten zijn toegestaan."

Lemon toont de volwassenheid die gepaard gaat met het huwelijksleven door naar de rest van ons haar tong uit te steken.

"Sorry," fluister ik tegen Gunther.

"Heb je spijt dat je niet op tijd met hem bent getrouwd?" vraagt mam.

Ik wil door de grond zakken, een veel voorkomend verschijnsel als mam haar mond opent.

"Het geeft niet," zegt Gunther en knikt naar Fabio. "Dit geeft ons een kans om bij te praten."

Ik geef Fabio een blik die hopelijk zegt, "Verpest deze avond niet voor me, anders trek ik je ballen door je neus en laat je dan niezen."

Fabio knipoogt en de nar leidt me de galerij in.

Ik kan het niet helpen, maar ik zucht als we de museumachtige kamer binnengaan.

"Mis je hem nu al?" vraagt mam. "Niet dat ik het je kwalijk kan nemen."

Ik rol met mijn ogen. "Zal Pearl hier zijn?"

Dasco trekt zijn neus op. "Is dat degene die vandaag als personeel werkt?" Hij zegt 'personeel' met de toon die ik reserveer voor woorden als 'vuiligheid'.

Ik knik.

"In dat geval, nee. Maar maak je geen zorgen, de koninklijke schilder zal de gelijkenis van je andere zusters gebruiken om haar te tekenen — net zoals hij het metaal van je gezicht zal verwijderen en je haar een menselijke kleur zal geven."

Ik open mijn mond om hem te vertellen wat ik daarvan denk, maar op dat moment stappen Gia en haar prins de kamer binnen en iedereen begint te klappen.

Ik grijns. Trouw aan zichzelf lijkt Gia meer op Morticia Addams dan op een bruid op een Victoriaanse bruiloft. Haar bruidegom is in een soort van militair ornaat gekleed en ziet er spetterend uit — zoals je zou verwachten dat een prins zou zijn.

"Hoi allemaal," zegt Gia. "Heel erg bedankt voor jullie komst."

Alsof we een keuze hadden. Het was dit of jaren van haar duivelse streken doorstaan. Voordat iemand hierop kan reageren, gaat de deur weer open en loopt er een horde kerels naar binnen, allemaal met gezichten die griezelig veel op de aanstaande echtgenoot van Gia lijken.

"Tigger," roept een van hen uit als hij de bruidegom ziet.

Ah. Natuurlijk. Dat. Ik schud mijn hoofd. Als *mijn* naam Anatolio was geweest, dan zou ik *die* naam gebruiken en me nooit een bijnaam laten geven, vooral niet een uit *Winnie de Poeh*.

"Broers," antwoordt Tigger joviaal. "Bedankt dat jullie tijd hebben gemaakt in jullie superdrukke schema's."

Veel van de prinsen antwoorden in het Ruskoviaans, wat vaag als Russisch klinkt.

De deur gaat weer open en mijn familie kijkt naar de nieuwkomers, die op het eerste gezicht op beren lijken.

Op het tweede gezicht — en herinnerend aan Gia's verhalen — besef ik dat het honden zijn, maar echt beerachtige.

Een paar van de prinsen schreeuwen iets vriendelijks tegen de berenhonden, en de wezens kwispelen met hun gigantische staarten en rennen naar wie ik veronderstel dat hun eigenaren zijn.

Gia heeft hier misschien iets over gezegd. Deze honden zijn voor deze familie wat direwolves voor de Starks in *Game of Thrones* zijn. Laten we hopen dat vanavond niet op de Rode Bruiloft uitdraait.

Er volgt veel mannelijk gelach en geblaf.

De berenhond die naar de bruidegom rent, is de

vreemdste van het stel, omdat hij een bril draagt, die met zijn kleur combineert om hem op een panda te laten lijken. Er rent nog een tweede hond naar de bruidegom, een veel kleinere die gemakkelijk te missen is achter de beren. Hij doet me aan een koala denken, waarvan ik me realiseer dat het strikt genomen geen *beer*-beer is. Beide honden tonen veel liefde voor de bruidegom, en dan laat Gia hen, tot mijn grote schok, haar ook wat hondenkusjes geven — met ziektekiemen en alles.

Blue volgt mijn blik en ze snakt verbaasd naar adem. "Dat zijn ofwel de schoonste honden in de geschiedenis van zoönotische ziekten, of liefde overwint echt alles."

Er komt een nieuw persoon voorzichtig de kamer binnen. Te oordelen naar de gigantische camera in zijn hand, neem ik aan dat hij een fotograaf is.

Dus dit wordt een foto, geen schilderij? Mooi. Dan kan ik me veel eerder met Gunther herenigen.

Het geluid van een trompet onderbreekt iedereen.

Ik draai me om.

Een van de pantalons gedraagt zich als een onvervalste aankondiger. Wanneer het trompetgeschal ophoudt, lopen er twee verwaande mensen de kamer binnen, een man en een vrouw.

Iedereen staart en ik vecht om een glimlach te onderdrukken omdat de vrouw me aan Cruella de Vil doet denken — wat zorgwekkend is met al die honden in de buurt. Dit moet de koningin zijn, of 'Hare Majesteit', als we elkaar uiteindelijk spreken, wat ik liever vermijd. De koning, ook bekend als "Zijne

Koninklijke Hoogheid", doet me ook aan een Disney-schurk denken, ook al lijkt hij op alle prinsen — of beter gezegd, zij lijken op hem.

"Toekomstige schoonfamilie!" roept mijn vader uit en sprint naar hen toe, met mam achter zijn zilveren paardenstaart aan.

Gaat dit een internationaal incident worden?

Yep. Voordat iemand met zijn ogen kan knipperen, omhelst papa de koningin al terwijl mama de koning op de wang kust.

De royals zien eruit alsof ze in het riool zijn gestapt, en dat is voordat mijn ouders van partners ruilen, en mama de hand van de koningin schudt terwijl papa de koning joviaal op de rug klopt.

Nou, dat beleid van niet aanraken kunnen we wel vergeten.

"Laten we gaan," zegt papa en hij loopt naar ons toe, met zijn rug helemaal naar de Hoogheid en Majesteit gekeerd.

"Hoe hebben jullie zoveel zonen voortgebracht?" vraagt mama jaloers aan de monarchen. "Is er een geheime positie?"

Het is alsof mijn ouders opzettelijk de 'niet doen'-lijst van de nar aflopen en het tegenovergestelde doen. Vervolgens zullen ze om een handtekening vragen, eerst gaan zitten en voor hen gaan eten.

Oh, en laten we niet vergeten dat we allemaal op het punt staan om een foto met hen te maken — wat ook niet mocht.

"Mijn man spreekt geen Engels," zegt de koningin.

Oh? Waarom kijkt hij dan zo verontwaardigd na de vraag over de geheime positie?

"Ik vroeg het eerlijk gezegd aan jou," zegt mam.

"Mijn Engels is ook maar zo-zo," zegt de koningin, met nauwelijks een accent. "Zullen we aan het portret beginnen?"

Wanneer niemand bezwaar maakt, blaft de koningin orders over waar iedereen moet staan — haar zonen om haar en de koning heen terwijl de honden aan hun voeten aan de voorkant moeten staan, met ons plebs aan de zijkanten.

Wanneer iedereen zijn positie inneemt, neemt de schilder/fotograaf een heleboel foto's. Hij verzekert ons dat hij ons op een later tijdstip zal schilderen en ons er 'beter uit zal laten zien' dan we in werkelijkheid doen.

"Als een menselijke Instagramfilter," fluistert mam.

Met die onbeschaamde opmerking als hun cue, maken de koninklijke personages zich uit de voeten, wat vreselijk moet zijn voor mijn ouders omdat het hen van nog een ander etiquetteprotocol berooft dat ze hadden kunnen breken.

Ik verlaat de galerij op tijd om de koning en koningin in twee geborduurde draagstoelen te zien springen. Meteen pakken grote pantalons de aangehechte palen vast en dragen ze weg.

Luxe.

Gia en Tigger delen een andere, grotere draagstoel, maar de rest van de prinsen blijft bij ons.

Gunther komt naar me toe, zijn ogen glinsteren. Hij

stopt voor me en komt met zijn hoofd naar beneden. "Zou het oubollig klinken als ik je zou vertellen dat ik je heb gemist?" mompelt hij in mijn oor.

"Ik heb jou ook gemist," zeg ik, blijkbaar een beetje te luid omdat een bekende stem op een zeer sarcastische toon "aww" zegt.

Ik draai me om en zie Pearl. Ze draagt een witte jas en sleept een grote kar achter zich aan, waarvan er één een vat kaas bevat dat zo groot is dat zelfs Godzilla het in kleinere stukjes zou moeten snijden voordat hij erop kan kauwen.

"Het lijkt erop dat de kaasklus goed gaat," zeg ik met een grijns.

"Ja," zegt Pearl. "Sorry, maar ik moet gaan."

Daarmee snelt ze door de gang met haar gigantische kaas — en hoewel het misschien mijn verbeelding is, kijkt een van de prinsen haar verlangend na. Of misschien kijkt hij naar de kaas.

Dasco de nar loopt hijgend naar ons toe. "Kom," eist hij. "Jullie komen te laat voor de *obryad*."

Hij haast zich door de gang en we volgen, hoewel mam en pap mopperen dat ze niet weten wat een '*obryad*' is.

"In het Russisch betekent het een ritueel," zegt Lemons Letse echtgenoot.

"Of een rite," voegt Holly's Russische date eraan toe.

Met een gnuif versnelt Dasco.

Wanneer we een hoek omgaan, staat er een leger van kerels in pantalons op ons te wachten.

"Pak de *orekhi*," eist Dasco.

"Noten," zegt Lemons man.

Vertaalt hij of heeft hij het over die van Dasco?

Hij moet aan het vertalen zijn, want het kan geen toeval zijn dat de pantalons ieder van ons een handvol noten geven, — pijnboompitten om precies te zijn.

"Maken we pesto?" vraagt Lemon aan haar man.

"Nee," zegt Dasco. "Dit is om na de *obryade* naar de bruid en bruidegom te gooien."

Ah. Dus het is een beetje zoals rijst?

Met noten in de hand, worden we naar een grote hal geleid waar alle andere gasten al samenzijn.

Er is een groot podium waar meestal een band zou zijn, maar op dit moment is alleen Gia daar. Ze knielt voor de koning en koningin.

"Wordt ze geridderd?" vraag ik me hardop af.

Dasco schudt zijn hoofd. "Wanneer iemand die niet van het koninklijke bloed is, wil transcenderen, moet hij of zij de regerende monarch om toestemming vragen."

Huh. Wat als ze —

Gia zegt iets in het Ruskoviaans met zo'n zwaar Amerikaans accent dat zelfs ik het kan horen.

"Nee," zegt de koningin keizerlijk.

"*Nyet*," echoot de koning.

Wauw. Hebben ze mijn zus net geweigerd? Zijn ze suïcidaal?

"Ik heb tegen Tigger gezegd dit stukje over te slaan," zegt een van de prinsen.

Gia springt met irritatie op haar gezicht overeind.

"Mijn vraag was puur symbolisch," zegt ze. "Maar uw bezwaar wordt genoteerd."

Vertaald vanuit Gia: hun bezwaar heeft ze net op haar beruchte shitlist laten belanden — wat onder andere betekent dat ze nu moeten uitkijken voor laxeermiddelen in hun eten en drinken.

Tigger springt op het podium en slaat zijn arm beschermend om zijn bruid. "Het bezwaar is onbeleefd en zal volledig worden genegeerd," zegt hij met een stalen stem. "Als jullie me niet al onterfd hadden, dan zou ik het nu vrijwillig aanbieden."

Met hun neuzen in de lucht, verlaten de koning en koningin het podium — dat is wanneer het gigantische kaasvat waar Pearl mee rondreed, wordt binnengebracht, waarschijnlijk om hen te vervangen.

Gunther leunt naar voren, zijn lippen strelen zachtjes mijn oor terwijl hij vraagt, "Is dit een rare traditie die naar de koning verwijst omdat hij een grote kaaskop is?"

Ik ontmoet zijn smaragdgroene blik met een grijns. "Laten we hopen dat het niet een soort vrijgezellenfeestje is waarin er een naakte hoer uit de kaas springt."

Een kleurrijk geklede priester stapt het podium op en hij chant iets in het Ruskoviaans.

"Hij zegt dat zijn naam patriarch Fanta is," vertaalt Lemons man. "Hij zal nu de ceremonie leiden."

Fanta? Hij is niet zo bruisend.

De patriarch spreekt een tijdje, maar de vertaling

die Lemons man geeft is kort: "Beloof jij, Gia, je man te gehoorzamen, en andere seksistische dingen te doen?"

"*Da*," zegt Gia plechtig.

De patriarch spreekt weer een korte tijd, en ik heb de vertaling niet nodig om te weten dat hij zegt: "Beloof jij, Tigger, deze vrouw te nemen om mee te doen wat je wilt, en andere seksistische dingen?"

"Dat beloof ik," zegt Tigger in het Engels.

De meest beerachtige van de koninklijke honden rent naar het podium en ik zie een kussen met een doosje op zijn rug.

Ik grinnik. Gia heeft een *ringbeer* op haar bruiloft, net als in *How I Met Your Mother*.

De patriarch pakt de ringen van de beer en geeft ze aan de jonggehuwden.

Zodra de ringen om zijn, roepen alle prinsen en hun landgenoten, "*Gor'ko!*"

"Deze weet ik," fluister ik in Gunthers oor. "Ze schreeuwden het op de bruiloft van Lemon. Het betekent bitter, maar in deze context betekent het om de een of andere reden 'kus'."

Gunther staart naar mijn lippen alsof hij ze hier en nu graag een *gor'ko* wil geven. Ik slik en kijk weg. Hoe graag ik hem ook zou willen zoenen, en hard, ik zou het niet durven doen als het Gia's moment is om te schitteren — iets met laxeermiddelen.

In de tussentijd kussen Gia en Tigger elkaar, en het is zo gepassioneerd dat de patriarch bloost en haastig van het podium verdwijnt.

De prinsen schreeuwen iets anders naar het paar, en

een van hen geeft Tigger een zaag met twee handvatten.

Wat voor de duivel? Gaat Gia nu een illusie opvoeren — haar bruidegom in tweeën snijden?

Nee.

Gia pakt het ene uiteinde van de zaag terwijl Tigger het andere pakt.

Staan ze op het punt om —

Yep. Ze beginnen in het kaasvat te zagen alsof het een boom is.

Ze bewegen vol inspanning heen en weer, totdat ze uiteindelijk klaar zijn.

Ik blaas een adem uit die ik de hele beproeving in had gehouden, en dan giechel ik, me iets beseffend: *Gia just cut the cheese*, oftewel: ze liet een scheet. Dat heeft haar nieuwe man ook gedaan.

Het lijkt erop dat mijn zussen hetzelfde denken omdat ze beginnen te grinniken, vooral als de verrassend penetrante geur van de kaas — of misschien van voeten — onze neusgaten bereikt.

"Het is een oude traditie," zegt de prins die naar Pearl stond te kijken. "Het snijden van de grote kaas is bedoeld om de eerste uitdaging voor een getrouwd stel te symboliseren."

"Ja, dat klinkt als een huwelijk," zegt mam. "Dag één, en hij laat gewoon een wind voor je neus."

Het gelach verdubbelt en Gia doet mee, wat goed is, want als ze dacht dat we haar uitlachten, dan zou ze die laxeermiddelen helemaal opnieuw ontketenen.

"Duitsers doen iets soortgelijks," zegt dezelfde prins. "Met hout."

"Auw," zegt Fabio. "Hier in Amerika houden we alle scherpe voorwerpen ver, ver weg van onze harde dingen. Vooral in de ochtend."

Er ontstaat meer vrolijkheid.

"Nu we het toch over iets hards hebben," zegt Fabio als er een stilte in het gelach, "is het tijd voor de noten?"

Een andere prins knikt en gooit een handvol pijnboompitten naar Tigger. Met een grijns doe ik met hem mee, net als alle anderen. Al snel is het podium bezaaid met noten.

Als we stoppen, leunt Gunther weer naar voren; zijn nabijheid geeft me tintelingen. "Is het raar dat ik hier honger van heb gekregen?"

Mijn buik rommelt als antwoord. De laatste keer dat ik iets heb gegeten, was samen met hem op het werk.

"Wat dachten jullie van nog een *gor'ko*?" roept mijn vader naar de pasgetrouwden.

We sluiten ons allemaal aan bij het gechant en houden het vol totdat het bruidspaar nog een keer zoent en het podium verlaat.

De nar pakt de microfoon. "Iedereen, geniet alsjeblieft van drankjes en hors d 'oeuvres terwijl de zaal gereed wordt gemaakt."

De bruid en bruidegom sluipen weg terwijl een leger van dienaren naar binnenkomt met dienbladen met voedsel en alcohol.

"Blijven we nog steeds nuchter?" vraag ik aan Gunther terwijl ik alle lekkere gratis drankjes aan me voorbij zie gaan.

Hij knikt, met donkere, verhitte beloften in zijn ogen. "Ik wil dat je hoofd helder is."

Slik. Kunnen we al gaan?

"Kaas?" vraagt Pearl, terwijl ze me met een dienblad in een hinderlaag lokt.

Ik neem een klein prikkertje met een stuk gele, heilige kaas erop en steek het in mijn mond.

"Oh, mijn kaas," roep ik uit nadat ik bijna mijn tong van genot heb doorgeslikt. "Heb je hier heroïne in gedaan of zo?"

Pearl straalt naar me. "Er zouden hier vanavond rijke kaaskenners zijn, dus ik heb alles uit de kast getrokken."

Ik pak nog een orgasme op een prikkertje. "Ik denk dat dit zelfs indruk op iemand zou maken die een hekel heeft aan kaas."

Geïntrigeerd pakt Gunther een stukje voor zichzelf.

Hoe kan hij kauwen er zo heet uit laten zien?

"Dat is geweldig," zegt hij nadat hij heeft doorgeslikt. Hij haalt zijn visitekaartje tevoorschijn en legt het op het dienblad. "Als je je kaas bij Munch & Crunch wilt verkopen, laat het me dan weten."

Meer dan tevreden kijkend, bedankt Pearl hem en haast zich weg.

"Goed gedaan," zeg ik chagrijnig tegen Gunther. "Nu voel ik me een waardeloze zus omdat ik er niet aan heb gedacht om haar kaas zelf in je winkel te verkopen."

"Ik zal het later goedmaken," zegt hij zachtjes.

Serieus, wat is op zijn vroegst een beleefde tijd om een bruiloft te verlaten?

Het volgende dienblad heeft zwarte kaviaar, dus ik bekijk het. Het spul is minstens vijftig dollar per ons.

"Vind je het wat?" vraagt Gunther nadat ik klaar ben met mijn cracker met kaviaar.

"Het is zout en visachtig," zeg ik. "Als ik het spul zou kopen, zou ik maximaal vijftig cent per ons betalen."

Hij grijnst. "Hou je niet van slijmerige kleine zwarte visseneitjes? Wat een shocker."

Ik grijns terug en pak een vijg met wat lekkere vulling om mijn gehemelte te reinigen.

Tot mijn grote ergernis komen mam en pap bij ons staan en beginnen vragen te stellen over hoe we elkaar hebben ontmoet. Gunther vat het goed op, vooral als pap hem ongevraagd een schoudermassage geeft. Maar als Dasco zegt dat het tijd is om naar de zaal te gaan, ben ik opgelucht. Mijn ouders hadden me in dat tijdsbestek veel meer in verlegenheid kunnen brengen.

Dasco leidt iedereen door een grote gang, en ik kan het niet helpen, maar ik hoor mam luid tegen pap fluisteren, "Waar zijn Gia en haar nieuwe man?"

"Ik wed dat het een andere koninklijke traditie is," antwoordt pap. "Ze zijn vast bezig het huwelijk in te wijden."

"Ja," zegt mam. "Ik durf te wedden dat in de oudheid iedereen van het hof toekeek."

Na dat gehoord te hebben, trekt Gunther een vragende wenkbrauw op.

Ik haal mijn schouders op. "Het klinkt alsof het waar zou kunnen zijn, maar Gia kennende, kan ze zich net zo goed op een goochelshow voorbereiden."

Onze processie vertraagt als we een tafel bereiken met kleine kaartjes die uitleggen waar iedereen moet zitten.

Maakt het me een slechte dochter dat ik me super opgelucht voel dat mam en pap aan een andere tafel zitten?

Huh. Wacht eens even. Zitten mam en pap bij de koning en koningin?

Het lijkt erop dat Gia's wraak al is begonnen.

Eenentwintig

BLUE, LEMON EN HOLLY ZITTEN AAN ONZE TAFEL MET
hun partners, samen met een van de prinsen en een
paar andere mensen die ik niet herken.

"Hallo," zegt een modelachtige vrouw die hier
duidelijk met de prins is. "Wie van jullie twee spreekt
er Russisch? De man?"

"Geen van beiden," zegt Gunther. "Tenzij ze me iets
niet heeft verteld."

Ik schud mijn hoofd. "Geen Russisch. Waarom
vraag je dat?"

De vrouw geeft een perfecte glimlach. "Bij elk ander
stel aan deze tafel kan er minstens één Russisch
spreken."

"Sorry dat we je teleur moeten stellen," zeg ik. "Ik
ben trouwens Honey."

"Bella Chortsky." Ze gebaart naar haar prins. "Dit is
Dragomir."

"Chortsky..." Ik kijk vragend naar Holly's date, Alex.

"Yep. Ze is mijn zus," zegt hij trots.

"En de mijne," zegt een andere tafelgenoot, die met gemak de tweelingbroer van Alex zou kunnen zijn. "Ik ben Vlad." Hij gebaart naar zijn bleke date met ronde wangen. "En dit is Fanny."

Fanny bloost alsof het haar baan is, en ik weet niet zeker of dit elke keer gebeurt dat ze aan iemand wordt voorgesteld, of elke keer dat ze haar man hoort praten.

Vlad pakt een grote fles en knikt naar Gunthers borrelglas. "Wodka?"

"Nee, bedankt," zegt Gunther. "Ik blijf vandaag nuchter."

Vlad kijkt mij aan.

"Sorry," zeg ik. "Ik drink ook niet."

"En voordat je het vraagt," roept Lemon. "Ze zijn niet zwanger."

"Bedankt," antwoord ik met een oogrol. Ik wend me tot Bella en zeg, "Als het niet drinken van wodka betekent dat we van de Russische tafel worden verbannen, dan zal ik het begrijpen."

Bella grijnst. "Nee. Blijf. Alsjeblieft."

Dus we blijven en ontdekken dat aan *deze* tafel de mannen de vrouwen 'bedienen' door onze drankjes in te schenken en ons eten op ons bord te leggen — wat chauvinistisch klinkt totdat Gunther het voor me doet en ik in een hongerige kleine plas smelt.

Al snel kijken Gunther en ik toe hoe iedereen een shot neemt, en dan nog een omdat Russen blijkbaar geloven dat de pauze tussen shot één en twee kort moet zijn.

"Wil je een Russische grap horen?" vraagt Bella na shot nummer drie.

Gunther knikt en ik volg.

"Vovochka zit in de rekenles," zegt Bella. "De leraar zegt: 'Je hebt honderd roebel en je vraagt je vader om honderd roebel meer. Hoeveel heb je er dan?'" Bella pauzeert voor een dramatisch effect. "'Honderd roebel,' zegt Vovochka. 'Nee,' antwoordt de leraar, 'je kunt niet zo goed rekenen.' Vovochka schudt zijn hoofd. 'Jij bent degene die mijn vader niet zo goed kent.'"

Iedereen grinnikt.

"Mag ik diegene delen die je me gisteren hebt verteld?" vraagt Fanny aan Vlad.

Hij glimlacht. "Natuurlijk, Fannychka."

"'Papa, gefeliciteerd,' zegt Vovochka tegen zijn vader." Fanny trekt haar mooie wenkbrauwen theatraal op. "'Leg eens uit,' zegt papa. Vovochka glimlacht. 'Weet je nog dat je zei dat je me honderd roebel zou geven als ik de vijfde klas zou halen? Ik heb je het geld bespaard.'"

Iedereen lacht, wat een excuus lijkt te zijn voor de Russische tafel om nog een tijdje door te brengen met het vertellen van meer grappen over deze fictieve Vovochka. De stortvloed aan grappen wordt uiteindelijk door Dasco onderbroken, die vanuit het midden van de kamer roept, "Als ik ieders aandacht mag, alstublieft!"

De kamer wordt stil.

"De pasgehuwden hebben een verrassing in petto,"

kondigt Dasco aan. "Hun eerste magische dans samen als een getrouwd stel."

Mijn zus en ik wisselen een wetende blik uit. Aangezien dit Gia is waar we het over hebben, zat het woord 'magisch' niet per ongeluk in die zin.

Yep. Zij en Tigger komen de dansvloer op, en zodra de eerste noten van de tango spelen, verandert haar jurk van zwart naar wit, en dan weer terug. Een paar bewegingen later verdwijnt Tiggers smokingjas, gevolgd door het shirt dat hij eronder draagt.

"Ik ken de volgende truc," zegt iemand aan tafel. "Let op zijn tepel."

Tepel? Is dat —

Oh shit. Gia zwaait met haar hand over de borst van haar man en zijn rechtertepel verdwijnt, verschijnt dan weer, gevolgd door de kleding.

Iedereen klapt — dat is wanneer de voeten van het paar een centimeter van de vloer komen en het geklap in een staande ovatie verandert.

De muziek stopt en het pasgetrouwde stel landt. Gia maakt een buiging, pakt de microfoon en zegt, "Iedereen, alsjeblieft, naar de dansvloer!"

"Niet zo snel," schreeuwt onze vader van zijn tafel, waardoor de koninklijke personages ineenkrimpen. "Je bent ons *gor'ko* verschuldigd!"

Dit begint het gechant dat Gia en Tigger onder druk zet om opnieuw te kussen — niet dat ze eruitzien alsof ze het erg vinden.

Wanneer de kus voorbij is, rennen ze naar hun podiumachtige tafel.

Gunther staat op en steekt zijn hand naar me uit. "Wil je dansen?"

Ik grijp de uitgestoken hand vast en spring overeind. "Omdat je me niet hebt laten drinken, ben je me alle dansen verschuldigd."

Zodra we op de dansvloer zijn, begint er een nummer — en om de een of andere obscure reden is het Marilyn Mansons cover van *Tainted Love*. Vreemde keuze voor een bruiloft, maar hé, het nummer is traag, wat betekent dat Gunther en ik dicht bij elkaar komen — en zodra we dat doen, voel ik meneer Zuig en Lik in mijn buik prikken.

Ik sta op mijn tenen en fluister in zijn oor, "Het lijkt erop dat ik niet de enige ben die enthousiast is voor de afterparty."

De druk op mijn buik neemt toe als hij hees antwoordt, "Ik wil geen bruidstaart. Ik ga je poesje als dessert nemen."

Iemand help me. Ik heb een nieuw slipje nodig.

Hij knabbelt aan mijn oor.

Kunnen eierstokken exploderen?

"Jullie zijn zo'n prachtig stel," zegt mijn moeder, en haar nabijheid tempert mijn libido genoeg om gedachten te denken.

"Bedankt," roep ik in haar richting en frons dan omdat mama nauwelijks op haar voeten staat en haar danspartner niet pap is.

Het is de koningin, en ze ziet er net zo dronken uit als dat ik geil ben. Oh, en alsof dat nog niet genoeg was, zit pap weer aan hun tafel, op de vloer bij de stoel van de koning, waar hij zijn koninklijke voeten masseert.

Gunthers ogen worden groter terwijl hij mijn blik volgt. "Misschien heeft hij een nieuwe baan gekregen?"

"Dat mocht ik willen," zeg ik. "Pap houdt ervan om aan iedereen die wil luisteren voetmassages aan te bieden. Ik had gewoon niet verwacht dat 'Zijne Koninklijke Hoogheid' er een zou accepteren — ervan uitgaande dat wat er gebeurt met wederzijdse instemming is."

"De vingers van je vader zijn goddelijk," zegt de koningin slissend.

Heeft hij *haar* ook gemasseerd? "Hoeveel wodka hebben jullie allemaal gedronken?"

Mams wenkbrauwen fronsen komisch als ze dichterbij komt. "We hebben een traditioneel Ruskoviaans huwelijksdrankspel gespeeld." Ze hikt. "Ik heb gewonnen."

Is dat wel zo? Kan een drankspel inderdaad winnaars hebben?

Het nummer verandert in een sneller nummer, en ik leid Gunther weg voordat mama of de koningin besluiten om op ons te kotsen.

"Wauw," zegt Gunther.

Hij heeft gelijk. Lemons man danst als een god — wat logisch is, gezien het feit dat hij een beroemde balletdanser is.

"Hij gaat zo hard dat ik niet weet hoe ik dat moet opvolgen," zegt Gunther, maar hij begint toch op de beat te bewegen.

Waarom moest hij 'hard' zeggen? Nu moet ik ook *hard* gaan om me te kunnen concentreren.

Ach ja. Eens kijken of ik kan twerken terwijl ik nuchter ben.

Ik laat Gunther mijn rug zien en duw dan mijn billen naar hem toe. Het gevoel van iets staalachtigs tegen mijn linkerbil is mijn eerste beloning, en er volgen er nog veel meer.

Het volgende nummer is een tango, vergelijkbaar met degene waarop Gia haar magie/eerste dans uitvoerde. Het blijkt dat complexe choreografie gemakkelijker nuchter te doen is, dus Gunther en ik slagen erin om de tango te doen — maar om te beweren dat mijn geest daarna helder is, zou een leugen zijn.

Ik ben dronken van alle hormonen die door mijn systeem stromen. Dronken van Gunthers glimlach en de smaragdgroene schittering in zijn ogen, door de zweetparel die over zijn voorhoofd rolt en het gevoel van zijn hardheid tegen mijn zachtheid.

"Is dat de bruidstaart?" vraagt Gunther na nog wat verbluffend gedans.

Ja! Dat is het. Ik pak zijn hand en ren terug naar onze tafel.

Als de taart uitgedeeld wordt, val ik de mijne aan met evenveel enthousiasme als Lemon, de zoetekauw van onze familie. In tegenstelling tot Lemon, bestrooi ik de taart niet met suiker die bedoeld is voor de koffiekopjes.

Gunthers taart is half opgegeten als ik klaar ben met de mijne en "Klaar?" zeg.

Hij stopt de restanten van de taart in zijn mond en kauwt snel. Te laat realiseer ik me dat het onwaarschijnlijk is dat Gia zal controleren of we het dessert daadwerkelijk hebben gegeten. Ach ja. Het belangrijkste is dat het nu sociaal aanvaardbaar is om te vertrekken. Hopelijk.

"Het was erg leuk om jullie te ontmoeten," zeg ik tegen de mensen aan tafel.

Bella pruilt. "Gaan jullie nu al weg?"

Ik pak Gunthers hand. "We hebben nog een lange rit voor de boeg. Helemaal naar Jersey."

"Ik begrijp het." Bella rommelt in een grote koffer die ze blijkbaar de hele tijd onder tafel heeft gehouden. Ze haalt een doos tevoorschijn. "Neem alsjeblieft je afscheidscadeau voordat je gaat. Iets om je aan mij te herinneren."

Ik accepteer de doos behoedzaam omdat ik de uitdrukkingen op de gezichten van de andere vrouwen aan tafel niet prettig vindt. Wanneer ik voorzichtig de doos open, knipper ik een paar keer en vraag me af of de dampen van de wodka me op de een of andere manier toch dronken hebben gemaakt.

De doos bevat een dildo.

Een aderige, blauwe en grote — bijna het formaat van meneer Zuig en Lik.

Ik kijk naar Lemon, die een blog heeft over masturbatie en daarom een expert is op het gebied van alles wat met dildo's te maken heeft. "Heb jij haar hiertoe aangezet?"

Lemon grijnst. "Als je geschenk is wat ik denk dat het is, runt Bella een bedrijf dat ze maakt."

Voordat Gunther erin kan kijken, doe ik de doos dicht. "Bedankt, Bella."

"Geen probleem," zegt de dildomaker. "Als je me je feedback stuurt, dan zal ik je er meer sturen."

"Honey zou dat zomaar eens kunnen doen," zegt Holly met een wetende grijns tegen Bella. "Deals zijn haar priemgetallen."

Dat is betwistbaar, maar daar zal ik niet op ingaan, want dat zou ons vertrek vertragen — en dat is het laatste wat ik wil.

"Doei." Ik pak Gunthers hand en trek hem mee naar buiten.

Tot mijn grote opluchting is er een rij mensen die afscheid neemt van Gia en de bruidegom, dus we zijn niet de eersten die weggaan.

Als het onze beurt is om te spreken, vertelt Gunther hoeveel hij ervan heeft genoten. Ik zie het als een compliment omdat ik het grootste deel van de tijd op de dansvloer tegen hem aan heb gewreven.

"De trucs waren geweldig," zeg ik als het mijn beurt is.

Punt voor mij. Gia straalt van trots. Mijn zussen zijn makkelijk te behagen als je weet wat de juiste knoppen zijn om op te drukken.

Gunther haalt een enveloppe tevoorschijn. "Een kleine bijdrage aan je toekomst."

Klein? Het ding is gevuld met biljetten.

Ach ja. Ik denk dat ik mijn eigen, veel dunnere envelop houd — of aan Gunther geef.

We lopen snel de hal uit en de door vogels geteisterde lobby in, waar Gunther van richting wisselt en naar de receptionist gaat — een zeldzaam personeelslid dat geen pantalon draagt.

"Waar ga je heen?" vraag ik.

Zijn blik wordt verhit als hij zich omdraait. "Ik wil niet een hele rit met de auto wachten. Dit is een hotel. We kunnen een kamer nemen."

Waarom heb ik dit geniale idee niet bedacht? Dit is tenslotte een hotel.

"We willen graag een kamer," zegt Gunther tegen de receptionist.

De receptionist fronst en tikt op het scherm voor hem. "Ik ben bang dat er geen kamers beschikbaar zijn. Er is een privé-evenement aan de gang en —"

"We horen bij het evenement," zeg ik. "Ik ben de zus van de bruid."

De receptionist kijkt me aan en knikt. "Je lijkt wel op haar. Toch ben ik bang — "

"Wat is het probleem?" gromt een nieuwe stem die bij de prins blijkt te behoren die eerder Pearl aan het bekijken was... of haar kaas.

"Uwe Koninklijke Hoogheid," zegt de receptionist eerbiedig. "Er is helemaal geen probleem. Ze willen een kamer en ik heb ze laten weten dat we geen lege kamer hebben."

De ogen van de prins vernauwen zich. "Hoe zit het met de kleinste bruidssuite?"

Terwijl de receptionist op het scherm tikt, trillen zijn handen. "Oh jeetje, die *is* beschikbaar." Hij kijkt naar ons. "Het tarief is —"

"Niet belangrijk," zegt de prins. "Gezien de onaangename ervaring met de klantenservice die ze net hebben gehad, is de kamer gratis."

Is hij de eigenaar van dit hotel? Of van dit hele eiland?

"Dat is te genereus," zegt Gunther. "Ik zal voor de kamer betalen."

"Nee," shockeer ik mezelf door dat te zeggen. "Je hebt het geschenk betaald; ik zal de kamer betalen." Ik pak mijn envelop en haal al het geld eruit.

Dat ik niet vraag of er een familiekorting is, is het bewijs hoe graag ik wil dat dit voorbij is en ik Gunther naakt heb.

De receptionist kijkt het geld met een stoïcijnse uitdrukking aan en mompelt, "Dat zal het niet eens een beetje dekken."

Gunther haalt een creditcard tevoorschijn. "Zet de rest hier maar op."

"Onnodig," zegt de prins, terwijl hij zowel mijn geld als Gunthers kaart wegduwt. Hij wendt zich tot de receptionist. "Mompel nooit tijdens het werk."

Wauw. Over humeurig gesproken. Ik ben blij dat hij vandaag aan onze kant staat.

De prins overhandigt ons beiden een visitekaartje. "En als jullie nog iets nodig hebben, laat het me dan

weten." Hij geeft de receptionist een betekenisvolle
blik.

"Oh, ik weet zeker dat dat niet nodig zal zijn," piept
de receptionist. "Ik zal er de beste zorg aan besteden."

Ik pak het kaartje toch maar. De naam die erop
staat is Kazimir Cezaroff.

"Dank je. We waarderen het echt," zegt Gunther
tegen Kazimir en de receptionist.

"Ja, dank je," zeg ik. "Dat was zo aardig van je."

Ik krijg Gunther *en* de deal van de eeuw. Iemand
daarboven zorgt echt voor me.

"Geen probleem," zegt Kazimir en hij loopt weg,
zijn houding zo stijf als de dildo die Bella me had
gegeven.

De receptionist legt een sleutel op het bureau voor
hem. "Neem alstublieft de lift naar de vierde
verdieping." Hij wijst naar het noorden.

We sprinten naar onze bestemming en zodra de
liftdeuren dichtschuiven, leunt Gunther naar voren om
me een verzengende kus te geven.

Een oogwenk van gelukzaligheid later, gaan de
stomme deuren open.

Grr.

We rennen door de gang naar de deur die
overeenkomt met het nummer op de sleutel, en als we
naar binnen gaan, scan ik vol ontzag de kamer. Als dit
de kleinste suite is, dan moet de grootste de grootte
van de luchthaven JFK zijn. Zelfs Gunther — die veel
meer gewend is aan weelde dan ik — lijkt onder de
indruk te zijn.

"Het is groot," zegt hij.

"Over grote dingen gesproken..." Ik trek Gunther bij de hand mee door de enorme ruimte totdat ik een hartvormig bed ter grootte van een stadion vind, bedekt met rozenblaadjes. "Laat me de jouwe zien en ik zal je de mijne laten zien."

Hij trekt zijn jas razendsnel uit, alsof hij het geheim achter Gia's truc om kleding te laten verdwijnen kent. De rest van hem wordt net zo snel onthuld en al snel staat hij daar glorieus naakt en heel erg opgewonden, elke spier glanst in het zachte, romantische licht dat afkomstig is van de nep-LED-kaarsen die de slaapkamer sieren.

Mijn ademhaling versnelt als de hitte mijn onderlichaam in afwachting overspoelt.

"Jouw beurt," beveelt hij met een hese stem en hij gaat met zijn keiharde meneer Zuig en Lik in afwachting op de rand van het bed zitten.

Wil hij een show? Oké. Ik pak mijn telefoon en zet het punkrocknummer op waar ik altijd al op heb willen strippen — *Rebel Girl* van Bikini Kill.

Terwijl ik op het ritme mijn kleren uittrek, ben ik aan het headbangen en vliegt er overal paars haar rond.

"Fuck," gromt Gunther, steeds opnieuw, als een mantra, en dat verbetert een al geweldig nummer.

Als ik helemaal naakt ben, pak ik een stoel die in de buurt staat, plof mijn kont erop en sla mijn benen over elkaar en doe ze dan weer uit elkaar — opnieuw, op het ritme.

"Fucking fuck," is het nieuwe gechant dat Gunther

als reactie begint en dat me aanmoedigt totdat het nummer eindelijk stopt.

Ik veeg mijn haar uit mijn gezicht en staar vragend naar Gunther, wiens ogen betoverend zijn terwijl ze elke centimeter van mijn huid met al zijn piercings en tatoeages onderzoeken.

"Ik wilde je al zo lang," zegt hij met gevoel.

Ik sla mijn benen over elkaar. "Je had een rare manier om dat te laten zien." Ik haal ze weer uit elkaar. "Al die tijd had je alleen maar hoeven te nemen wat je met plezier zou zijn gegeven."

Hij schuift naar de rand van het bed, zijn pik ziet er pijnlijk hard uit. "Ik wilde dat dit juist werd gedaan."

Ik sla mijn benen over elkaar en frons — slechts gedeeltelijk in scherts. "Dit juiste hield ook het opzettelijk dragen van schaarse kleding in?"

Hij gaat rechtop zitten. "Ik deed dat alleen om je terug te pakken omdat je mij kwelde."

"Denk je dat *dat* een kwelling was?" Gedreven door kwaadaardige inspiratie buk ik me naar de stapel van mijn spullen en pak Bella's dubieuze geschenk. "Laat me je laten zien wat het woord echt betekent."

Ik doe de doos open en haal de blauwe dildo tevoorschijn.

Gunther kijkt naar zijn concurrentie alsof het een eenhoornhoorn is die op het punt staat de rest van zijn paardachtige zelf te ontkiemen. "Is *dat* Bella's geschenk?"

"Zwijg en kijk," zeg ik met mijn beste verleidelijke stem.

Om mijn punt te illustreren, laat ik de dildo over mijn borst glijden totdat zijn eikel de piercing in mijn linkertepel raakt — die onmiddellijk hard wordt.

Gunthers stilte is zo totaal en absoluut dat ik zijn kaken kan horen klemmen en zijn pik zie verharden.

Glimlachend beweeg ik de dildo naar mijn rechtertepel en verander hem in een puntige kleine rots.

Gunthers pupillen worden zo groot als schotels.

"Dit is wat ik al weken bij je had kunnen doen." Ik kus de eikel van de dildo en draai dan mijn tong eromheen.

Gunthers handen pakken de lakens naast hem, alsof hij probeert te voorkomen dat hij de controle verliest.

Laten we eens kijken hoeveel controle hij echt heeft.

Ik lik als aan een ijsje aan de dildo.

Er klinkt een geluid van lakens die scheuren.

Met mijn ogen die lachen stop ik de dildo in mijn mond, zo diep als ik kan, en doe dan een paar in- en uitbewegingen.

Gunthers ballen zien er strak en vol uit — alsof ze elk moment blauw kunnen worden.

Ik haal de dildo uit mijn mond en zie een knop aan de onderkant van de schacht. Nieuwsgierig druk ik erop en het ding begint als duizend telefoons te trillen.

Lekker. Ik breng de vibratie in de buurt van codenaam Pot om de stud in mijn clitoris licht aan te raken — en kom bijna ter plaatse.

Gunther springt met wilde ogen overeind.

Ik verplaats de vibratie voor een moment. Mijn hartslag is ongelijk, maar ik slaag erin om semi-kalm te zeggen, "Waarom sta je op?"

Met een kreun die me doet denken aan een gewond beest, stort hij terug op het bed.

Ik zet de vibratie uit en plaag mijn opening met de eikel van de dildo. "Zoals je ziet, zou ik best zonder jou klaar kunnen komen."

"Luister," zegt Gunther hees. "Jij wint, oké."

Ik schuif de dildo een haarbreedte in me. "Win ik?"

"Als in, je hebt gelijk," gromt hij. "Ik had je in mijn bed moeten hebben zodra je dat wilde, en HR en fatsoen moeten vervloeken."

Triomfantelijk grijnzend leg ik de dildo opzij en kniel op het tapijt voor het bed voordat ik in zijn ogen kijk. "Zeg nog eens 'je hebt gelijk'."

"Je hebt gelijk." De uitdrukking in Gunthers ogen is dierlijk en rauw — en volledig in tegenstelling tot zijn mooi achterovergekamde haar. "Je hebt *altijd* gelijk."

"Daar, zie je?" Ik kreun. "Misschien krijg je toch dat poesje als dessert dat je wilde... Maar eerst..." Ik neem meneer Zuig en Lik in mijn mond — en het voelt zoveel beter (en dikker en lekkerder) dan een dildo.

Gunther kreunt iets dat klinkt als, "Je hebt gelijk."

Elke beweging die ik met de dildo deed, doe ik nu op meneer Zuig en Lik — en net als ik de zoute hint van voorvocht proef, stop ik. Ik moet hem in me hebben, al is dat het laatste wat ik doe.

"Mijn beurt." Gunther pakt me op en legt me op het bed, als een all-you-can-eat-buffet. "Of misschien moet ik zeggen, jouw beurt?" Voorzichtig kust hij de binnenkant van mijn dij en dan gaat hij met zijn tong omhoog totdat hij de piercing in mijn clitoris bereikt.

Ik leun achterover en laat codenaam Pot zich voor Gunthers slimme tong ontvouwen.

Als een uitgehongerde man likt hij tussen mijn plooien en mompelt hij de hele tijd iets. Hopelijk is het "je hebt gelijk".

De trilling van zijn gemompel en de warme textuur van zijn tong geeft kortsluiting in iets in mijn hersenen, en het orgasme waar ik net bij in de buurt was, crasht naar binnen op mijn genotreceptoren waardoor ik over het prachtige gezicht van Gunther klaarkom.

Hij kijkt op en ik vind het ironisch hoe hongerig hij er nog steeds uitziet, ondanks dat hij me op dat moment heeft 'opgegeten'. "Ik wil in je zijn," zegt hij hees.

Ik maak mijn lippen vochtig. "Herinner je je mijn eerdere voorwaarde?"

"Zonder condoom?" Zijn ogen glanzen vurig.

Knikkend pak ik de achterkant van zijn hoofd en trek hem naar me toe voor een kus die mijn lippen gezwollen en pijnlijk maakt. Tegelijkertijd doe ik waar ik al die tijd over heb gedroomd — en schuif meneer Zuig en Lik in me.

"Fuck," gromt Gunther.

Ik antwoord door zijn bilspieren vast te pakken en zijn eerste stoot te begeleiden.

"Je voelt zo verdomd geweldig," zegt hij bij de tweede stoot.

Mijn ogen beginnen naar achteren te rollen.

Hij stoot weer in me.

Met bovenmenselijke inspanning slaag ik erin om hees "Je had dit al die tijd kunnen doen," te zeggen.

"Je hebt gelijk." Hij stoot harder in me. "Je hebt fucking gelijk." Nog een stoot. En nog een. Het ritme gaat heerlijk omhoog.

Er ontsnapt een kreun van mijn lippen.

Hij knabbelt aan mijn nek voordat hij iets in mijn oor gromt — en ik denk dat het 'je hebt gelijk' is.

En oh, jongen, ik had gelijk. Dat we zoveel kansen hebben gemist om dit te doen, is een misdaad tegen de natuur.

Gunthers handen pakken zachtjes mijn gezicht, maar zijn lippen belanden ruw op de mijne.

Hongerig.

Vurig.

Mijn nagels graven zich in zijn bilspieren als een lawine van een orgasme ergens in mijn kern begint.

Hij stoot in me als een sexy breekhamer.

Een wanhopig gekreun ontsnapt van mijn lippen in de zijne.

Hij laat mijn mond los, waardoor mijn volgende kreun in de wereld te horen is.

"Heel goed," gromt hij. "Kom voor me."

Fuck. De lawine van het orgasme bereikt zijn hoogtepunt — en het kan me niet eens schelen dat lawines meestal van de top naar de voet van de berg reizen — dat is hoeveel genot ik ervaar.

Terwijl de muren van codenaam Pot verwoed rond

meneer Zuig en Lik pulseren, voel ik een naschok in een ander orgasme knallen.

Dat mijn wanden samenknijpen moet de reden zijn wat Gunther over de rand laat gaan — omdat ik zijn diepe kreun hoor en zijn ontlading voel, wat me ertoe aanzet om opnieuw te komen.

Hij stopt hijgend, kust me dan lief op de wang voordat hij zich eruit trekt.

Ik lig daar, mijn ogen gesloten terwijl ik van de wazige gelukzaligheid van de nasleep geniet. Uiteindelijk verzamel ik de kracht om te mompelen, "Dat was absoluut geweldig."

"Je hebt gelijk," zegt Gunther en herhaalt de woorden met een ondertoon van mannelijke trots. "Maar dat was natuurlijk nog maar het begin."

Ik open mijn linkeroog. "Oh?"

Hij grijnst en glijdt van het bed om de blauwe dildo te pakken. "Ik denk dat je me nog een orgasme verschuldigd bent."

Ik open mijn rechteroog. "Is dat zo?"

"Absofuckingluut." Hij zet de vibratie op de dildo aan. "Of het is meer dat ik jou er nog eentje verschuldigd ben, omdat je al die tijd hebt moeten wachten terwijl je *zo* gelijk had."

Ik grijns als een gek. "Oké. Ik ben klaar om mijn schuld te innen en/of terug te betalen."

Hij laat de vibrerende dildo de stappen volgen waar ik hem eerder doorheen liet gaan: linkertepelring, rechtertepelring, mond en dan de stud in mijn clitoris.

"Fuck," hijg ik terwijl mijn tenen krommen en ik

weer klaarkom. Gunther een speeltje op me laten gebruiken blijkt een miljoen keer beter te zijn dan het op mezelf te gebruiken.

"Brave meid," gromt hij. "Ga nu op handen en voeten zitten."

Serieus? Hoezo? Oh wauw. Hij is weer hard. Dat komt vast door mij met het speeltje te zien.

Ik bedank de penisgoden voor dit geschenk van een korte wachtperiode, ik kom in de positie die van me wordt vereist, en er gebeuren drie dingen bijna tegelijkertijd: hij komt bij me binnen, slaat op de tepel op mijn rechterbil en brengt de nog steeds vibrerende dildo naar mijn clitoris.

Wat de fuck? Hoe kan ik zo snel komen? Maar dat doe ik wel. En ook nog eens met een schreeuw. Hij blijft stoten, dus ik kom steeds opnieuw, alsof ik alle seks probeer in te halen die me is ontnomen.

Dan, met een krachtige, diepe, laatste stoot, komt hij voor de tweede keer klaar — en ik sluit me bij hem aan.

Dat is het. Ik val met mijn gezicht naar beneden op het bed en voel me als een citroen die in limonade is veranderd.

Hij wiegt me in zijn armen. "Douchen of slapen?"

"Ik heb niet de energie om te reageren," mompel ik.

Met een grijns draagt hij me naar de luxe badkamer en wast me alsof ik een pop ben, en dan droogt hij me af.

"Voorzichtig," mompel ik als hij me terug naar bed brengt. "Ik zou hier wel eens aan kunnen wennen."

"Goed," zegt hij terwijl hij me met zijn sterke lichaam omhult. "Wen er maar aan."

Oh, dat ben ik ook van plan.

De maffe grijns zit nog steeds op mijn gezicht als ik in de diepste slaap van mijn leven val.

Tweeëntwintig

Ruik ik koffie? En eieren?

Ik open mijn ogen en lig alleen in bed.

Na het aankleden strompel ik rond op zoek naar de geuren.

"Hoi, slaapkop," zegt Gunther als ik hem in de gigantische woonkamer vind. "Ik heb ontbijt voor ons gehaald."

Ik scan de offers op de tafel voor hem.

Yep. Hij heeft al mijn favorieten gehaald. De enige manier waarop hij me gelukkiger kan maken, is als hij zijn broek weer uitdoet — maar ik weet zeker dat dat kan worden geregeld nadat het eten op is.

"Even wachten," zeg ik boven mijn grommende maag uit. "Ik moet me opfrissen."

———

Terwijl ik mijn tanden poets en mezelf presentabel maak, word ik me voor het eerst bewust van de implicaties van gisteravond.

Gunther en ik hebben het echt gedaan. We hebben nuchtere seks gehad na een goede, eerlijke date.

Of, om het anders te zeggen, ik ga met Gunther uit. De man van wie ik ten onrechte had gedacht dat hij mijn leven had geruïneerd.

Ik zucht. Ik wed dat zelfs als ik niet had ontdekt dat hij niet degene is die me in al die problemen heeft gebracht, ik hem misschien na het derde orgasme of zo had vergeven.

Zou het tussen ons echt kunnen werken? Kunnen Gunther en ik een stel zijn?

Ik denk dat we meer kunnen zijn. Het is alleen... waarom voel ik me dan zo ongemakkelijk?

Terwijl ik naar mezelf in de spiegel staar, vogel ik het eindelijk uit. Het probleem is dat ik dingen voel die extreem voorbarig zijn voor deze fase van de relatie. In het bijzonder voel ik me licht en duizelig als ik bij hem ben, of als ik aan hem denk. Het is alsof ik nooit een seconde zonder hem wil doorbrengen.

Oh nee. Dit zou een groot probleem kunnen zijn.

Hoewel hij heeft toegegeven dat ik gelijk had dat we eerder met elkaar naar bed hadden moeten gaan, is er het feit dat we dat niet deden — en dat ligt helemaal aan hem. Is het onredelijk van me om me enigszins onzeker te voelen dat hij in staat was om mijn charmes te weerstaan? Betekent dat niet dat ik meer van hem hou dan hij van mij?

Ik knars op mijn tanden en geef mijn spiegelbeeld een strenge blik. "Doe niet zo verdomd idioot. Je wilt toch geen herhaling van de situatie met Spike?"

Ja. Een dosis realiteit is precies wat ik op dit moment nodig heb — of anders zal ik voor ik het weet 'Gunther' op de binnenkant van mijn oogleden laten tatoeëren, zodat ik aan hem kan worden herinnerd, zelfs als ik mijn ogen dicht heb.

"Goed gesprek," zeg ik tegen mijn spiegelbeeld. "Ik ga de dingen deze keer op een redelijke manier laten vorderen."

Vastbesloten keer ik terug naar de heerlijkheid in de woonkamer... en naar het ontbijt.

Verdomme. Ik heb het niet eerder gemerkt, maar hij heeft rommelig haar, en het staat hem geweldig, al dat dikke donkere haar in die onhandelbare spikes. Het zorgt ervoor dat ik het allemaal naar achteren wil vegen zoals hij het gewoonlijk draagt, zodat ik het weer kan verprutsen.

Mijn maag gromt.

Gunther grijnst naar me — dat is wanneer zijn telefoon overgaat.

Hij negeert de oproep zonder te kijken.

Ik leg een paar heerlijkheden op mijn bord als zijn telefoon weer gaat.

Met een frons kijkt hij naar het scherm. "Het is Ashildr," zegt hij. Hij negeert het gerinkel en controleert iets. "Daarvoor was het Simson van de beveiliging. Wat raar."

Ik haal mijn schouders op. "Misschien moet je opnemen?"

Knikkend neemt hij de oproep aan. "Hoi, Ashildr."

Een momentje later zegt hij, "Rustig aan, alsjeblieft. Vertel me wat er echt is gebeurd."

Wat is er aan de hand? Bloedt Ashildr uit zijn neus?

Gunther luistert nog een paar seconden langer. Hij klinkt geïrriteerd als hij zegt, "Ja."

Nog een seconde later vormen zijn lippen een strakke lijn. "Is dat zo?"

Hij luistert aandachtig voordat hij vraagt, "Wie?"

Wat het antwoord ook is, hij lijkt het helemaal niet leuk te vinden — en geeft me een vreemde blik.

"Op basis van wat?" vraagt Gunther. Hij kijkt me nog eens raar aan terwijl hij naar het antwoord luistert en vraagt dan boos, "Zeg je wat ik denk dat je zegt?"

Wat het antwoord ook is, Gunther schudt heftig zijn hoofd. "Dat kan niet. Ik weiger het te geloven."

Ashildrs antwoord laat Gunthers ogen groter worden. "Wat?" roept hij uit.

Hij luistert naar het volgende deel met een verafschuwde uitdrukking. "Ik heb geen idee."

Wat hij ook hoort, Gunther knijpt in de telefoon tot het punt van kraken, en dan blaft hij heftig, "Nee!"

Ashildr antwoordt met iets en Gunther knikt goedkeurend. "Je hebt het prima gedaan. Zeg hem te vergeten dat het gebeurd is. Ik neem het vanaf hier over." Nadat Ashildr iets anders heeft gezegd, zegt Gunther, "Bedankt dat je dit onder mijn aandacht hebt gebracht. Doe het rustig aan." Daarmee hangt hij op en pakt zijn kopje op om langzaam een slok te nemen, zonder mijn blik te ontmoeten.

"Is alles goed?" vraag ik fronsend.

Gunther antwoordt niet.

Mijn hartslag versnelt, wat gek is, omdat ik geen reden heb om nerveus te zijn. "Serieus, Gunther, wat is er gebeurd?"

"Alles is in orde," zegt hij, maar hij komt zo niet oprecht over dat mijn zorgen verdubbelen.

"Iets is dat duidelijk niet." Ik bijt in een muffin, maar hij smaakt naar karton. "Wat zei Ashildr?"

Gunthers ogen vernauwen zich. "Waarom ben je zo bezorgd?"

Ik leun achterover in mijn stoel en onderzoek Gunthers vreemde uitdrukking. Het lijkt erop dat hij probeert om een achtbaan van emoties achter een pokerface te verbergen, maar hij is er niet zo goed in.

Ik haal diep adem om kalm te worden. "Zou ik niet geïnteresseerd moeten zijn in iets dat met jou te maken heeft? Of betekenen we al niks meer voor elkaar?"

"Prima." Hij duwt zijn bord weg. "Ashildr vertelde me dat de kortingsbonnen zijn verdwenen." Om welke reden dan ook, houdt hij mijn reactie nauwlettend in de gaten.

Mijn bloed wordt koud als ik begin te begrijpen wat er aan de hand zou kunnen zijn. "Welke kortingsbonnen?"

"De grote collectie," zegt hij. "Beneden in de kelder."

Hij heeft het over de plek waar ik aan dacht als mijn thuisplaneet. Het klinkt alsof hij is leeggeroofd — en iedereen dacht er meteen aan om 'het meisje met de tatoeages te beschuldigen.' Ik kan het Ashildr of het hoofd van de beveiliging niet kwalijk nemen. Ik heb die frauduleuze kortingsbonnen voor hun bedrijf gemaakt, wat tot dit hele preventieve project heeft geleid.

Maar dat ook *Gunther* denkt dat ik zoiets zou kunnen doen? Nadat hij in me heeft gezeten?

Dit kan maar beter een verdomd misverstand zijn.

Knarsetandend vraag ik, "Denk je dat ik iets te maken had met het verdwijnen van die kortingsbonnen?"

De stomme pokerface is er nog steeds als hij vraagt, "Is dat zo?"

Ik staar hem vol ongeloof aan.

Hij beschuldigt me zomaar van diefstal.

Ik denk dat ik gewend zou moeten zijn aan mensen die het ergste van me denken — en misschien verdien ik het zelfs een beetje — maar ik had het om de een of andere reden niet van Gunther verwacht.

Niet meer.

In ieder geval niet voor een tijdje. Niet sinds ik gevoelens voor hem begon te ontwikkelen.

Dat laatste moet de reden zijn waarom dit voelt alsof je in het hart gestoken wordt.

Welke gevoelens ik ook dacht te hebben, ik kan ze beter uitwissen, want hoe kun je om iemand geven die je zo beledigt?

Ik slik hard en duw de pijn weg, waardoor deze door rechtvaardige woede wordt vervangen. "Ik kan dit verdomme niet geloven." Ik spring overeind.

Gunthers ogen vernauwen zich. "Waarom kun je niet gewoon rustig de vraag beantwoorden?"

Ik wou dat ik hier een stapel kortingsbonnen had, zodat ik ze in zijn verdomde reet kon proppen. "Val dood," snauw ik. "En als je daar klaar mee bent, fuck dan Ashildr en je hoofd van de beveiliging."

De pokerface toont een barst. "Kun je alsjeblieft kalmeren?"

"Zeg me verdomme niet dat ik moet kalmeren!" Ik pak mijn muffin en gooi hem naar zijn borst. "Ik kan niet geloven dat je me hier na alles van kunt beschuldigen."

Hij veegt stoïcijns de geruïneerde muffin van zijn shirt. "Serieus, kun je kalm —"

Ik hoor de rest niet omdat mijn hectische hartslag te hard in mijn oren bonst. "Ik stop ermee! Zowel met jou als met je verdomde bedrijf."

Hij zet een stap naar me toe. "Kun je gewoon —"

Ik ga achteruit. "Ik wil het niet meer horen. Ooit." Ik draai me om zodat hij het verraderlijke vocht in mijn ogen niet kan zien.

"Wacht even," zegt hij, maar ik sprint al de suite uit.

Shit. Ik denk dat hij achter me staat. Ik voel ogen in mijn rug prikken.

"Waag het niet om me te volgen," schreeuw ik over mijn schouder.

Het gevoel van de ogen in mijn rug verdwijnt.

Voor het geval dat, ren ik toch door de gang — en gooi ik iemand omver die op mijn pad komt.

Een bekend iemand — Blue, mijn clustermaatje.

"Hé, zus," zegt ze bezorgd zodra we ontward zijn. "Wat is er aan de hand?"

Ik veeg mijn ogen af. "Niets. Wat doe je hier?"

Ze wijst met de emmer vol ijs die ze vasthoudt naar een deur in de buurt. "We wisten hoeveel wodka er op zo'n bruiloft zou worden gedronken, dus we hebben van tevoren een suite geboekt. Maar terug naar het belangrijke — vertel me wat er is gebeurd, nu. Je weet dat ik manieren heb om het zelf uit te zoeken."

Dat is waar. Het hebben van die NSA-achtergrond geeft haar bijna goddelijke snuffelkrachten.

"Prima," zeg ik, trots op hoe weinig mijn stem breekt. "Loop met me mee en ik zal het je vertellen."

Ze verbleekt. "Vind je het erg om door een achteringang te gaan?"

Hoezo? Oh, natuurlijk. De vogels in de lobby.

"Whatever," zeg ik. "Leid de weg."

Ze doet iets op haar telefoon — hoogstwaarschijnlijk om haar date te laten weten dat het ijs is vertraagd — en dan leidt ze de weg terwijl ik uitleg wat er is gebeurd.

"Er zit een luchtje aan." Blue opent de geheime uitgangsdeur waar ze me naartoe heeft geleid, eentje zonder vogels in zicht. "Waarom denken ze dat jij het bent?"

Ik houd boos geschreeuw en tranen tegen als ik zeg, "Ik ben door die frauduleuze kortingsbonnen bezoedeld, en Gunther is er nooit overheen gekomen, denk ik."

"Maar waarom zou je zoiets stelen vlak voordat je

met hem op date gaat? Dat is dom."

Ik haal bitter mijn schouders op terwijl we de straat opgaan. "Iedereen weet hoeveel ik van kortingsbonnen hou. Misschien dachten ze dat ze belangrijker voor me waren dan Gunther."

"Nadat ik je gisteravond met hem heb gezien, betwijfel ik dat," zegt ze.

"Vergeet wat je hebt gezien," zeg ik.

"Oké." Zuchtend wijst ze naar een auto. "Dat is jouw lift."

"Bedankt," zeg ik met gevoel.

"Geen probleem," zegt ze. "Ga naar huis. Relax."

Knikkend stap ik in de auto en zeg tegen de chauffeur dat hij op het gas moet trappen.

Een paar minuten later gaat mijn telefoon.

Het is Gunther.

Ik weiger op te nemen.

Hij belt weer.

Ik neem niet op.

Hij appt me:

Alsjeblieft, praat met me.

Ik verwijder het bericht en zet mijn telefoon uit.

Uiteindelijk stopt de auto naast mijn flatgebouw.

Wanneer ik mijn appartement binnenstap, voel ik me zo ellendig dat zelfs mijn moordlustige kat het lijkt op te pikken. Hij wrijft zich tegen mijn benen, iets wat hij normaal nooit doet.

Het-dat-me-voedt hoeft het alleen maar te vragen en ik ben meer dan blij om het uit zijn lijden te verlossen. Ik zou zelfs tegen mijn aard ingaan en het snel en pijnloos doen.

Drieëntwintig

Ik huil de rest van de dag en stop alleen om Bunny te voeden, want hoe depressief ik ook ben, ik ben niet suïcidaal.

De volgende ochtend voel ik me niet beter, dus het huilen gaat door — nu versterkt door ijsconsumptie, mijn ontevreden kat aaien en onderzoek doen naar die traanvormige tatoeages die zo populair zijn in gevangenissen.

Tegen zondagavond ben ik kalm genoeg om mijn slimme luidspreker te vragen om de Ramones te spelen — wat me in slaap wiegt.

Als ik wakker word, voel ik me nog steeds moe, maar wetende dat ik vandaag niet naar mijn werk ga, voel ik me alleen maar slechter. Blijkbaar vond ik het leuk wat ik bij Munch & Crunch deed — wie had dat verwacht? Misschien kan ik voor een ander bedrijf doen wat ik daar deed? Of een adviesbedrijf starten dat zich op kortingsbonnen richt?

Oh, wie neem ik in de maling? Gunther zal er ongetwijfeld voor zorgen dat ik met betrekking tot kortingsbonnen nooit meer ergens zal werken. Sterker nog, ik heb geluk als hij me niet in de gevangenis laat zetten.

Fuck. Ik heb de fout gemaakt om weer aan Gunther te denken. Dat had ik niet moeten doen. Voor de miljoenste keer flitsen al onze geweldige trainingen en lunches door mijn hoofd. En de bruiloft, wat de beste date van mijn leven was. En natuurlijk de verbluffende seks — zowel dronken als nuchter. Ik weet dat 'geruïneerd voor andere mannen' slechts een uitdrukking is, maar wat als ik dat ben?

Het was *zo* goed.

En ja, de rationele kant van me weet dat de diefstal van de kortingsbonnen een gunst van het universum was. Ik ben erachter gekomen wat Gunther echt van me denkt voordat de dingen tussen ons zich verder ontwikkelden en ik nog meer voor hem was gevallen, maar op de een of andere manier slaagt rationaliteit er niet in om me een beter gevoel te geven. Het is zelfs —

"Hé," zegt mijn slimme luidspreker plotseling. "Dit is Blue. Waarom negeer je mijn oproepen?"

Ik vernauw mijn ogen naar de bron van de stem. "Hoe ben je daar terechtgekomen?"

"We moeten praten."

"Ik ben net opgestaan," mopper ik. "Mag ik in ieder geval mijn gezicht wassen?"

"Het is elf uur," zegt ze. "Dit is dringend."

Is het elf uur? Ik haast me naar de keuken en giet eten in Bunny's kom.

Het-dat-voedt-me is dit hele kniezending aan het uit melken, en mijn geduld raakt op. Sterker nog, nog een strike, en ik neem haar pink... om mee te beginnen.

Me sneller bewegend, kleed ik me aan, doorloop mijn ochtendroutine en kauw op een geroosterde bagel terwijl ik mijn telefoon weer aanzet.

Wauw. Er zijn heel veel berichten van Gunther. Ik denk dat hij me *echt* iets te zeggen had.

Dat allemaal negerend, videobel ik Blue.

"Eindelijk," zegt ze. "Ik kan niet geloven dat ik al dit speurwerk voor je doe en dat je mijn oproepen en berichten negeert."

"Welk speurwerk?"

Ik zou zeggen dat Blue eruitziet als een kat die een kanarie heeft ingeslikt, maar zelfs als ze een kat was, dan zou ze ver uit de buurt blijven van leden van het vogelrijk.

"Je moet eerst dit horen." Ze schakelt de modus "scherm delen" in en ik zie haar op een app op haar computer op "afspelen" drukken.

Er begint een stemopname te spelen.

"Meneer Ferguson," hoor ik Ashildrs stem zeggen. "Het spijt me dat ik u in het weekend stoor, maar meneer Samson van de beveiliging probeerde u te bereiken en ik heb zijn telefoontje onderschept. Hij heeft tijdens een routine veiligheidscontrole een incident ontdekt waarvan hij dacht dat u het zou willen weten. In eerste instantie dacht ik dat het kon wachten, maar toen hij me vertelde wat het is en zei dat hij de politie erbij wilde betrekken, besloot ik onmiddellijk contact met u op te nemen."

Blue pauzeert de opname.

"Oh, shit," zeg ik tegen haar. "Laat je me de andere kant van dat noodlottige gesprek tussen Gunther en Ashildr horen?"

"Dat doe ik," zegt ze.

"Waarom?"

"Blijf luisteren," zegt ze, duidelijk van de kans genietend om mysterieus te zijn.

Ik grom en ze hervat de opname.

"Rustig aan, alsjeblieft," zegt Gunther, net als hij voor me in de hotelkamer had gezegd. "Vertel me wat er echt is gebeurd."

"De kortingsbonnen ontbreken uit de opslagruimte," zegt Ashildr. "U weet wel — de enorme collectie?"

"Ja," zegt Gunther geïrriteerd.

"Hij was gisteren voor het laatst geopend..."

"Wacht eens even," roep ik.

Blue pauzeert de opname. "Blijf luisteren."

"Prima."

Blue speelt hem verder af.

"Is dat zo?" vraagt Gunther.

"Ja. En de reden dat ik dacht dat u het zou willen weten, is vanwege de identiteit van de persoon die meneer Samson verdenkt."

"Serieus, wat voor de duivel?" zeg ik, en Blue zet de dingen weer op pauze.

"Waarom zou die Samson man me beschuldigen?" eis ik.

"Het is gemakkelijker als je luistert," zegt Blue.

"Goed dan."

Ze speelt hem weer verder.

"Wie?" eist Gunther.

"Juffrouw Hyman," zegt Ashildr.

Leugen. Waarom liegt hij?

"Op basis van wat?" vraagt Gunther.

Ja! Bedankt, Gunther.

Ashildr klinkt verontschuldigend als hij zegt, "Haar identiteitskaart werd voor het laatst gebruikt om toegang te krijgen."

"Wat?" roep ik uit.

Blue pauzeert de opname. "Hij zei dat je identiteitskaart —"

"Ik heb het gehoord, maar —"

"Waar is je identiteitskaart?" vraagt Blue.

Ik ga door mijn kleren van vrijdag om het te controleren en herinner me dan dat hij na de lunch weg was.

Vreemd.

"Weg?" vraagt Blue wanneer ik terug ben.

"Ja. Weet je daar iets van?"

"Ik zal het later uitleggen. Ik sta op het punt om zelf een vraag te hebben."

"Ik zeg nog steeds dat Gunther dit niet over me had moeten geloven — wel of geen identiteitskaart."

"Daarom denk ik dat je moet blijven luisteren," zegt ze.

"Oké. Speel het verdomde ding af."

Dat doet ze.

"Zeg je wat ik denk dat je zegt?" vraagt Gunther. Ter verdediging klinkt de vraag boos — alsof zijn eerste instinct was om mij te verdedigen.

Ashildrs stem is zacht als hij zegt, "Ik wilde het ook niet geloven, maar zij is het waarschijnlijk."

Nee! Ook al weet ik dat Gunther hem gaat geloven, ik kan het niet helpen, maar wou dat hij het niet deed.

"Dat kan niet," zegt Gunther. "Ik weiger het te geloven."

Ja. Ik herinner me dat hij dat had gezegd. Hij wilde in me geloven. Wat staat er verdomme nog meer op deze opname?

Ashildr zucht. "Er is meer."

Het kan maar beter goed zijn.

"Wat?" vraagt Gunther.

"Ze heeft ook juffrouw Severina misleid om een kortingscode van honderdtien procent voor Buzz Beerin te maken, een code waarbij we de klanten voor elke transactie zouden moeten betalen."

Fuck mij.

Ik ben zo de pineut.

Blue pauzeert de opname. "Dat daar. Snap jij het?"

Ik voel me misselijk. "Helaas wel. Buzz Beerin is het merk honing dat Gunther zelf maakt."

"En heb je deze kortingsbon gemaakt waar hij het over heeft?" vraagt ze.

Ik knijp in mijn slapen. "Toen we elkaar voor de gek hielden, was ik van plan om zo'n kortingsbon te maken, maar toen dacht ik dat het de grens zou overschrijden, dus heb ik het niet gedaan. Ik dacht tenminste van niet. Ik bedoel, ik zweer dat ik op 'ongedaan maken' heb gedrukt. Maar nu ik erover nadenk, was die knop zo dicht bij 'opslaan' dat het mogelijk is dat ik het heb verpest."

"Wacht even," zegt Blue en schakelt over van de schermverdelingsmodus zodat ik haar gezicht kan zien. "Wanneer was dit?"

Ik vertel het haar en ze typt verwoed. Dan glimlacht ze triomfantelijk en laat me haar scherm weer zien.

Er staat een nieuwe app op het scherm en daar zit ik, aan mijn bureau, op het punt om op 'ongedaan maken' te klikken.

Ze klikt erop.

"De camera is te ver weg om het zeker te weten, maar ik denk dat dat 'opslaan' had kunnen zijn," zegt Blue.

Helaas ben ik het daarmee eens. "Wat zei Ashildr daarna?" vraag ik, ook al kan ik het me voorstellen.

Blue haalt de opname van pauze.

"Om het nog erger te maken," gaat Ashildr verder. "Die kortingsbon is vandaag in werking getreden en er was een enorm gedoe in de winkels om hem te annuleren. Ondertussen zijn we geld kwijt. Waarom zou ze dit doen?"

Gunther klinkt geschokt als hij zegt, "Ik heb geen idee."

Blue pauzeert weer. "Je kunt zien hoe slecht dit

eruitziet, toch? Hij dwong je om voor hem te werken en zo, dus in theorie zou je wraak kunnen willen..."

"Ja." Ik sla mezelf dat ik zelfs maar aan die verdomde kortingsbon heb gedacht. "Aan de andere kant ben ik met hem naar bed geweest. Wat voor soort wraak is dat?"

"Blijf luisteren," zegt ze. "Misschien vind je het volgende stukje leuk."

Is dat zo?

Ze speelt hem weer af.

"Nou," zegt Ashildr. "We moeten weten hoe we verder moeten. Meneer Samson had het erover om de autoriteiten erbij te halen en —"

"Nee!" zegt Gunther heftig.

Oké. Dus hij wilde niet dat ik weer problemen kreeg met de politie. Dat is fijn.

"Ik had al het vermoeden dat u zich zo zou voelen en heb tegen hem gezegd om niets te doen zonder u te raadplegen," vervolgt Ashildr.

"Je hebt het goed gedaan," zegt Gunther. "Zeg hem te vergeten dat het gebeurd is. Ik neem het vanaf hier over."

"Begrepen," zegt Ashildr plechtig.

"Bedankt dat je dit onder mijn aandacht hebt gebracht. Doe rustig aan."

Ik kijk naar het scherm tot ik Blue's gezicht weer zie. Zachtjes zegt ze, "Zelfs na vernietigend bewijs gaf hij je nog steeds het voordeel van de twijfel."

Ik schud mijn hoofd. "Hij beschuldigde me. Dit alles toont aan dat hij het volste recht had om dat te doen."

"Maar heeft hij je *echt* beschuldigd?"

Blue typt op haar toetsenbord en even later hoor ik mijn laatste gesprek met Gunther.

"Is alles goed?" vraagt de ik van zaterdagmorgen. Na een tel voegt ze eraan toe, "Serieus, Gunther, wat is er gebeurd?"

"Alles is in orde," zegt hij.

"Iets is dat duidelijk niet. Wat zei Ashildr?"

Er is een moment stilte voordat Gunther vraagt, "Waarom ben je zo bezorgd?"

Shit. Het is alsof ik probeerde schuldig te klinken.

"Zou ik niet geïnteresseerd moeten zijn in iets dat met jou te maken heeft? Of betekenen we al niks meer voor elkaar?"

"Prima." Er is het geluid van een bord dat wordt weggeduwd. "Ashildr vertelde me dat de kortingsbonnen zijn verdwenen."

Huh. Hij is niet eens over het Buzz Beerin-gedeelte begonnen.

"Welke kortingsbonnen?" vraagt mijn ik in het verleden, en zij/ik klinkt defensief.

"De grote collectie," zegt hij. "Beneden in de kelder."

"Denk je dat ik iets te maken had met het verdwijnen van die kortingsbonnen?" Op dit punt is de verdedigende houding door het dak.

"Is het zo?" Tot mijn verbazing klinkt hij op de opname niet beschuldigend. Meer verward.

"Ik kan dit verdomme niet geloven," is het antwoord van mijn zaterdagzelf, en voordat ik de rest ervan opnieuw kan beleven, stopt Blue de opname.

Ik slik en voel me weer ziek. "Dus... er is een kans dat ik overdreven heb gereageerd."

"Denk je?" vraagt Blue met een oogrol. "En hij probeert te praten — en je voicemail in te spreken."

"Shit." Ik bijt op mijn lip. "Ik moet dit oplossen."

"Ja, dat moet je," zegt Blue. "En dit zou het gemakkelijker moeten maken."

Het scherm verandert en ik kijk weer naar mijn kantoor, maar deze keer is hij leeg.

"Het is vrijdag," legt Blue uit. "Jij en Gunther zijn zoals altijd in de sportschool."

"Oh."

"Kijk daar." Ze zweeft met de cursor over iets bij mijn toetsenbord.

Ik knijp met mijn ogen. "Dat is mijn identiteitskaart. Ik moet hem op mijn bureau hebben laten liggen."

"Yep. Blijf kijken."

Ik wacht een minuut die eeuwig lijkt te duren voordat alles op zijn plek valt — omdat Tiffany op het scherm verschijnt.

"Waag het niet," mompel ik terwijl ze hevig om zich heen kijkt voordat ze mijn ID pakt en uit mijn kantoor verdwijnt.

Blue's gezicht is terug. "Begrijp je het nu?"

"Zij was het," zeg ik dom. "Ik had het waarschijnlijk moeten raden."

"Het is moeilijk om helder te denken als je van streek bent," zegt Blue zachtjes.

Ik schud mijn hoofd. "Heb ik je al verteld dat ik

erachter ben gekomen dat *zij* het was die me op de middelbare school had genaaid? En niet Gunther?"

"Nee, maar het verbaast me niet." De glimlach op Blue's gezicht is ondeugend als ze eraan toevoegt, "Je hoeft haar deze keer niet te steken. Ik heb haar al laten boeten."

"Echt waar?"

Mijn zus knikt. "Ze zal de volgende keer dat ze haar belasting indient door de belastingdienst worden gecontroleerd. Oh, en die belasting is misschien aan de lage kant, omdat Gunther de video die ik je net heb laten zien al heeft gezien. Ik heb hem naar hem toegestuurd zodra ik het had ontdekt en hij ontsloeg haar onmiddellijk."

Dus dit bedoelde ze toen ze zei dat dit makkelijker zou zijn dan ik dacht. Gunther weet al dat ik de kortingsbonnen niet heb gestolen.

Het probleem is dat ik niet zeker weet of het zal helpen. Ik ben nog steeds verantwoordelijk voor het Buzz Beerin-fiasco. Bovendien had hij me niet echt beschuldigd, maar ik had me toch als een trut naar hem gedragen.

Als ik hem was, zou ik het moeilijk vinden om me te vergeven.

Ik spring overeind. "Ik was een idioot."

"Zo ver zou ik niet willen gaan," zegt Blue.

"Ik heb mijn eigen problemen laten invullen wat er is gebeurd."

"Dat heb je wel gedaan."

"Ik moet gaan."

Blue zwaait. "Succes."

Ik bel voor een auto en kleed me verwoed op een manier die hopelijk een man meer geneigd maakt om me te vergeven, met veel decolleté en been.

Ik geef de chauffeur een enorme fooi om me daar snel te krijgen — zonder een kortingsbon of iets anders, wat voor mij een ondenkbare verwennerij is.

Terwijl de auto door de straten vliegt, bel ik Gunther.

Geen antwoord.

Dat voorspelt niet veel goeds.

Ik luister willekeurig naar een van zijn eerdere berichten.

"Hé Honey. Ik wil je heel graag spreken. Het lijkt erop dat je telefoon is uitgeschakeld. Als je dit hoort, neem dan contact met me op."

Fuck.

Daarna volgen er nog veel meer voicemails. Ik kies een van de meest recente.

"Ik wou echt dat ik met jou kon praten, en niet met je voicemail," zegt hij. "Ik denk dat het echt voorbij is." Klik.

Nee. Niets is voorbij. Niet als ik het kan helpen — zelfs als het betekent dat ik moet kruipen.

Ik bel nog een keer.

Nee.

Ik stuur een bericht.

Geen antwoord.

Niet goed. Aan de andere kant, wat ik te zeggen

heb, is toch meer een gesprek om persoonlijk te hebben.

De auto komt tot stilstand en ik haast me naar het hoofdkantoor van Munch & Crunch.

"Hoi," zeg ik tegen de bewaker. "Ik ben mijn legitimatiebewijs kwijt, maar —"

"Juffrouw Hyman?" De bewaker reikt naar iets in zijn bureau.

Terwijl ik knik, hoop ik dat hij geen pistool of taser tevoorschijn haalt.

Hij geeft me met een glimlach mijn ID. "Het lijkt erop dat hij is gevonden."

"Bedankt."

Ik pak hem aan, ren naar de lift en ga ermee naar de executive verdieping. Zodra de deuren opengaan, ren ik naar Gunthers kantoor — maar hij is er niet.

Ik kijk hoe laat het is.

Ah. Hij is vast aan het lunchen.

Ik haast me naar de cafetaria en tegen de tijd dat ik aan onze gebruikelijke tafel kom, hijg ik als een windhond na een race.

De tafel is leeg.

Wat voor de duivel?

Ik haast me terug naar onze verdieping en storm zonder pardon het kantoor van Ashildr binnen.

"Waar is hij?" eis ik.

Ashildr knippert naar me. "Hallo. We dachten dat je vrij had genomen."

"Ik ben niet schuldig," flap ik eruit. "Ik moet daar

met Gunther over praten. Dus ik vraag het nog een keer, waar is hij?"

Ashildr lijkt klaar te zijn om ervandoor te gaan en kijkt naar de ingang van zijn kantoor. "Het is het begin van de maand."

"Moet dat iets verklaren?" Ik positioneer mijn lichaam op zo'n manier dat Ashildr niet in staat zal zijn om zonder een tackle langs me heen te komen.

"Hij heeft veel ijzer," mompelt Ashildr. "Dus —"

Al het bloed trekt uit mijn gezicht weg. Oh God, *bloed*. Ik herinner me dat Gunther me hierover had verteld. Hij laat een maandelijkse bloedafname doen.

"Wanneer komt hij terug?" vraag ik zwakjes. Ik voel me al duizelig als ik denk aan wat er gebeurt.

Ashildr haalt zijn schouders op. "Hij is net vertrokken. Hij zei ook dat hij misschien niet terug zou komen naar kantoor."

Mijn huid is klam en ik voel me zwak, dus het is een enorme verrassing voor me als mijn mond de volgende woorden vormt, "Waar is het lab?"

"Het is een bloedbank."

Wat een vreselijke combinatie van woorden. Waar komen ze straks mee — martelsupermarkt? Verrotte wasserette?

"Heb je het adres?" lukt me om te vragen.

Ashildr geeft het aan me en ik strompel het gebouw uit. Zodra ik de straat bereik, ga ik rechtsaf naar codenaam "gewoon een bank", en denk er niet over na wat ik ga doen als ik daar aankom.

"Je bent op je bestemming aangekomen," informeert mijn gps me.

Geweldig. En nu? Misschien kan ik buiten wachten om Gunther te onderscheppen als hij weggaat.

Nee. Ik moet *nu* met hem praten. Als in, ik zal het moeten trotseren.

Het probleem is, hoewel ik heb besloten om naar binnen te gaan, blijven mijn voeten waar ze zijn.

Ik moet naar binnen.

Mijn voeten voelen aan alsof ze aan de grond vast gelast zitten.

Er loopt een oudere man door de deur van de bank naar binnen — en hij houdt hem voor me open.

Fuck.

Ik haast me naar binnen voordat ik van gedachten kan veranderen.

Tot mijn verbazing word ik niet meteen met bloedzakken en andere afschuwelijkheid geconfronteerd.

Wat een opluchting.

Ik loop naar de persoon achter de receptie. "Ik ben hier voor mijn vriend."

Is haar glimlach macaber?

"Hoe heet hij, honnepon?" vraagt ze.

Is dit een goed moment om te vermelden hoe erg ik het haat om *honnepon* genoemd te worden?

"Gunther Ferguson," antwoord ik. "Hij is hier een vaste klant."

Ze bekijkt me een keer een keer van top tot teen dat

lijkt te zeggen, *Ja, ik ken de knapperd in kwestie, jij gelukkige teef.*

"Kamer 103," zegt ze. "Ik zal je naar binnen bellen."

Met het gevoel alsof ik een van die te dom om te leven heldinnen in een horrorfilm ben, loop ik door de deur die naar het spookachtige innerlijke heiligdom van de bloedbank leidt. Ik bedoel, gewone bank.

Oké. Ik ben in een gang en er is niets engs te zien.

Ik dwing mezelf om een stap te zetten. Dan nog een. Tot mijn opluchting is de eerste deur die ik passeer niet doorzichtig. De tweede ook niet.

Geweldig. Nu de gruweldaden verborgen zijn, zou ik het misschien kunnen halen.

Ik loop voorzichtig tot ik kamer 103 bereik en klop.

"Ja?" antwoordt iemand.

"Gunther, ben jij dat?" Ik controleer het nog eens, ook al klinkt het als hem.

"Honey?" roept hij verbaasd.

Zonder te antwoorden, open ik de deur — dat is wanneer de aanblik van Gunther tegen mijn netvlies slaat: een katheter in zijn arm en een zak vol bloed aan de andere kant.

Zodra het visuele centrum van mijn hersenen het verontrustende beeld verwerkt, sluit de rest van mij zich af.

———

Ik kom met een zucht bij, en een sterke stank van urine en wodka molesteert mijn neusgaten.

Een vrouw in een labjas hangt boven me, en Gunther zit naast haar.

Fuck. Ik ben weer flauwgevallen en werd getrakteerd op de wonderen van vlugzout, dat ethanol en ammoniak bevat, alias het soort stank dat mijn zus Lemon zou hebben gedood.

"Gaat het?" vraagt Gunther bezorgd.

Ik onderzoek mezelf. "Er lijkt niets gebroken of zelfs gekneusd te zijn." Behalve misschien mijn trots. Oh, en mijn hart voelt iets slechter — maar dat dat dateert van vóór het flauwvallen.

Gunther ademt opgelucht uit. "Je gleed langs de deur naar beneden toen je neer ging, maar ik was nog steeds erg bezorgd."

Er ontwaakt een bijenkorf in mijn buik. Hij maakte zich zorgen om me, ook al ben ik nog niet eens begonnen met mezelf uit te leggen.

Ik wend me tot de vrouw in de jas. "Mogen we alsjeblieft wat privacy hebben?"

Ze knikt samenzweerderig en zegt dat ze buiten zal zijn als we haar nodig hebben en vertrekt.

Ik scan mijn omgeving. Er is niets engs te zien. Ik werp een blik op de kromming van Gunthers arm. De mouw van zijn werkshirt verbergt de plek waar hij waarschijnlijk een pleister heeft zitten. Ik adem opgelucht uit.

"Nou," zegt Gunther. "Kun je me uitleggen waarom jij met je specifieke aandoening een bloedbank binnen zou lopen? Dat zou hetzelfde zijn als dat ik naar een pindakaasfabriek zou gaan."

Ik bijt op mijn lip terwijl ik naar hem opkijk. "Ik moest zo snel mogelijk met je praten."

Hij zucht. "Soms kan de grens tussen dwaas en dapper wazig worden."

Ik zwaai mijn benen van het bed. "Ik wil de volledige verantwoordelijkheid nemen voor die Buzz Beerin-korting. Ik heb het niet met kwade bedoelingen gemaakt, dat beloof ik. Het was een vergissing. Ik had eerst overwogen om het als een grap te maken, maar toen realiseerde ik me dat het een stom idee was — alleen had ik zonder het te beseffen per ongeluk op de verkeerde knop gedrukt."

Hij zit naast me en pakt mijn hand. "Het is helemaal goed. Meer dan goed. Een van de mensen die de kortingsbon heeft gebruikt, is een grote influencer op TikTok en die had met enorme lof een video geplaatst. Vanaf vanmorgen is Buzz Beerin overal uitverkocht tegen de normale prijs — en ik overweeg om het merk te franchisen."

"Wauw." Ik heb slechts gedeeltelijk verwerkt wat hij heeft gezegd. Zijn nabijheid en mijn hand in de zijne maken pap van mijn hersenen — en net zijn flauwgevallen helpt ook niet. "En je weet al dat ik niet achter de fysieke diefstal van de kortingsbonnen zat."

Hij knikt. "Het spijt me als het klonk alsof ik je in de suite beschuldigde. De dingen klopten niet en ik was even in de war. Zodra ik de kans kreeg om erover na te denken, was ik er zeker van dat het een misverstand was. Ik ken je nu goed genoeg om er zeker van te zijn dat je zoiets niet zou doen."

Mijn hart begint op de afdeling van papperigheid overeen te komen met mijn hersenen. "Dus... het is goed tussen ons?"

Hij knijpt in mijn hand. "Zeg jij het maar."

"Voor mij is het goed. Ik ben in ieder geval *niet* van streek dat je me beschuldigde — omdat je dat niet deed, en omdat ik er schuldig uitzag."

Hij fronst. "Is er ergens een 'maar'? Ben je om een andere reden boos?"

"Niet echt boos." Tijd om die grens tussen dwaas en dapper weer te vervagen. "Ik weet dat je toegaf dat ik gelijk had over dat wachten dat we moesten doorstaan voordat we met elkaar naar bed gingen — maar het was klote dat je in staat was om me te weerstaan."

Hij krimpt ineen. "Mijn excuses daarvoor. De waarheid is dat ik je zelfs op de middelbare school altijd heb opgemerkt."

Ik staar hem aan. "Is dat zo?"

Hij knikt weer en zijn ogen glinsteren.

"Ik heb jou ook opgemerkt." Ik, samen met de rest van mijn vrouwelijke klasgenoten — en een aantal mannelijke, en leraren, en cafetariadames, en waarschijnlijk een aantal stoutere leden van de ouderraad.

"Dat wist ik niet," zegt hij.

"Nu wel, maar blijf alsjeblieft praten."

"Juist. Toen we elkaar als volwassenen weer ontmoetten, had ik het gevoel dat ik te hard voor je viel, en te snel. Onze nacht samen betekende alles voor me, maar ik wist niet zeker of het niet gewoon een dronken avontuur voor je was. Zelfs toen we het over echt daten hadden, kon ik niet zeggen of we in hetzelfde schuitje zaten, en ik gebruikte het HR-formulier als een excuus om je bij te laten komen. Ik zie nu dat het een vergissing was om dat te doen — en zoals ik al heb herhaald, *had je gelijk*."

Zijn bekentenis heeft me sprakeloos gemaakt, zozeer zelfs dat hij bezorgd begint te kijken — wat de reden moet zijn waarom ik eruit flap, "Ik ben niet alleen voor je gevallen. Ik hou van je."

Yep. Ik zit nu duidelijk in het domme eind van de dappere schaal. Mijn hart bonst terwijl ik op zijn antwoord wacht. Zodra de woorden mijn mond verlieten, voelde ik de waarheid ervan. *Ik hou van Gunther.* Ik hou echt, echt van hem. Dat is waarom het zoveel pijn deed toen ik dacht dat het voorbij was en waarom ik nu in dit soort angstaanjagende bank zit. Maar voelt hij hetzelfde? Houdt hij —

Hij pakt mijn gezicht in zijn handen. "Ik hou ook van jou. Ik was moed aan het verzamelen om het je te vertellen, maar zoals gewoonlijk was jij er als eerste."

"Hou je van me?" Ik voel me zweverig en licht, alsof ik weer flauw zou kunnen vallen.

"Ik hou van je." Zijn ogen glanzen als gepolijste smaragden onder een felle zon. "Ik hou van de manier waarop je ruziemaakt en de manier waarop je de liefde bedrijft. Ik hou van onze lunches en onze trainingen. Ik hou zelfs van je streken — hoewel ik blij ben dat we daar voorbij zijn. Ik hou van je lippen, je haar, al je piercings, elke centimeter van je tatoeages. Oh, fuck, ik hou van die tatoeages. Honey..." Hij leunt naar voren. "Laten we een *Gunther vs. Honey*-film maken."

Ik bevochtig mijn lippen, de duizeligheid transformeert in een gloeiend soort vreugde. "Met een soundtrack van de Ramones of Kenny G?"

"Allebei," mompelt hij en hij drukt zijn lippen tegen de mijne in een kus om elk nummer te evenaren.

GUNTHER

IK WIEG HET KITTEN IN MIJN ARMEN TERWIJL WE OP MIJN bank in de woonkamer zitten. Hij is zo zacht en schattig dat hij iets overbeschermends oproept in mij en ik kan niet geloven dat ik op het punt sta om hem het grootste gevaar van zijn korte leven onder ogen te laten zien.

Ik aai hem en hij spint, waardoor mijn hart nog veel meer smelt.

Er vormt zich een gekke glimlach om mijn lippen. Toen Honey deze pluizenbol een paar weken geleden voor het eerst naar me toe bracht, was het liefde op het eerste gezicht — van mijn kant in ieder geval, hoewel ik graag denk dat hij op zijn eigen katachtige manier hetzelfde voelt, vooral tijdens het spelen en aaien.

Ik heb die dag ook een waardevolle les geleerd. Hoe leuk bijen ook zijn, ze kunnen het niet van katten winnen.

"Moeten we het hele ding afblazen?" vraag ik aan het spinnende schepsel.

Hij kijkt me met zijn slaperige ogen aan.

Als Honey hier was, dan zou ze zijn uitdrukking waarschijnlijk vertalen naar zoiets als:

Domme papa, waar miauw je over? Jij was het die tegen de bijenkorf had geschopt.

"Waar," zeg ik zachtjes. "Ik ben degene die Honey heeft gevraagd om bij me in te trekken, wat betekende dat je je vader zou ontmoeten."

En ik hoop dat deze ontmoeting geen Luke Skywalker-achtige vader-zoonreünie zal zijn, waarbij iemand een poot verliest. Oeps, spoiler alert.

"Ik moest het doen." Ik krab onder zijn kin. "Ze versloeg me bij elke stap in onze relatie, dus ik moest de eerste zijn als het om 'laten we samenwonen' ging."

Het spinnen intensiveert.

Ik herhaal: domme papa.

Ja. Honey zei dat ze me haar antwoord zou geven als we hadden gezien hoe de twee katten op elkaar reageren — dus veel hangt af van wat er gaat komen.

Tot nu toe hebben we ze aan elkaars spullen laten ruiken.

Ik hoor de deur opengaan.

"Dat moet ze zijn," zeg ik tegen de kitten terwijl ik opsta en hem naar de slaapkamer breng.

Als ik terugkom, is Honey daar, met een kattenmand in haar handen. "Klaar?"

Zoals gewoonlijk beneemt het zien van Honey me de adem en beweegt mijn pik zich, of zoals zij ernaar verwijst, meneer Zuig en Lik. Deze reactie gaat helemaal terug naar de middelbare school, hoewel er recentelijk een meer euforische kwaliteit aan is gegeven — een duizelingwekkende opwinding die teruggrijpt naar de kindertijd, in plaats van mijn tienertijd. Bij haar zijn is alsof je voor het eerst chocolade proeft — of de stof waarmee ze haar naam deelt.

"Heb je de Feliway-diffuser aangesloten?" vraagt ze.

Ik wijs naar de muur.

"Oké, dat zou moeten helpen."

Ik hoop het. Dat ding is zogenaamd kalmerend voor katten.

"Oké." Ze laat Bunny eruit. "Laat hem acclimatiseren."

We kijken met een grijns op onze gezichten toe omdat haar kat binnen een paar seconden doet alsof hij de eigenaar is van het huis.

"Klaar voor de volgende stap?" vraagt ze.

Ik antwoord bevestigend en we gaan naar onze checklist van "hoe katten aan elkaar te introduceren".

"Hier gaat ie," zeg ik, terwijl ik het kleintje naast Bunny op het tapijt zet.

Honey en ik houden onze adem in, klaar om in te grijpen.

Zonder een seconde te aarzelen geeft Bunny zijn zoon een likje.

"Hij kan hem maar beter niet aan het proeven zijn," zeg ik, slechts half grappend.

Nog een lik.

"Wauw," zegt Honey. "Ik denk dat hij op het punt staat om hem te knuffelen."

Het is waar — en ik zou het niet geloven als ik het niet met mijn eigen twee ogen had gezien. Het is onbegrijpelijk, maar Bunny gedraagt zich als een liefhebbende vader, en de zoon geniet van elke seconde.

"Denk je dat Bunny weet dat dit zijn vlees en bloed is?" vraag ik met een glimlach op mijn lippen.

Honeys prachtige schouders bewegen op en neer. "Ik zal het aan Pearl moeten vragen. Ze wilde een kattenfokker worden voordat ze zich op kaas vestigde."

Mijn glimlach wordt breder. "Iedereen weet dat katten en kaas uitwisselbaar zijn."

"Echt hé?" De heerlijke lippen van Honey komen bij de randen omhoog. "Kaas is beroemd omdat het muizen weghoudt. En het is superleuk om te aaien."

"Kaas is net zo onafhankelijk als katten," zeg ik. "Stil ook. Schoon."

Ze laat me op mijn favoriete manier mijn mond houden — met een kus.

Ze smaakt naar aardbeien, wat ik haar heb verteld, maar ook naar klaverhoning. Dat laatste is een opmerking die ik voor mezelf houd.

Als ze zich terugtrekt, vraag ik, "Klaar om operatie Bunny een succes te noemen?"

Ze laat de stud in haar tong over haar voortanden glijden — een trekje dat een vergelijkbaar effect op me heeft als een overdosis Viagra. "Wil je me eindelijk de naam van de kitten vertellen?"

Geweldig. Chantage. Om welke reden dan ook, vindt ze dat ik er slecht in ben om dingen een naam te geven en pest ze me er ook mee. Ze heeft me mijn eerdere idee voor de naam "Bee" op die gronden uit het hoofd gepraat. Ze bespotte ook de naam die ik voor haar adviesbureau had voorgesteld. Ik denk nog steeds dat Bunches of Coupons slim is, zoals in de cornflakes Honey Bunches of Oats. Ik denk ook niet dat er iets mis is met mijn merknaam, Buzz Beerin.

"Kom op," zegt ze, haar glimlach even ondeugend als onweerstaanbaar. "Zeg het gewoon. Tenzij je er geen hebt?"

"Wat vind je van Bunny Junior?"

Ze grinnikt en zelfs *dat* is sexy. "Als in BJ in het kort?"

De vermelding van BJ voert mijn reeds opgewonden libido op. "We kunnen hem Junior noemen."

"Wat dacht je van Peanut?" Ze kijkt met een grijns naar de katten. "Het heeft een soortgelijk verkleinend gevoel, maar zonder hem als een rechtmatige etter te laten klinken."

"Te lang," zeg ik. "Wat dacht je van Pea?"

"Te urineachtig."

Ik zucht. "Wat dacht je van Pean?"

Haar ogen worden groot. "Zei je peen?"

"Pean met een a," antwoord ik. "Het is een soort bont, en hij heeft bont."

"Nog steeds te fallisch," zegt ze. "En het klinkt ook

als 'peon' — als ondergeschikte werker, geen golden shower."

Weet je wat? Twee kunnen dit spel spelen. "Heb je besloten of misschien-Peanut je zoon of kleinzoon is?"

"Kleinzoon," zegt ze zonder aarzeling. "Dat is precies hoe erfelijkheid werkt."

"Dus... mijn zoon is jouw kleinzoon?" Ik hurk om Peanut te aaien en doe dan aarzelend hetzelfde bij Bunny om ervoor te zorgen dat hij niet jaloers is. "Wat Jerry Springerachtig."

Ze grinnikt terwijl Bunny op onverklaarbare wijze spint. "Dat is niks. Als we trouwen, dan ben ik zijn oma en stiefmoeder."

Als? Ondanks haar beweringen dat mijn pokerface waardeloos is, doe ik mijn best om niets te laten zien. De waarheid is dat ik van plan ben om met haar te trouwen, maar ik weet dat ze mijn aanzoek niet zal overwegen totdat we een tijdje samen hebben gewoond. Daarom ben ik blij dat Operatie Bunny succesvol is geweest.

Wat dat betreft... "Wanneer gaan we je spullen halen?"

Haar groene ogen krijgen die glans van een gladde deal. "Ik heb een verrassing." Ze leidt me naar de voordeur en doet hem met een "Ta-da!" open.

Mijn — of ik moet zeggen "onze" — veranda aan de voorkant is bezaaid met koffers.

"Laat me raden." Ik leg mijn hand op haar onderrug, precies tussen de twee kuiltjes die me gek maken. "De rit kostte hetzelfde met of zonder de bagage, dus je hebt alles meegenomen voor het geval alles soepel verliep met de katten."

Ze geeft me een zoete kus die onmiddellijk een monstererectie genereert. "Hoe komt het dat je me al zo goed kent?" zegt ze als ik probeer om discreet mijn broek aan te passen.

Ik probeer de erectie te negeren en help haar om alle koffers naar binnen te krijgen. Ondertussen gedragen de katten zich samen nog knuffeliger, zelfs nadat misschien-Peanut speels naar het gezicht van zijn vader klauwt.

"Ik heb ook een verrassing voor jou," zeg ik wanneer de tassen van Honey zijn afgehandeld.

Ze kijkt naar mijn kruis. "Ga verder."

Met een grijns rol ik mijn mouw op en laat haar mijn allereerste tatoeage zien — eentje die ik stiekem heb genomen.

Ze fronst. "Een sigaret?"

"Nee." Ik vang haar blik. "Ik zal je een hint geven. Het is een eerbetoon."

Ze knippert verward naar me. "Een eerbetoon aan longkanker?"

"Het is geen sigaret. Het is een cannabisjoint."

Het knipperen stopt en haar ogen worden kleiner. "Wilde je een tijd herdenken waarin je heel, heel high was?"

"Het is als een pot van wiet," leg ik uit. "Als in, *honingpot*." Ik kijk naar de rits van haar spijkerbroek, waarachter het lekkerste ding in het universum zit.

En... Ik ben weer hard. Of harder.

Ze kreunt zo hard dat de katten opkijken. "Als we nageslacht krijgen, dan mag jij het resulterende schepsel geen naam geven, noch ideeën geven voor tatoeages."

Wat zij niet weet, is dat vragen of ze een gezin wil stichten, ook op de lijst met items staat die ik haar als eerste wil vragen — waarschijnlijk tijdens de eerste dans op onze bruiloft.

Ik weet niet zeker of ze op iets reageert dat op mijn gezicht wordt weerspiegeld, of dat ze mijn blunder van een tatoeage leuker vindt dan ze laat merken, maar ze bijt op die unieke manier op haar lip die ik onweerstaanbaar vind. "Wat dacht je van een fatsoenlijk eerbetoon?"

Eindelijk. Beestmodus is ontketend.

Ik neem haar in mijn armen, draag haar naar mijn bed, trek haar kleren uit en spreid haar benen zodat het doelwit van mijn eerbetoon er voor me is om te bewonderen.

De piercing in haar clitoris glinstert in het licht.

Ik kus hem, en aanbid hem met alles wat ik in me heb. De kou van het metaal contrasteert met de zachte, vinyl-achtige warmte eromheen, waardoor mijn honger toeneemt.

Haar grijpende handen gaan door mijn haar. Ik knabbel rond de metalen stud, haar gekreun mijn beloning.

Het duurt niet lang voor ze met een kreet klaarkomt — en de weelderige smaak van haar maakt mijn ballen strak, waardoor mijn pik bijna barst.

"Klaar?" vraag ik hees terwijl ik mezelf boven haar plaats.

Ze knikt.

Ik ga bij haar naar binnen — en zoals altijd is het alsof ik na een reis van een jaar thuiskom.

Elk instinct in mijn lichaam vereist dat ik hard en snel in haar stoot, maar ik beheers mijn lust en beweeg langzaam, hartstochtelijk, liefhebbend met haar. Haar claimend. Ik laat haar met mijn lichaam alle mooie dingen zien die ik voor haar in petto heb. En zorg ervoor —

Met een kreun komt ze weer, waardoor het voorwerp van mijn hulde om me heen knijpt.

Terwijl ik over het randje ga, verdwijnt de wereld, waardoor alleen wij tweeën overblijven, ons samenvoegend tot een perfect wezen gemaakt van liefde en extase.

Het duurt een tijdje voordat ik terug ben op aarde, maar uiteindelijk vertraagt mijn ademhaling genoeg om te kunnen spreken. Ik neem haar in mijn omhelzing, houd haar vast en zeg zachtjes, "Welkom in ons huis."

En terwijl ze tevreden zucht, eis ik haar lippen op in een andere kus.

Voorproefjes

Bedankt voor je deelname aan de reis van Honey en Gunther! Om ervoor te zorgen dat je nooit een release mist, meld je dan aan voor de nieuwsbrief op www.mishabell.com/nl.

Als je op zoek bent naar meer Misha Bell, sla dan de pagina om, om sneakpreviews van onze andere lachwekkende boeken te lezen!

Fragment uit Chagrijnige miljonair

Juno

Als ik te laat ben voor een sollicitatiegesprek en vast kom te zitten in een lift met een irritant sexy, door het oude Rome geobsedeerde chagrijn, dan is het laatste wat ik verwacht dat hij de miljardair-eigenaar van het gebouw is. Ik verwacht ook niet dat ik hem bijna zal doden... per ongeluk, natuurlijk.

Natuurlijk krijg ik niet de functie voor plantenverzorging waar ik op heb gesolliciteerd, maar ik krijg wel een interessant aanbod.

Lucius moet het publiek (en zijn oma) laten denken dat hij een relatie heeft, en ik heb collegegeld nodig om mijn diploma plantenkunde te halen. Onze regeling is voor allebei voordelig - dat wil zeggen, totdat ik gevoelens begin te krijgen.

Als een cactusliefhebber zijn me iets heeft geleerd, dan is het dat als je te gehecht raakt, er een goede kans is dat je gekwetst raakt.

Lucius

Na het incident in de lift, blijf ik blijf met drie dingen achter: mijn favoriete waterfles vol urine, een levensbedreigende allergische reactie en paparazzi-foto's van mijn "vriendin" en ik die mijn oma de gelukkigste vrouw ter wereld kan maken.

Natuurlijk is mijn volgende stap dit (toegegeven schattige) meisje te chanteren - ik bedoel, te overtuigen - om te doen alsof ze met me date. Op die manier blijft mijn oma gelukkig en als bonus kan ik de geldwolven op afstand houden.

Helaas begint mijn aartsvijand, ook wel biologie genoemd te werken, en het hele "niet fysiek worden" deel van onze overeenkomst wordt steeds moeilijker om me aan te houden. Erger nog, hoe langer ik bij Juno ben, hoe meer mijn delicaat vervaardigde ijzige buitenkant wegsmelt.

Als ik niet voorzichtig ben, zal Juno mijn muren volledig afbreken.

"Noem je me dom?" snauw ik. Iedereen kan problemen met deze verdomde knoppen hebben, niet alleen iemand met dyslexie.

Hij kijkt naar de knopen. "Je bent dom als je dom doet."

Ik knars hard met mijn tanden. "Je bent een klootzak. En je hebt iets te vaak naar *Forrest Gump* gekeken."

Zijn lippen versmallen zich. "Die film was niet de oorsprong van dat gezegde. Het komt uit het Latijn: *Stultus est sicut stultus facit.*"

Ik rol met mijn ogen. "Wat voor pretentieuze *dwaas* citeert er nou Latijn?"

Het staal in zijn ogen is zo koud dat ik wed dat mijn tong vast zou komen te zitten als ik zou proberen om aan zijn oogbal te likken. "Ik weet het niet. Misschien de 'idioot' die toevallig alles wat met Rome te maken heeft leuk vindt, inclusief hun cijfers."

Mijn mond valt open. "Heb jij deze beslissing genomen?" Ik zwaai naar de liftknoppen.

Hij knikt.

Shit. Hij heeft me waarschijnlijk daarnet gehoord, wat betekent dat ik met beledigingen ben begonnen. Ter verdediging, hij heeft een idiote keuze gemaakt.

Ik adem gefrustreerd uit. "Als je zo'n expert bent in Romeinse cijfers, dan had je me wel even kunnen vertellen op welke ik moest drukken."

Hij slaat zijn armen over elkaar. "Je hebt het me niet gevraagd."

Mijn haar gaat weer overeind staan. "Het aan jou

vragen? Je zag eruit alsof je misschien mijn hoofd eraf zou bijten, alleen maar omdat ik besta."

"Dat komt omdat je me hebt vertraagd —"

De lift komt schokkend tot stilstand, en de lichten om ons heen dimmen.

We staren allebei naar de deuren.

Ze blijven dicht.

Hij draait zich naar me toe en vernauwt beschuldigend zijn ogen naar me. "Wat heb je nu weer ingedrukt?"

"Ik? Hoe? Ik stond naar jou toe gedraaid. Helaas."

Hoofdschuddend loopt hij naar het paneel met de knoppen, en ik moet wegspringen voordat ik vertrapt word.

"Je hebt waarschijnlijk eerder op iets gedrukt," moppert hij. "Waarom zouden we anders vastzitten?"

Waarom is het illegaal om mensen te wurgen? Een paar seconden met mijn handen op zijn keel zou een kalmerende oefening zijn.

In plaats daarvan staar ik naar zijn rug, wat mijn zicht blokkeert op wat hij doet, als hij al iets doet. "De arme lift heeft waarschijnlijk net zelfmoord gepleegd vanwege zijn Romeinse cijfers. Het wist dat als iemand dingen als L en XL ziet, ze aan maten van T-shirts denken voor Neanderthalertypes zoals jij. En laat me maar niet over die XXX-knop beginnen, die een duidelijke verwijzing is naar porno. Het creëert een vijandige werkomge —"

"Zou je je mond kunnen houden zodat ik ons hieruit kan halen?" snauwt hij.

Zijn woorden brengen de realiteit van onze situatie onder de aandacht: er is al meer dan een minuut voorbij en de deuren zijn nog steeds gesloten.

Lieve saguaro, zit ik hier echt vast? Met deze kerel? Hoe zit het met mijn sollicitatiegesprek?

"Stilte, eindelijk," zegt hij tevreden en gaat opzij, zodat ik zie dat hij zijn vinger op de hulpknop drukt.

"Het is een wonder dat het niet in het Latijn is," kan ik niet helpen te zeggen. "Of in Klingon."

"Hallo?" zegt hij in de luidspreker onder de knop, zijn stem druipend van irritatie.

Geen antwoord, zelfs geen ruis.

"Is daar iemand?" Zijn ergernis stijgt duidelijk naar nieuwe hoogten. "Ik ben laat voor een belangrijke vergadering."

"En ik ben te laat voor een sollicitatiegesprek," val ik hem bij, voor het geval het er toe doet.

Hij pauzeert om een dikke wenkbrauw naar me op te trekken. "Een sollicitatiegesprek? Voor welke functie?"

Ik ga rechtop staan. "Ik weet zeker dat mensen zoals jij dit niet beseffen, maar de planten in dit gebouw zorgen niet voor zichzelf."

Wacht. Heb ik te veel gezegd? Zou hij mijn sollicitatiegesprek kunnen beïnvloeden, ervan uitgaande dat deze puinhoop met de lift het nog niet heeft gedaan? Wat doet hij hier eigenlijk, belachelijke liften ontwerpen? Dat kan toch geen fulltime baan zijn?

"Een boomknuffelaar," mompelt hij binnensmonds. "Dat past wel."

Wat een klootzak. Ik heb in mijn leven nog nooit een boom geknuffeld. Ik heb het te druk om met ze te praten.

Hij richt zijn fronsende aandacht weer op de hulpknop, hoewel ik nu denk dat het had moeten worden geëtiketteerd als 'geen hulp.'

"Hallo? Kun je me horen?" roept hij. "Geef nu antwoord, of je bent ontslagen."

Ik rol met mijn ogen. "Is het een goed idee om een lul te zijn tegen de persoon die ons kan redden?"

Hij blaast een hoorbare adem uit. "Het maakt niet uit. De knop moet defect zijn. Ze zouden me niet durven negeren."

Ik haal mijn vertrouwde telefoon tevoorschijn, een mooie en simpele Nokia 3310. "Ben je een beetje vol van jezelf?"

Hij staart ongelovig naar mijn handen. "Daarom zit de lift dus vast. Hij is door een tijdsprong gegaan en heeft ons naar 2008 getransporteerd."

Ik frons bij het gebrek aan ontvangst op mijn Nokia. "Deze versie is in 2017 uitgebracht."

"Hij ziet er nog steeds dommer uit dan een hersendode crashtestpop." Hij haalt vol trots een iPhone uit zijn zak. "*Dit* is hoe een telefoon eruit moet zien."

Ik gnuif. "Zo ziet constante afleiding eruit. Hoe dan ook, als je iNotSoSmartPhone zo geweldig is, had hij dan geen ontvangst moeten hebben?"

Hij kijkt naar zijn scherm, maar ik kan zien dat hij de waarheid al weet: zijn lieveling heeft ook geen ontvangst.

Toch kan ik het niet weerstaan. "Zie je wel? Je genie van een telefoon is net zo nutteloos. Het enige waar het goed voor is, is om mensen in social media-controlerende zombies te veranderen."

Hij verbergt het apparaat, als een beschermende ouder. "Ben je naast al je vertederende kwaliteiten ook nog eens een technofoob?"

Ik denk erover om mijn Nokia naar zijn hoofd te gooien, maar besluit dat het niet de moeite waard is om 65 dollar uit te geven om hem te vervangen. "Alleen omdat ik niet afgeleid wil worden, betekent niet dat ik een technofoob ben."

"Eerlijk gezegd is mijn telefoon geweldig in het blokkeren van afleidingen." Hij plaatst de koptelefoon terug over zijn oren. "Zie je?" Hij drukt op afspelen, en ik hoor de vage riffs van heavy metal.

"Zeer volwassen," zeg ik tegen hem.

"Sorry," zegt hij overdreven luid. "Ik hoor geen afleiding."

Prima. Whatever. Hij heeft tenminste een goede muzieksmaak. Mijn cactus en ik zijn grote fans van Metallica, dat is wat ik denk dat hij luistert.

Ik begin te ijsberen.

Ik zit vast en ik ben laat. Als deze liftstoring zich in de volgende minuut of twee niet vanzelf oplost, dan kan ik de nieuwe baan vrijwel vaarwel zeggen — en als gevolg daarvan mijn collegegeld. Geen collegegeld betekent geen diploma in plantkunde, wat de afgelopen jaren mijn droom is geweest.

Bij de sappen van saguaro, dit is echt slecht.

Ik kijk stiekem even naar het lekkere ding— ik bedoel, klootzak.

Wat zou hij over iemand met dyslexie zeggen die een diploma wil halen? Waarschijnlijk dat ik een universiteit nodig heb die kleurboeken gebruikt. In werkelijkheid zouden kleurboeken zelfs niet veel helpen — ik kan namelijk nooit binnen die stomme lijntjes blijven.

Ik zucht en kijk weg, steeds meer bezorgd. Mijn dromen terzijde, wat als de lift een tijdje blijft hangen?

Het meest directe probleem is mijn groeiende behoefte om te plassen, maar paradoxaal genoeg zal het vinden van vloeistoffen om te drinken een zorg op de langere termijn zijn.

Ik vraag me af... Als je genoeg dorst hebt, absorbeert je lichaam dan het water weer uit de blaas? En zou ik als MacGyver een filter kunnen maken met wat ik bij me heb om het water in mijn urine terug te winnen? Misschien door kattenhaar?

Ik ril, en slechts gedeeltelijk door de krankzinnige airco die me op de een of andere manier zelfs hierbinnen bereikt. Op korte termijn zou het zoveel beter zijn als het warm was in plaats van koud. Ik zou de vloeistoffen uitzweten en niet hoeven plassen, alhoewel ik eerder van de dorst zou sterven. Ik werp stiekem een jaloerse blik op de grote vreemdeling. Ik wed dat hij een blaas heeft zo groot als een zeppelin.

Hij heeft ook een roestvrijstalen fles die waarschijnlijk gevuld is met water dat hij waarschijnlijk niet zal delen.

Er is ook de kwestie van voedsel. Ik heb niets eetbaars bij me, behalve een blik kattenvoer... en, theoretisch gezien, de kat zelf.

Nee. Ik eet deze vreemdeling liever op dan die arme Atonic.

Alsof hij helderziend is, gromt de maag van de vreemdeling.

Shit. Aangezien deze man zo groot en gemeen is, zou hij waarschijnlijk de kat opeten. Daarna zou hij mij opeten... en niet op een leuke manier.

Ik ben zo de pineut.

———

Bezoek www.mishabell.com/nl/ om jouw exemplaar van *Chagrijnige miljonair* vandaag nog te bestellen!

Fragment uit Zesling and the city

Wat er in Vegas gebeurt blijft in Vegas. Of toch niet?

Oké, laat het me uitleggen. Ik heb in de kleedkamer van mijn verliefdheid ingebroken om aan zijn maillot te ruiken (niet op een perverse manier, ik zweer het!) en toen werd ik betrapt terwijl ik... je snapt het wel. Hij heeft me toen gechanteerd om met een nephuwelijk in te stemmen voor een verblijfsvergunning. Maar hé, ik klaag niet.

Voordat ik het wist, zaten we op een vlucht naar Vegas om onze vrienden en familie te laten denken dat we een gekke dronken nacht hebben gehad en, in een opwelling met elkaar zijn getrouwd. Het is alleen... dat dat precies is wat er is gebeurd. (Heel erg bedankt, wodka.)

Gezien het feit dat hij de meest begeerde balletdanser

in New York City is en ik een in de garage woonachtige geheime blogger en een grote zoetekauw ben, is het onmogelijk dat dit huwelijk ooit echt zou kunnen worden. Niet te vergeten mijn totaal gekke familie en mijn afkeer van elke geur die er bestaat, behalve de zijne.

Het enige waar ik op kan hopen is om niet verliefd op mijn man te worden. Dat zou niet zo moeilijk moeten zijn, toch?

———

Het ballet waar ik naar kijk is *het Zwanenmeer*, en de rol van mijn verliefdheid is die van prins Siegfried.

Verdomme. Ik ben jaloers op die kruisboog die hij vasthoudt. Gezien het feit dat het mijn doel is om deze man uit mijn systeem te krijgen, is hem in levenden lijve zien een stap in de verkeerde richting geweest.

Zijn spieren — vooral die van zijn krachtige benen — zouden een beeld van een Griekse god van afgunst aan het huilen kunnen maken. Zijn glanzende ogen zijn als pure gesmolten chocolade, en pure chocolade is ook waar zijn naar achter gekamde haar me aan doet denken. Zijn gezicht is engelachtig, met zulke scherpe jukbeenderen dat ze op de harde laag van Crème Brûlée lijken nadat je die met een lepel hebt gebroken. Maar dat verbleekt allemaal in vergelijking met de uitstulping in zijn broek — een kenmerk van zoveel van mijn masturbatiefantasieën dat ik zelfs de inhoud ervan Mr. Big heb genoemd.

Dus ja. Dit allemaal te zien is het tegenovergestelde van behulpzaam — en als ik het vibrerende slipje activeer dat ik momenteel draag, dan zal het alles nog veel erger maken.

Oorspronkelijk had ik het masturbatieslipje aangetrokken, omdat ik dacht dat dit mijn laatste kans was op een menage à moi met de Rus. Als het ruiken van zijn maillot werkt zoals de bedoeling is, dan zal ik mijn toevlucht tot een ander visueel hulpmiddel moeten nemen voor een bezoek aan de vleermuisgrot, *zoals Magic Mike, 300,* of *Sjakie en de chocoladefabriek.*

Maar ik zou niet egoïstisch moeten zijn. Dit avontuur zal voor een geweldige blogpost zorgen. Ik doe meestal niet stout in het openbaar, dus dit kan voor mijn volgers leerzaam zijn.

Ja. Ik zal het voor hen doen. Het zal mijn laatste hoera met de Rus zijn — wat nog veel interessanter zal zijn, omdat ik hem live zie.

Ik scan de netjes geklede mensen die om me heen zitten. De kust is veilig. Ze richten zich op het spektakel voor ons, zoals het hoort.

Ik haal de kleine afstandsbediening tevoorschijn die de vibratie activeert.

Laatste kans om van gedachten te veranderen.

Nee. De Rus laat me de perfectie zien die zijn kont is, met een grote bilspier die ik als kandijsuiker wil likken.

Ik druk op de knop 'aan' en grijns als mijn ondergoed begint te trillen.

Het is doe-het-zelftijd.

Zelfs bij de laagste snelheid is mijn clitoris onmiddellijk gezwollen, en ik mag hopen dat de elektrische componenten in dit technologische wonder waterdicht zijn. Al snel moet ik pijnlijk op mijn tong bijten om niet te gaan kreunen. Tsjaikovski's muziek is geniaal, maar *dat* zou het niet overstemmen.

Ik had geen idee dat het zo moeilijk zou zijn om stil te blijven. Het komt waarschijnlijk door de heetheid van de Rus in actie te zien.

Hijgend schakel ik het apparaat uit om mijn clitoris een kans te geven om af te koelen. Als ik hierbij betrapt word, dan zal ik naar buiten worden begeleid en voor het leven verbannen worden, omdat ik de perverseling ben die ik ben.

Als ik denk dat ik stil kan blijven, zet ik het ding weer aan.

Nee. Net op het moment dat de Rus een bijzonder overheerlijke *fouetté* uitvoert, is het verlangen om vocaal te zijn helemaal terug.

Fuck. Mij.

Degene die deze slipjes heeft ontworpen, zou een of andere prijs moeten winnen. Het doet met mijn lagere regionen wat het themalied van het Zwanenmeer met mijn oren doet, of de Rus met mijn ogen.

Een orgasme van kosmische proporties bouwt zich in me op, en me stilhouden vergt een inspanning waarvan ik weet dat ik het niet bezit, dus ik zet alles weer uit, deze keer voorgoed.

Fucker. Nu ben ik echt gefrustreerd en chagrijnig.

Om mijn frustratie nog iets meer te verdiepen, verschijnt de ballerina die prinses Odette speelt.

Kun je "onmogelijke standaard van schoonheid" zeggen? Van boven is ze doorzichtig en lijkt ze op iemand die in haar leven nog nooit een croissant heeft geproefd, maar haar benen zijn krachtig en lijken maar niet op te houden.

Ik weet het, ik weet het. Mijn jaloezie is zo groen als een St. Patricks Day-donut. Ter verdediging, haar karakter wordt verondersteld lief, nobel en onschuldig te zijn. Ze danst het deel echter met verleiding, zoals Odile, de kwaadaardige zwarte zwaan. Over de *zwarte zwaan* gesproken, het is maar al te gemakkelijk om je voor te stellen dat deze vrouw iemand met een glasscherf neerstak, zoals Natalie Portmans personage dat in de film deed.

Dat is het. Het is besloten. Voortaan zal deze ballerina in mijn gedachten de Zwarte Zwaan zijn.

Terwijl het ballet doorgaat, krimp ik elke keer ineen wanneer de Rus de Zwarte Zwaan aanraakt — wat vaak het geval is, vooral tijdens de *pas de deux*. Het wordt zelfs zo erg dat als prinses Odette aan haar trieste einde komt, ik het moeilijk vind om me in te leven.

Ik ben blij dat de show voorbij is. Live kijken was zeker een vergissing.

Tegen de menigte vechtend die weggaat, ga ik naar

het toilet, waar ik, volgens de instructies van Blue voor Operatie Brute Snuif, mijn toilethokje op slot doe en op een toilet klim om mijn voeten te verbergen. Haar instructies zijn ook de reden waarom ik volledig in het zwart ben — een nette broek geschikt voor de locatie, een shirt met knopen dat iets te strak zit (die ik een paar kilo geleden heb gekocht, nou en), en een paar ballerinaschoentjes die betere dagen hebben gezien, maar die de chicste schoenen zijn waar ik mee kan rennen.

Ik haal een oordopje tevoorschijn, steek het in mijn oor en bel Blue.

"Hé zus," zegt ze. "De menigte verspreidt zich op dit moment. Dus het is even wachten."

Terwijl ik wacht, brengt Blue me op de hoogte van alle sappige familieroddels, waardoor ik me afvraag hoe ze al deze informatie heeft verzameld. Ongetwijfeld met behulp van dezelfde snode methoden als Big Brother in de dystopische wereld van *1984*.

"De Letse Elvis heeft net het gebouw verlaten," zegt Blue uiteindelijk. "En ik heb de camera's op je pad uitgezet, zodat je de operatie kunt starten."

"Bedankt." Ik spring van het toilet af, maar mijn voet glijdt weg en ik knal met mijn hoofd tegen de deur.

Auw. Ik zie sterren, maar als urinoirvormige taarten.

Wat nog erger is, is dat ik een plons hoor.

Nee! Alsjeblieft niet.

Helaas dus wel.

Mijn telefoon zwemt in de toiletpot. Gatver.

"Hé," zegt Blue in de oordopjes door knetterende ruis heen. "Is alles i —"

De rest is een onbegrijpelijk gesis.

Mijn arme telefoon is dood.

Ik ga met mezelf in discussie of ik hem eruit moet vissen, hoe smerig dat ook zou zijn. Ik heb gehoord dat je deze apparaten in rijst kunt stoppen om ze te drogen, en dan kunnen ze zichzelf weer tot leven wekken. Uiteindelijk beslis ik ertegen. De telefoon is zo oud dat hij nauwelijks slim genoeg te noemen is voor een smartphone. Het is beter om met enige waardigheid in het toilet te verdrinken, ook al moet ik ongeveer honderd reizen naar Cinnabon overslaan om een vervanging te betalen.

De vraag is nu: moet ik de operatie afblazen?

Ik heb geen Blue meer in mijn oor, maar ik heb wel veel geld uitgegeven om dit kaartje te kopen en ik weet niet wanneer ik me er nog een kan veroorloven. Trouwens, ik heb alle moeite gedaan om te leren hoe ik een slot moet openen, en Blue heeft haar deel al gedaan.

Oké, ik ga ervoor.

Ik haal diep adem en sluip uit het toilethokje.

Er is niemand in de buurt.

Mooi.

Terwijl ik naar mijn bestemming sluip, ben ik blij dat ik de lay-out van deze plek heb onthouden in plaats van op de schema's op mijn telefoon te vertrouwen.

Het eerste slot op mijn pad is makkelijk te openen, en de tweede deur is niet eens op slot.

Als ik bij de laatste gang kom, realiseer ik me dat ik aan het joggen ben, en tegen de tijd dat ik naast de deur stop van wat de kleedkamer van de Rus zou moeten zijn, hijg ik.

Yep. "Artjoms Skulme" is wat er op het label van de deur staat. Ik ben op de juiste plek.

Ik haal de lockpicks tevoorschijn, en het slot geeft zonder veel gedoe toe aan mijn nieuw gevonden vaardigheden.

Met een bonzend hart, stap ik naar binnen. In de grote spiegel voor me zie ik er bang uit, zoals Blue eruit zou zien bij een vogelnest. Zelfs mijn schouderlange haar lijkt moe en bleek te zijn, de rossige kleur van mijn lokken lijkt in dit licht meer asblond te zijn dan iets wat in de buurt van rood komt.

Ik kauw op mijn lip en kijk om me heen op zoek naar de maillot. Ik ben al zo ver gekomen, en ik ga niet weg zonder de operatie te voltooien.

Hmm.

Ik zie nergens een maillot.

Dat heb ik weer. Hij is een netheidsfreak.

Wacht eens even... Ik zie iets. Geen maillot, maar misschien iets dat nog beter is. Hoewel ook een beetje griezeliger als ik er te diep over nadenk.

Ik haast me naar de stoel waarop ik het item heb gezien — een kledingstuk dat in deze industrie als een dansriem bekend staat.

Het is alleen geen echte riem.

Het is voor balletdansers met externe geslachtsdelen ontworpen die tijdens krachtige sprongen rond kunnen slingeren. Dit ondergoed lijkt verdacht veel op een string.

Ik wapper mezelf koelte toe.

Ik stel me voor dat de Rus deze kont-flos zonder maillot draagt, waardoor ik mijn vibrerende slipje weer aan wil zetten.

Maar nee. Er is nu geen tijd om mijn poes te voeren.

Ik pak de string — ik bedoel de dansriem. Hij voelt lekker zacht aan.

Moet van vriendjesmateriaal gemaakt zijn.

Ik kijk naar de dansriem alsof ik een slang probeer te charmeren die erin zit. Een slang met de naam Mr. Big.

Ga ik dit nu echt doen? En als ik dat doe, ben ik dan een van die mensen die online versleten ondergoed gaat kopen?

Nee. Ik heb geen ondergoed-snuivende fetisj, meer het tegenovergestelde.

Ja. Als iemand het vraagt, dan is dat mijn excuus.

Met een vastberaden bewegingen ruk ik het filter uit elk neusgat en breng de dansriem naar mijn neus.

Daar gaan we.

Ik neem de Brute Snuif.

————

Bezoek <u>www.mishabell.com/nl/</u> om jouw exemplaar van *Zesling and the city* vandaag nog te bestellen!